les couleurs DU PLAISIR *libérée*

KATHRYN TAYLOR

les couleurs DU PLAISIR

libérée

Traduit de l'allemand par Sabine Wyckaert-Fetick

Red Velvet

À propos de l'auteur

Kathryn Taylor a commencé à écrire enfant – elle a publié sa première histoire à onze ans seulement. Dès lors, elle a su qu'elle gagnerait un jour sa vie comme écrivain. Après quelques détours professionnels et un *happy end* personnel, son rêve s'est réalisé : *Les couleurs du plaisir. Libérée* est son premier roman.

Pour M., qui fait vibrer mon univers.

1

J'étais terriblement excitée et mes mains tremblaient. Pour que personne ne le remarque, ça faisait un moment que je les tenais croisées sur mes genoux ou que je jouais distraitement avec la fermeture de ma ceinture de sécurité. Je n'arrêtais pas de la détacher et de la rattacher. Mais on allait bientôt arriver. Je n'avais plus longtemps à attendre. Enfin...

— Miss, veuillez garder votre ceinture fermée. Nous amorçons l'atterrissage.

L'hôtesse surgie de nulle part – une grande blonde, bronzée et incroyablement mince – m'indiqua le voyant lumineux allumé sur la console au-dessus de moi. Je hochai précipitamment la tête et me hâtai d'enclencher les deux pièces en métal. Elle ignora mes excuses mais adressa un bref sourire à mon voisin. Assis près du hublot, il avait levé les yeux de son journal et lui souriait, rayonnant – comme chaque fois qu'elle passait. Puis elle s'éloigna pour poursuivre son inspection.

L'homme la suivit du regard. Remarquant que je l'observais, il fronça les sourcils d'un air de reproche et me fixa avec agressivité, comme si c'était un délit de contrarier l'hôtesse. Ensuite, il se pencha de nouveau sur son journal. C'était sans doute la première fois qu'il m'accordait de l'attention depuis que nous avions décollé de Chicago.

De toute façon, je ne cherchais pas à lui plaire. C'était juste un peu frustrant, parce que même si je l'avais trouvé séduisant, je n'aurais eu aucune chance comparée à la grande blonde : j'étais tout son contraire – petite et pâle. D'accord, j'étais blonde moi aussi, mais un blond tirant sur le roux. Très nettement. C'était le seul détail marquant chez moi, mais comme cette rousseur me valait de rougir au soleil comme une tomate sans jamais bronzer, c'était une particularité dont je me serais bien passée.

Ma sœur Hope, qui essayait toujours de voir le bon côté des choses, trouvait que je ressemblais à une rose anglaise. Elle voulait sans doute me consoler, parce qu'elle faisait elle-même partie de ces créatures au teint hâlé, aux cheveux blond doré, qui faisaient nettement plus d'effet aux hommes comme mon voisin.

Je le détaillai discrètement, du coin de l'œil. Il avait belle allure, en fait. Cheveux sombres, apparence soignée, costume bien taillé. Il avait enlevé sa veste après le décollage, et chaque fois qu'il levait les bras, je sentais une odeur de sueur qui dominait le parfum de son après-rasage. Heureusement, je n'aurais plus à plus le supporter longtemps : on arriverait bientôt.

Machinalement, mes mains recommencèrent à jouer avec la boucle de ma ceinture. J'avais oublié mon beau voisin et fixais le tissu bleu du siège devant moi. Mon cœur se remit à battre plus vite d'excitation.

J'étais en route pour l'Angleterre ! J'avais toujours du mal à le concevoir. C'était mon premier séjour à l'étranger, à l'exception d'une semaine de vacances au Canada avec ma famille quand j'avais treize ans – mais ça ne comptait pas. Cette fois, je ne m'absentais pas pour quelques jours, mais pour trois mois.

Je poussai un profond soupir. Au fond, j'étais sûre que ce serait une expérience géniale, mais être si loin de tout ce que je connaissais me faisait un peu peur.

Calme-toi, Grace, ça va s'arranger. Sûrement...

— Ma chérie, vous avez entendu ce que l'hôtesse a dit. Vous devez rester attachée.

La gentille dame âgée, de l'autre côté du couloir, venait de m'arracher à mes pensées. Elle tapota gentiment ma main pendant que je me dépêchais de refermer ma ceinture, puis me regarda d'un air interrogateur.

— Vous êtes nerveuse à ce point-là?

Je me mordis la lèvre inférieure et hochai la tête. J'aurais aimé lui expliquer encore la raison de mon voyage et ce qui m'attendait à mon arrivée. Seulement, ces dernières heures, je l'avais déjà empêchée de dormir avec mes histoires. Elle m'avait assuré qu'elle ne réussissait pas à fermer l'œil dans l'avion, de toute façon, mais c'était peut-être juste de la politesse britannique. En réalité, elle était peut-être affreusement fatiguée et me prenait pour une surexcitée.

Elizabeth Armstrong venait de Londres. Après avoir rendu visite à l'un de ses trois fils qui habitait Chicago, elle se réjouissait de rentrer chez elle. J'en avais appris beaucoup à son sujet. Je connaissais le nombre de ses petits-enfants – trois, trop peu à son avis –, je savais qu'elle n'aimait pas voler – qui aime voler? – et que son mari, mort huit ans plus tôt d'une crise cardiaque, lui manquait toujours. Il s'appelait Edward.

Les avions étant étroits et les vols transatlantiques longs, il fallait s'attendre à faire connaissance avec ses voisins – quand on était du genre communicatif, pas un individualiste faisant une fixation sur les blondes, comme mon voisin qui transpirait à côté du hublot. Du coup, Elizabeth Armstrong savait tout de moi elle aussi – que je m'appelais Grace Lawson, que j'avais vingt-deux ans, que j'étudiais les sciences économiques à l'université de Chicago et que j'étais en route pour Londres parce que j'avais eu la chance incroyable, grandiose, totalement inconcevable, de décrocher un stage convoité chez Huntington Ventures.

J'ignorais combien de fois j'avais exposé à ma très patiente voisine les caractéristiques de l'entreprise, que je connaissais maintenant par cœur. Créée il y a huit ans, elle était devenue une des sociétés d'investissement les plus prospères au niveau international. Elle devait ce succès au concept novateur de son fondateur, Jonathan Huntington. Un concept qui consistait à exploiter des brevets et des idées audacieuses des univers de la technique, de l'industrie et du commerce en faisant appel aux bons investisseurs, pour donner le jour à des produits et des projets lucratifs.

Pour être honnête, j'étais assez impatiente de rencontrer l'homme qui se trouvait derrière tout ça: Jonathan Maxwell Henry, Viscount Huntington, membre de la haute noblesse britannique, extrêmement entreprenant quand il s'agissait d'élargir le champ de ses affaires. Un des partis les plus prisés d'Angleterre, d'après les journaux à sensation.

J'avais montré à ma sœur Hope une photo découverte dans un magazine. Elle avait trouvé qu'il avait fière allure, mais l'air super arrogant. Elle avait raison. Pas étonnant! Si je connaissais le même succès, je le serais peut-être aussi.

Je me souvenais parfaitement de ce cliché. On le voyait avec deux femmes magnifiques, deux mannequins glamour au corps parfait, très peu vêtues. Accrochées à son bras, elles le dévoraient du regard. Pourtant, à en croire l'article, aucune n'était sa petite amie, parce qu'on ne lui connaissait pas de liaison. Il n'était pas non plus marié, et ça m'étonnait. Avec ses cheveux sombres et ses yeux d'un bleu saisissant, il était terriblement séduisant. Pourquoi un homme aussi beau était-il encore célibataire?

Je soupirai une fois de plus.

Ce n'est pas ton problème, Grace. Tu ne le rencontreras peut-être jamais. Après tout, il dirige l'entreprise, il n'a pas le temps d'accueillir en personne chaque stagiaire, même après un si long voyage…

— Quelqu'un va venir vous chercher à l'aéroport? me demanda soudain Elizabeth Armstrong, l'air sincèrement préoccupée.

Il me fallut un moment pour réintégrer la réalité.

— Non. Je prendrai le métro ou un taxi.

Ce dernier moyen de transport creuserait un trou assez gros dans mes économies. C'était mon plan B, au cas où les choses tourneraient mal avec le métro. J'espérais m'orienter rapidement, emprunter la bonne ligne et atteindre mon but à temps. Sinon, il me resterait le taxi: le temps m'était compté.

Mon avion offrait la liaison la plus économique entre Chicago et Londres, mais il devait atterrir à huit heures (d'ici un quart d'heure) et à dix heures j'avais rendez-vous avec Annie French, une employée de Huntington Ventures. Elle devait m'attendre à l'accueil pour me faire visiter les lieux et m'initier à ma nouvelle activité. La boîte se trouvait dans la City, au cœur de la ville. Si on prenait en compte le temps de récupérer ma valise sur le tapis à bagages, tout ça devenait sacrément serré. Mais avec un peu de chance, l'heure de pointe à Londres serait moins chaotique qu'on le disait.

*

En réalité, l'appareil se posa à Heathrow avec plus d'un quart d'heure de retard, et il lui fallut une éternité pour rejoindre l'aire de stationnement. Je comptais les minutes en tambourinant des doigts sur mon accoudoir. La zone de retrait des bagages était éloignée, et bien sûr, pas de valises à notre arrivée. L'affichage mentionnant notre numéro de vol clignotait mais le tapis roulant était encore immobile.

Je n'avais qu'à profiter de cette attente pour me rafraîchir et me changer ! Je me rendis donc dans les toilettes pour dames les plus proches et m'observai dans le miroir d'un œil critique, comme plusieurs fois pendant le vol. Le constat n'avait pas changé : pour l'instant, tout allait bien.

J'entrai dans une cabine, enlevai mon jean et enfilai une jupe noire moulante et des collants en soie, que j'avais gardés dans mon sac à main. Ensuite, je remplaçai mon polo vert par un chemisier, noir également. Seule concession à la couleur : un foulard en soie assorti à la teinte cuivrée de mes cheveux. Je fourrai ma tenue de voyage dans mon sac, mon fidèle compagnon, si vaste qu'il aurait pu contenir la moitié de ma garde-robe, et je sortis pour examiner mon reflet. Parfait. Ma mère aurait trouvé mes vêtements trop foncés – elle voulait toujours que je mette un truc « sympa » – mais ce que je voyais me plaisait. Avec ma chevelure rousse, j'étais déjà assez colorée. Pas la peine d'attirer encore plus l'attention.

À propos de cheveux, mes mèches n'ondulaient plus aussi bien sur mes épaules qu'avant le décollage. Je rectifiai vite le tir – vive la mousse fixante ! Quant à mon maquillage léger, je le corrigeai rapidement. Un peu de poudre, du mascara et du gloss, et basta.

Mes yeux verts me fixaient, fatigués. La nuit avait été courte, je commençais à m'en apercevoir. Mais j'étais jeune et m'accommoderais du manque de sommeil, compte tenu des deux cents dollars que j'avais économisés sur mon billet d'avion.

Le reflet d'Elizabeth Armstrong surgit dans le miroir. Je me tournai vers elle, étonnée mais contente.

— Alors, ma chérie, on fait quelques retouches beauté de dernière minute? Pourtant, vous n'en avez pas besoin, contrairement à moi.

Elle cligna de l'œil, bâilla à s'en décrocher la mâchoire et fit couler de l'eau froide sur ses mains.

Je le savais! Elle était fatiguée et c'était ma faute, je ne l'avais pas laissée dormir. Malgré tout, elle souriait pendant qu'on se lavait toutes deux les mains, et je lui rendis son sourire.

Elle me rappelait un peu ma grand-mère Rose à Lester, dans l'Illinois – la petite ville où j'avais grandi. Grandma ne lui ressemblait pas du tout, elle avait travaillé dehors toute sa vie et n'était vraiment pas comparable à la délicate Elizabeth, mais elle possédait le même humour malicieux.

— Il faut que je présente bien, expliquai-je alors que c'était inutile.

Ça tombait sous le sens pour ma compagne de voyage: ces dernières heures, je lui avais expliqué au moins trois cent soixante-dix fois l'importance de ce stage.

Elle hocha la tête.

— Peut-être qu'on va venir vous chercher, finalement, déclara-t-elle en se dirigeant vers le sèche-mains.

Le vrombissement de l'appareil était si bruyant que pour un peu, j'aurais zappé la sonnerie de mon portable. Je l'avais rallumé en quittant l'avion – juste au cas où quelqu'un de Huntington Ventures m'aurait laissé un message. Mais j'avais dû surestimer l'intérêt qu'on portait à ma petite personne: ma sœur était la seule qui m'ait envoyé un SMS. Et c'était aussi elle qui cherchait à me joindre. Je m'essuyai précipitamment les doigts à ma jupe et décrochai.

— Hé, Gracie! Bien atterri?

C'était si bon d'entendre la voix familière de Hope que ma gorge se serra.

— Oui, tout juste. Là, j'attends ma valise. Ne quitte pas.

Je pressai mon téléphone contre ma poitrine et dis au revoir à Elizabeth, qui me tapota affectueusement le bras et me souhaita bonne chance. Puis elle sortit un tube de rouge de son sac à main et se pencha en avant pour redessiner ses lèvres. Elle m'adressa un dernier clin d'œil dans le miroir et je levai la main, avant de pousser la porte et de retourner dans le hall. Les bagages étaient en train d'arriver. Pendant que j'attendais le mien, qui faisait naturellement partie des derniers à apparaître sur le tapis roulant, je résumai mon vol à Hope. Notre discussion représentait pour moi une parcelle de normalité; vu mon état de nervosité, j'en avais bien besoin.

— Et maintenant? demanda-t-elle, alors que je m'apprêtais à soulever le monstre noir emprunté à Mom pour éviter de trimballer trois sacs avec toutes mes affaires.

— Maintenant? Il faut que je me dépêche si je veux arriver à temps!

La valise arrivée à mon niveau, je relevai la poignée, remerciant silencieusement ma génitrice d'avoir choisi un modèle à roulettes, même si son poids me déboîtait presque l'épaule. Ensuite, je pris avec détermination la direction de la douane.

— Tu as mis la jupe noire et le chemisier noir? reprit ma sœur.

— Oui, pourquoi?

— C'est ce que je craignais, gloussa-t-elle.

— Ça ne va pas?

Je me mis à paniquer. Elle n'aurait pas pu me le dire plus tôt?

— Si, mais c'est tout toi, il faut toujours que tu essaies de te cacher. Ce n'est pas la peine, Gracie. Tu es super jolie, ça n'échappera pas aux Anglais, crois-moi. En plus, le noir n'est pas approprié : ce n'est pas une couleur printanière.

J'aurais aimé la croire. Vraiment. Mais Hope pouvait parler, avec ses mensurations de rêve ! Je mesurerais comme elle un mètre soixante-quinze, je serais blonde et d'allure sportive, je ne porterais probablement rien du tout – en tout cas, je serais beaucoup moins vêtue qu'actuellement. Visiblement, les racines scandinaves de notre famille s'étaient imposées chez elle. Mais moi, j'avais dû hériter d'un ancêtre éloigné les rares gènes irlandais restants, parce qu'aucun de mes parents n'était roux, même pas mon père – pour autant que je puisse m'en souvenir… ça faisait une éternité que je ne l'avais pas vu. J'étais aussi la seule à être petite et tout en courbes. Pas grosse, disons pulpeuse, alors que les femmes enviables comme ma sœur ou l'hôtesse de l'air avaient une silhouette élancée.

— Le noir amincit, d'ac? affirmai-je en sortant de mon sac les papiers à présenter. Je te rappelle plus tard.

— Fais attention à toi, Gracie. Et promets-moi que tu me raconteras tout dans le détail ce soir.

Brusquement, la voix de Hope avait pris un accent préoccupé.

Je raccrochai avec un sourire ironique. Ma petite sœur se comportait comme ma mère. Elle n'avait peut-être pas tort. Hope était la plus expérimentée de nous deux sur bien des plans.

Je rangeai mon portable en soupirant. D'un autre côté, elle n'était jamais allée en Angleterre. Pour une fois, j'avais une longueur d'avance.

L'homme au guichet jeta un rapide coup d'œil à mon passeport et les douaniers ne me fouillèrent pas – comme je le disais, si on oubliait mes cheveux, j'étais invisible. Je progressai donc rapidement. Peu de temps après, je passai la porte donnant accès aux bâtiments de l'aéroport.

Je ne m'attendais pas à trouver autant de monde derrière. Surprise, je m'arrêtai net et un homme me rentra dedans. Il me regarda d'un air irrité puis se hâta de poursuivre son chemin.

Merci bien. Il n'y a pas de mal. Bonne journée à vous aussi.

Les gens se pressaient autour de moi, se dirigeaient vers des proches ou des amis qui leur faisaient signe. Je voyais des pancartes brandies, des personnes qui se retrouvaient et s'étreignaient. Elizabeth me dépassa et rejoignit un jeune homme qui se réjouissait manifestement de la voir et la prit dans ses bras. Elle ne faisait plus attention à moi.

Je remontai résolument mon sac à main et me ressaisis. Il était temps d'y aller. Je me remis en marche et cherchai un panneau indiquant la direction du métro. Une seconde plus tard, mon regard se posa sur un homme qui se détachait de la foule et je me figeai à nouveau. Il se tenait là, décontracté, les yeux braqués sur la sortie. Sur moi.

Mon cœur manqua un battement, mais se remit en route lorsque je remarquai le sourire qui étirait ses lèvres. Il m'adressa un signe de tête presque imperceptible.

Jonathan Huntington.

Impossible. Je clignai des yeux, mais il n'avait pas bougé. C'était lui sans aucun doute, encore plus séduisant que sur la photo du magazine.

Il décroisa les bras. Il n'avait pas bougé mais son attitude avait changé. Il me regardait. Il… m'attendait.

Oh mon Dieu ! Mes pieds se remirent en mouvement d'eux-mêmes. Je me dirigeai vers lui comme dans un rêve.

2

Je me plantai devant lui et tendis la main.

— Bonjour, monsieur Huntington. Je suis Grace Lawson.

Pendant que je m'étais avancée vers lui, il ne m'avait pas quittée des yeux. Des yeux d'un bleu déjà fascinant sur la photo. Mais en vrai, la couleur était… différente. Profonde et chatoyante.

Je m'imprégnai de chaque détail.

Il était grand, beaucoup plus que je ne le pensais, et entièrement habillé en noir : pantalon noir, chemise noire, veste noire. Comme moi. Sauf qu'il ne portait pas de foulard coloré, cette bonne blague. Ses cheveux, également noirs, lui retombaient sur le front et couvraient en partie son col. Contrairement à moi, il avait la peau bronzée, ce qui accentuait encore le contraste avec ses yeux d'un bleu éclatant. Il n'avait pas dû se raser parce qu'une ombre couvrait ses joues.

J'avais pris conscience de tout ça en l'espace d'une seconde, tandis que ma main s'élevait en l'air. Sans qu'il la prenne…

Mon regard erra furtivement jusqu'à sa bouche. Le sourire qui éclairait son visage avait disparu et son absence d'expression m'enleva soudain toute assurance. Il me fixait comme s'il ne comprenait pas ce que je lui voulais. Je me raclai la gorge, la main toujours tendue.

— Heureuse de faire votre connaissance... Sir.

Il était noble, non? Comment s'adressait-on à quelqu'un de son rang? Et merde.

— Je ne sais vraiment pas quoi dire. Enfin... je ne m'attendais pas à ce que vous veniez me chercher. Mais je... me réjouis. De faire ce stage. Beaucoup, même. C'est pour moi... réellement... très...

Les derniers mots étaient sortis de ma bouche de manière hachée, je sentais que quelque chose clochait.

— Jonathan?

Une voix grave teintée d'un accent étrange que j'étais incapable d'identifier venait de retentir derrière moi. En levant les yeux, intriguée, j'aperçus un homme. Un Japonais. Pas aussi grand que Jonathan Huntington, mais assez pour que je me fasse l'effet d'être une naine. Deux autres hommes se tenaient derrière lui, japonais eux aussi, mais plus petits. Manifestement, l'entourage du premier. Alors seulement je remarquai qu'un colosse blond et un homme brun un peu plus petit, en costume tous les deux, se pressaient derrière Jonathan Huntington, comme s'ils étaient prêts à se précipiter à son secours en cas de besoin. Et tous ces hommes me regardaient avec la même irritation.

Oh mon Dieu!

Un frisson me parcourut. Jonathan Huntington n'était pas ici pour passer prendre la nouvelle stagiaire de Chicago. Il attendait l'homme d'affaires japonais. Bien sûr! Je venais de me couvrir de honte. C'était terrible. Plus que terrible. Terrible, affreux et impardonnable.

Pendant quelques secondes angoissantes, personne ne dit mot, et je me recroquevillai intérieurement. Désespérée, je fermai les yeux une seconde et sentis, presque au même instant, une main chaude saisir la mienne, toujours tendue.

Lorsque j'écarquillai les yeux, Jonathan Huntington me fixait. C'était sa main qui tenait la mienne. Fermement. Un contact apaisant. Agréable. Il sourit : une de ses incisives était cassée, il en manquait un tout petit bout. Ça donnait quelque chose de juvénile à son sourire. Je ne m'y attendais pas et ça me coupa les jambes. Peut-être aussi qu'elles refusaient de me porter parce que toute cette situation était incroyablement pénible.

— Miss Lawson, c'est un plaisir.

Il ne savait certainement pas qui j'étais, mais il me sauvait. La chaleur de sa main gagna mon corps.

Tu dois t'excuser et partir, déclara une petite voix dans ma tête, bien perceptible.

Mais je restais figée. Comme hypnotisée, je contemplais le visage de Jonathan Huntington. Il était si séduisant, je n'en revenais pas.

Puis il lâcha ma main et je repris mes esprits. Il désigna le grand Japonais, dont j'avais du mal à évaluer l'âge.

— Je vous présente Yuuto Nagako, une relation d'affaires qui vient d'atterrir en provenance de Tokyo.

Je me retournai et adressai un signe de tête à l'homme, qui me regardait d'un œil étrangement pénétrant.

Jonathan Huntington me présenta ensuite les quatre autres hommes, qui inclinèrent la tête en silence. Je pus seulement retenir le prénom du grand blond, Steven. J'avais du mal à rassembler mes idées.

— Et vous êtes notre nouvelle… stagiaire, miss Lawson? poursuivit Jonathan Huntington.

Il avait dit ça sur un ton un peu bizarre, condescendant, et je me cabrai. « Sûrement carrément arrogant », voilà les mots précis de ma sœur au moment où nous avions examiné sa photo. Apparemment, elle avait raison.

D'un autre côté, il n'avait pas relevé mon erreur effroyable… Cette pensée se fraya lentement un chemin dans mon esprit et ma gratitude l'emporta sur tout autre sentiment. Face à cette distinction tellement britannique, je pouvais bien accepter une certaine arrogance.

— Je… oui. De… Chicago, bredouillai-je, comme si ça pouvait expliquer mon comportement plus que stupide.

Le Japonais me fixait. Avec lui, je ne m'en serais pas tirée à si bon compte. De toute évidence, il s'impatientait.

Heureusement, mon cerveau se réveilla un peu. J'avais de la chance, dans ma naïveté, et je n'aurais peut-être pas besoin de ressasser ma honte pour le reste de ma vie. Mais si je m'attardais, ça pourrait bien changer.

— Il faut que j'y aille, lançai-je. Au métro… J'ai un rendez-vous dans pas longtemps.

Toute cette histoire était si absurde que je haussai les épaules et ne pus réprimer un sourire.

— Chez vous, ajoutai-je, bêtement.

— Chez moi? s'étonna Jonathan Huntington en levant les sourcils.

— Euh, oui, non, je voulais dire… dans votre société. Vous savez bien. Le stage.

Une nouvelle fois, je me recroquevillai intérieurement.

Bonté divine, Grace, n'essaie pas de faire de l'humour. Après ta prestation, il va sûrement mettre un terme à son partenariat avec l'université de Chicago, parce qu'il aura eu son quota d'étudiantes américaines à la cervelle de moineau.

Il valait vraiment mieux que j'y aille avant d'aggraver mon cas.

— Bon. À plus tard, conclus-je.

J'agrippai la poignée de ma valise et m'éloignai. Les deux molosses en costume se rapprochèrent aussitôt, remplissant l'espace comme s'ils avaient juste attendu que je m'en aille. Ils se mirent à parler. Je me retournai une dernière fois, mais surpris le regard du Japonais qui s'entretenait avec Jonathan Huntington, et détournai la tête. Pourvu qu'ils ne parlent pas de moi…

L'espace d'un instant, je fermai les yeux. Le poids de la valise que je traînais m'arrachait presque le bras. Voilà, c'était ça, ma rencontre avec Jonathan Huntington.

Super, Grace, vraiment super.

Si je devais le croiser dans l'entreprise, je ne pourrais qu'espérer qu'il ait oublié mon visage – ou me cacher trois mois derrière une armoire à classeurs.

Soudain, une main attrapa mon bras et me força à m'arrêter. Je fis volte-face, effrayée, et mon regard plongea dans les yeux bleus de Jonathan Huntington.

— Vous venez avec nous, Miss Lawson, affirma-t-il de ce ton condescendant qui ne tolérait aucune contradiction.

De toute façon, pour lui répondre, il aurait fallu que je respire encore. Steven, le colosse blond, se tenait derrière lui. Avant que je puisse comprendre ce qui se passait, il s'était emparé de mon bagage et le tirait vers les hommes d'affaires japonais. Jonathan Huntington me tenait toujours par le bras. Enfin, mon cerveau se remit à fonctionner vraiment.

Je me dégageai.

— Hé ! Non ! Pas ça ! criai-je au blond.

Mais Jonathan Huntington lui fit signe de continuer et je sentis dans mon dos sa main qui me poussait avec détermination.

— Mon chauffeur veut juste vous aider, expliqua-t-il en me regardant comme si je n'avais pas toute ma tête.

C'était peut-être le cas.

— Je ne peux pas… vous accompagner, bafouillai-je en m'arrêtant.

C'était logique. Il devait discuter de choses capitales avec ce Japonais, je le supposais en tout cas, sinon celui-ci ne serait pas venu de Tokyo. J'allais gêner. En plus, ce ton de commandement ne me plaisait pas. Et encore moins qu'on embarque mon bagage.

— S'il vous plaît, pourriez-vous dire à cet homme… pourriez-vous dire à votre chauffeur qu'il doit me rendre ma valise? Il faut vraiment que je prenne le métro, je vais arriver en retard.

Jonathan Huntington était visiblement amusé. Les coins de sa bouche se soulevèrent et je vis à nouveau qu'il lui manquait un petit bout de dent. Pourquoi cette imperfection me semblait-elle si attirante chez lui? J'en avais le souffle court.

— En retard au rendez-vous avec moi? s'enquit-il d'un ton manifestement railleur.

Ma respiration reprit un rythme normal et je levai le menton, l'air bravache.

— Non. En retard au rendez-vous dans votre société.

Son sourire me tapait sur les nerfs.

— Je ne pense pas qu'il soit utile que je vous dérange plus longtemps, monsieur. Vous avez un entretien important et je me sentirais très mal de continuer à vous importuner après ce malentendu.

Mais il avait été plutôt gentil de ne pas me laisser me planter. Je ne pouvais pas partir comme ça.

— Merci, au fait.

— Merci de quoi?

Oh non. Grace, bordel, réfléchis avant de répondre.

— Vous savez bien. Vous auriez pu… ne pas être aussi aimable, tout à l'heure.

— Dans ce cas, pourquoi décliner mon aimable proposition de vous emmener?

— Je...

Il voulait m'embrouiller? Si oui, il y arrivait parfaitement.

— Je ne veux pas arriver en retard, répétai-je, au bord du désespoir.

— Alors, accompagnez-moi. Vous serez plus vite à destination en voiture qu'avec le métro.

Je ne savais que répondre et n'opposai même pas de résistance à sa grande main chaude dans mon dos. Je me remis à avancer.

— Mais votre ami, je veux dire, votre relation d'affaires, tentai-je. Vous devez sûrement discuter.

— Il n'a rien contre le fait que vous veniez avec nous, croyez-moi.

Sa manière de dire ça m'irrita. Sa voix avait un accent sarcastique, il y planait un sous-entendu qui me fit frissonner. Simplement, j'étais beaucoup trop perturbée pour répliquer. Et puis, nous avions rejoint les autres.

— Miss Lawson va nous accompagner, déclara Jonathan Huntington.

Comme si ce n'était pas évident... Il revient en ma compagnie et son immense chauffeur tire mon bagage.

Il avait l'air satisfait. Pas étonnant. Il devait toujours obtenir ce qu'il voulait.

Les Japonais hochèrent la tête à la manière asiatique, un peu sèchement. Steven et le brun me considéraient avec un intérêt teinté de curiosité mais très distant, comme s'ils venaient de dépasser une voiture accidentée. Après tout, c'était sans doute ce que j'étais – un accident.

Et toute la petite troupe se mit en route.

Jonathan Huntington et le grand Japonais me suivaient ; il me semblait sentir leurs regards dans mon dos. Ils s'entretenaient à voix basse, en japonais. Voilà sans doute pourquoi m'emmener ne posait pas problème – je ne comprendrais rien, de toute façon.

La confusion m'envahissait de plus en plus. J'étais dingue ou quoi ? Comment avais-je pu songer à refuser cette offre ? Jonathan Huntington était mon patron pour les trois mois à venir ! *Redescends sur terre, Grace. Tu as eu une chance inouïe. Tires-en profit.*

Mais dans l'auto, une limousine assez longue avec deux banquettes en cuir, mes doutes revinrent. J'étais à nouveau persuadée d'avoir commis une grosse erreur en ne prenant pas le métro. Là, j'imposais ma présence, et puis, j'avais fait des manières.

J'étais assise dans le sens de la marche, avec Jonathan Huntington et l'homme brun, tandis que le Japonais en chef partageait la banquette d'en face avec un de ses assistants. L'autre s'était installé à l'avant, à côté de l'immense Steven qui conduisait. L'assistant japonais à l'arrière avec nous tenait son porte-documents en équilibre sur ses genoux, et le brun téléphonait et envoyait des SMS avec son portable, tout en écoutant d'une oreille la conversation des deux patrons. Jonathan Huntington et Yuuto Nagako (son nom m'était revenu), adossés avec décontraction à leur siège, discutaient en japonais. Je n'avais aucune idée de l'âge de Yuuto Nagako. Son visage était lisse, comme souvent chez les Asiatiques, mais compte tenu de ses tempes grisonnantes, j'estimais qu'il avait au moins dix ans de plus que Jonathan Huntington.

Tout en parlant, ce Yuuto Nagako n'arrêtait pas de me fixer d'une façon désagréable, et j'avais parfois l'impression que la discussion tournait autour de moi. Une impression aussi absurde que toute cette situation.

Ça faisait bien longtemps que je ne m'étais pas sentie aussi mal. Aussi peu à ma place. Je n'avais jamais circulé dans une voiture aussi élégante, et rien que ça – associé à la conduite à gauche, totalement inhabituelle – aurait suffi à me terrasser. Je me sentais petite et insignifiante entre ces inconnus. Seul Jonathan Huntington m'était familier… parce que j'avais admiré sa photo avec ma sœur, ce qui ne m'aidait pas vraiment à décompresser. J'étais complètement dépassée.

Le pire, c'est que j'étais assise si près de lui que je pouvais le sentir. Contrairement à mon voisin dans l'avion, ça n'avait rien de dégoûtant. Non, il sentait bon, sans doute un après-rasage au parfum très agréable. Si agréable que je me surpris à inspirer profondément. À la réflexion, ce n'était peut-être pas de l'après-rasage. C'était peut-être son odeur. En tout cas, ça me montait à la tête. Et ce n'était pas bon du tout : je me concentrais d'autant plus sur lui et j'avais d'autant plus de mal à maîtriser ma nervosité.

Je me cramponnais à mon siège en priant pour qu'on arrive le plus vite possible. Chaque fois que le véhicule abordait un tournant, je risquais de me retrouver pressée contre Jonathan Huntington. Sauf que je m'y opposais de toutes mes forces. La banquette rembourrée devait offrir largement assez de place pour deux, mais comme nous y étions installés à trois, le large creux de l'assise et les lois de la gravité me faisaient dangereusement glisser vers lui. Crispée au possible, je regardais par la vitre, dans le vain espoir que personne ne remarque ma présence.

Jusqu'au moment où Jonathan Huntington posa son bras sur l'appuie-tête derrière moi. Grâce à ce changement de position, j'avais plus de place. Seulement, avant, sa large épaule faisait office de butée. Maintenant, plus rien ne me retenait. Une seconde plus tard, je glissais contre lui dans un virage à droite. Contact corporel total. Instinctivement, j'avais cherché à me retenir et ma main se retrouvait sur sa poitrine. De son côté, il avait passé le bras autour de moi et tenait mon coude. Probablement un réflexe pour me rattraper.

Le monde s'arrêta de tourner le temps d'une seconde. Je sentais la chaleur de son corps, son torse raidi sous ma main. Son regard glissa de mon visage à l'échancrure de mon chemisier, puis remonta. Je baissai les yeux : mon haut dévoilait une grande partie de mon décolleté. Je relevai d'autant plus vite la tête : ses prunelles s'étaient assombries. Le souffle coupé, je ne pouvais plus que le fixer. Ma peau se mit à me picoter partout où on se touchait et le rouge envahit mes joues.

Précipitamment, je lâchai son torse et me renfonçai dans mon coin. Il lâcha mon coude.

— Pardon, murmurai-je.

J'avais beaucoup de peine à cacher ma consternation. Il fallait que je sorte de là très vite.

Il ôta son bras de l'appuie-tête. Par bonheur, l'assistant japonais était en train de parler avec le brun d'un quelconque rendez-vous. Seul Yuuto Nagako ne prenait pas part à la discussion, il me fixait sans interruption. Il adressa quelques mots en japonais à Jonathan Huntington qui se tourna vers moi.

— Combien de temps allez-vous rester chez nous, Miss Lawson ?

Qu'il m'adresse soudain la parole accentua ma nervosité. Il ne me posait pas la question comme s'il voulait faire un brin de causette, mais de manière factuelle et distanciée. Comme si c'était une information importante dont il avait besoin.

— Trois mois, répondis-je dans un souffle.

J'humectai mes lèvres. Ma bouche était affreusement sèche.

— Rappelez-moi d'où vous venez ?

— De Chicago.

Il me scrutait avec un regard auquel je ne pouvais pas me soustraire. Nous étions toujours assis beaucoup trop près l'un de l'autre, même si nos épaules seulement se touchaient. Je m'écartai un peu. Malgré cela, sa chaleur continuait à me gagner.

— Donc, vous étudiez avec le professeur White?

Je hochai la tête. Je me remettais lentement du choc. Apparemment, il voulait juste discuter à bâtons rompus. Un échange anodin, voilà précisément ce qu'il me fallait pour l'instant.

— Vous le connaissez? le relançai-je.

— Pas personnellement, non. Mais mon associé, Alexander Norton, est un de ses bons amis. C'est lui qui a mis en place le partenariat.

Le professeur White ne l'avait jamais évoqué devant moi, mais ça expliquait qu'une société anglaise propose un stage payé à des étudiants américains en économie. La rémunération ne me rendrait pas riche, mais elle me permettait de m'offrir un appartement à Londres le temps de mon séjour. C'était déjà très bien.

— Qu'est-ce qui vous attire dans l'économie, Miss Lawson?

Les autres avaient fini de s'entretenir et le silence régnait dans la voiture. Ils semblaient tous attendre ma réponse et je priai pour redevenir invisible. Puis je fronçai les sourcils en relevant, après coup, la pointe d'amusement dans sa voix. Comme si on était incompatibles, l'économie et moi. D'accord, jusqu'à présent, je n'avais pas fait honneur à mon sexe par mon intelligence, mais ce n'était pas une raison pour me traiter de haut. J'étais bonne, sinon je n'aurais pas décroché ce stage. J'avais dû présenter un dossier de motivation et j'avais été retenue.

— J'aime bien jouer avec les chiffres, déclarai-je avec une décontraction affichée.

Je souris légèrement, de mon air le plus assuré, comme si la raison véritable était beaucoup trop complexe pour que je l'expose ici et maintenant.

Moi aussi, tu sais, je peux jouer à ce petit jeu.

J'étais tout à fait satisfaite de ma prestation. Mais il posa une nouvelle question.

— Et qu'est-ce qui vous intéresse chez Huntington Ventures ?

Je me figeai. Devant la commission de sélection universitaire, j'avais pu citer plus de dix bonnes raisons avec éloquence et de manière convaincante, mais là, je pouvais juste fixer les yeux bien trop bleus du fondateur de la société… Incapable de prononcer le moindre mot.

Par chance, je n'eus plus à ouvrir la bouche : on était arrivés. La voiture s'arrêta devant l'entrée d'un bâtiment de bureaux moderne, entièrement vitré. Il possédait dix étages au moins et une façade légèrement bombée.

Étant assise côté rue, où les autos se succédaient à une allure soutenue, j'attendis que les hommes descendent de l'autre côté pour les suivre. Mais alors que je m'approchais de la portière, Jonathan Huntington me tendit la main pour m'aider à sortir. Je la saisis après une seconde d'hésitation. Il aurait été puéril d'ignorer son geste, et je m'étais assez ridiculisée pour aujourd'hui. Mais ce n'était définitivement pas bon pour mon rythme cardiaque de le toucher. Dès que je me retrouvai sur le trottoir, je lâchai sa main.

Le colosse blond sortit mon monstre noir du coffre, et au lieu de me le donner, entra dans l'édifice par la porte en verre.

— Après vous.

Jonathan Huntington me fit signe de passer et les Japonais me laissèrent aussi les précéder dans le hall. Il était vaste et élégant, avec un comptoir d'accueil en verre et en bois travaillé. Le chauffeur blond déposa mon bagage à côté. Deux jeunes femmes nous regardaient avec intérêt, l'une devant le comptoir, l'autre derrière.

Jonathan Huntington les salua et s'adressa brièvement à elles. Je consultai l'heure à la dérobée : dix heures et demie. Et merde.

La jeune femme postée devant le comptoir se dirigea vers moi. Pas beaucoup plus âgée que moi, elle avait des cheveux bruns courts, une coupe incroyablement cool et pourtant très stylée. Elle portait un tailleur en velours côtelé vert clair, un haut batik assorti et une chaîne en argent sobre, mais qui ne passait pas inaperçue. Une tenue décalée dans ce milieu. Ça lui allait bien.

— Bonjour, fit-elle. Je suis Annie French. Je t'attendais, Grace.

Le tutoiement me surprit, mais ça me fit du bien après ce trajet déstabilisant. Je me retrouvais enfin avec quelqu'un dont l'attitude ne me démontait pas totalement.

— Je suis en retard, déclarai-je sur un ton de regret en lui serrant la main.

— Pas si tu arrives avec le boss, répliqua-t-elle avec un sourire.

Elle me plaisait bien.

Jonathan Huntington surgit, interrompant notre conversation. Les autres hommes attendaient près de l'ascenseur.

— Je vous souhaite bonne chance, Miss Lawson. J'espère que vous vous plairez chez nous.

— Merci.

— Au fait, le noir vous va bien. Une jolie couleur.

L'espace d'un instant, il considéra son propre costume. Lorsqu'il releva la tête, ses yeux bleus étincelaient et un léger sourire étirait ses lèvres. J'en eus les genoux chancelants.

Avant que je puisse répondre, il tourna les talons et se dirigea vers l'ascenseur. Je le suivis du regard, perturbée. Devais-je vraiment souhaiter le revoir?

3

Lorsque les portes de l'ascenseur se refermèrent sur les six hommes, Annie French se tourna vers moi.

— Comment as-tu réussi ça? demanda-t-elle en haussant un sourcil.

— Réussi quoi?

Mes pensées étaient tellement occupées par le troublant Jonathan Huntington que je ne l'avais pas vraiment écoutée.

Elle me donna une bourrade, me ramenant à la réalité.

— Tu viens d'arriver avec le boss. Raconte comment tu t'es débrouillée!

— C'était... le hasard. On s'est croisés à l'aéroport et il m'a proposé de l'accompagner.

Une réponse tout à fait plausible. Mais Annie ne s'y laissa pas tromper. Elle inclina la tête sur le côté.

— Et comment savait-il qui tu étais? Vous vous connaissez?

En plein dans le mille. Je me sentis rougir et l'entraînai à l'écart. Je ne voulais pas que la blonde de la réception, qui nous observait avec curiosité, puisse m'entendre.

— Non. Je... je lui ai adressé la parole, avouai-je à voix basse. Par méprise. Je pensais qu'il était venu me chercher.

Annie me fixa, hébétée, puis éclata de rire : c'était probablement la meilleure qu'elle ait entendue depuis longtemps.

— Tu pensais que le boss était passé te prendre en personne?

— Oui, je sais, soupirai-je en levant les yeux au ciel. Ne remue pas le couteau dans la plaie. C'est assez gênant pour moi comme ça. On peut changer de sujet, s'il te plaît?

— D'accord, concéda-t-elle avec un large sourire. Pour le moment, en tout cas… Tu peux laisser ta valise à Caroline, tu reviendras la récupérer plus tard. Pour commencer, je vais te montrer ton nouveau territoire.

Son sourire amical était si contagieux, ses manières franches si désarmantes, que je ne pouvais que l'apprécier.

Je laissai ma valise entre les mains de la blonde Caroline, à la réception. Elle fit rouler le monstre derrière le comptoir et m'assura qu'elle garderait un œil dessus, tout en continuant à me détailler avec intérêt.

Ensuite, je suivis Annie dans un des deux ascenseurs qui se faisaient face. Spacieux, entièrement couvert de miroirs, il dégageait une impression de luxe, comme tout dans cet immeuble. Un coup d'œil à mon reflet me révéla que j'étais très pâle – sans doute les effets du choc provoqué par ma rencontre avec le parti le plus prisé d'Angleterre.

Tandis que nous montions, Annie m'expliqua qu'elle avait vingt-trois ans et travaillait depuis un an comme assistante junior dans le service Investissements de Huntington Ventures.

— Ça m'a mis le pied à l'étrier, ajouta-t-elle. J'aurais pu tomber beaucoup plus mal.

J'étais un peu jalouse : nous avions presque le même âge et elle était déjà beaucoup plus avancée que moi. J'aurais bientôt fini mes études, mais je n'étais pas sûre de trouver du boulot dans une société aussi géniale.

Et puis, je n'enviais pas seulement Annie pour sa place chez Huntington Ventures, j'admirais aussi son assurance, sa gaieté, la décontraction avec laquelle elle abordait les choses.

— Voilà le service où tu vas travailler, m'expliqua-t-elle en sortant au quatrième étage, devant un long couloir.

Tout était vaste et lumineux. Des portes vitrées donnaient accès à de grands bureaux éclairés par de hautes baies. Les gens qui y étaient installés avaient tous l'air très occupés.

— C'est ici qu'on prépare les nouveaux projets dans lesquels Huntington Ventures s'engage. On fait les recherches, on réalise des études de marché et on mène toutes les discussions en amont. L'étage de la direction se charge du reste.

Elle entra avec moi dans chaque bureau et me présenta les employés, trop nombreux pour que je retienne tous les noms. Seuls quelques-uns me restèrent : la secrétaire, une femme âgée, s'appelait Veronica Hetchfield ; le chef de service, un homme aux cheveux clairsemés, la quarantaine, se présenta comme étant Clive Renshaw ; Shadrach Alani, qui avait visiblement des origines pakistanaises et à qui je donnais la petite trentaine, occupait le même bureau qu'Annie. Quant aux autres, une douzaine au moins, j'apprendrais à mieux les connaître. Tous étaient sympathiques, mais c'était Annie que je trouvais la plus gentille.

— Je te montrerai les autres services à l'occasion, si ça t'intéresse, précisa-t-elle en me remettant un dossier. Tu trouveras là-dedans tout ce qu'il faut savoir sur la boîte.

Elle me donna également une photocopie où figurait un schéma complexe.

— Pour que tu aies une vue d'ensemble, voilà l'organigramme.

Étonnée, je parcourus du regard le réseau aux vastes ramifications, les pièces composant le puzzle de Huntington Ventures. Je savais déjà beaucoup de choses grâce à mes recherches, mais certains points étaient totalement nouveaux pour moi. En feuilletant le dossier, qui présentait sur papier glacé les autres activités de l'entreprise, je compris qu'elle était bien plus qu'une simple société d'investissement. C'était un véritable empire, avec des liens internationaux et des secteurs d'influence étendus. Ses domaines d'intervention couvraient la haute finance et le bâtiment, et presque toutes les branches de l'industrie et du commerce. Je remarquai aussi des programmes de financement de projets culturels. Mon respect devant l'œuvre accomplie par Jonathan Huntington s'accrut encore.

Lorsque je relevai les yeux, Annie souriait.

— Impressionnant, non?

Bien sûr, elle parlait de l'entreprise, mais moi, je ne pouvais penser qu'à l'homme qui la dirigeait. Je hochai la tête, silencieuse.

Annie reprit son chemin et poussa la porte d'une pièce, tout au bout du couloir. Si elle était dotée elle aussi d'une séparation en verre, elle était très petite. Un bureau se trouvait devant la paroi vitrée et un mur était envahi par des meubles à compartiments remplis de classeurs, si bien qu'on n'avait pas beaucoup de place pour bouger.

— Le bureau des stagiaires, annonça-t-elle en m'adressant un sourire franc et impertinent.

Je soupirai. Je m'attendais à quoi: un tapis rouge?

En fait, ce n'était pas si mal que ça. D'accord, le bureau était au fin fond du couloir, mais pas très loin de celui d'Annie, ce qui me tranquillisa un peu. Après tout, je ne connaissais qu'elle – pour l'instant. Exception faite de Jonathan Huntington, mais il valait mieux que je ne pense plus trop à lui.

— Et qu'est-ce que je vais faire, exactement? demandai-je en passant derrière le bureau pour mieux évaluer mon nouvel environnement.

— Ce que font tous les stagiaires : préparer le thé et le café, déclara Annie en indiquant une porte, de l'autre côté du couloir. C'est la cuisine, tu n'auras pas à aller loin.

Je restai muette un moment.

— Tu n'es pas sérieuse ?

J'avais dit que je l'aimais bien ? Je m'étais trompée, elle était comme tous les Anglais : bizarre.

L'espace d'un instant, elle resta adossée à l'embrasure de la porte, le visage impassible. Puis elle ne parvint plus à garder son sérieux et éclata de rire.

— Non, bien sûr que non ! La cuisine est vraiment de l'autre côté, et tu peux t'y faire du thé et du café si tu veux. Elle est super bien équipée. Mais des tâches un peu plus exigeantes t'attendent, naturellement.

Soulagée, je ne pus m'empêcher de sourire à mon tour.

— Je vais travailler avec qui, au juste ?

— Avec qui aimerais-tu travailler ?

Pour je ne sais quelle raison, mon estomac se remit à faire des nœuds : le nom de Jonathan Huntington était le seul qui me vienne à l'esprit. Le rouge me monta aux joues et Annie sembla deviner le tour que prenaient mes pensées. Son sourire se fit encore plus effronté.

— Désolée, mais je crains que tu n'accèdes pas aussi vite à l'étage de la direction. Notre boss t'a peut-être accompagnée jusqu'ici, mais normalement, il ne s'occupe pas personnellement des stagiaires. Il faudra que tu te contentes de moi.

— Bien entendu, je préfère ça de loin, me hâtai-je de lui assurer.

— Tu lui as vraiment adressé la parole de but en blanc ?

Manifestement, elle ne parvenait toujours pas à se faire à l'idée.

Je hochai la tête et mon estomac se contracta une fois de plus au souvenir de la scène à l'aéroport.

— Par contre, c'était son idée de m'emmener ici. Quand je me suis rendu compte de mon erreur, j'ai voulu prendre le métro.

Annie fronça les sourcils.

— C'est lui qui a proposé de t'emmener?

— Oui, pourquoi? C'est si inhabituel? Je veux dire, il voulait peut-être juste se montrer gentil?

Elle poussa un grognement, comme si c'était une pensée aberrante.

— Jonathan Huntington, le gentil mec d'à côté?

Je me sentis obligée de le défendre. Après tout, il aurait pu m'ignorer ou me laisser plantée là.

— Moi, je l'ai trouvé gentil.

Pour la première fois depuis mon arrivée, le visage d'Annie devint grave.

— Un bon conseil, Grace: surtout, n'en tire pas de conclusions hâtives.

J'étais déroutée.

— Qu'est-ce que tu veux dire?

Elle prit une expression préoccupée, presque désespérée.

— Écoute, on n'est pas aveugles. Le boss est vachement beau, et tu n'es pas la première à le regarder avec des yeux brillants. La plupart le dévorent du regard de loin, mais c'est absurde, crois-moi. Quant à celles qui ont collaboré avec lui de plus près et qui étaient particulièrement mordues, elles ont toujours fini par partir. La dernière en date, c'était le mois dernier, une fille du service de presse qui avait beaucoup bossé avec lui sur un projet. Elles quittent toutes la boîte volontairement, toujours avec une bonne raison, parce qu'elles ont trouvé un autre boulot ou qu'elles cherchent de nouveaux défis. Mais si tu veux connaître mon avis, elles ne sont plus là parce qu'elles ne pouvaient pas devenir la femme au bras de Jonathan Huntington.

Elle me fixa d'un regard perçant, puis ajouta :

— Retiens bien ça et ne t'approche pas de lui. Tu ne ferais que perdre ton temps.

Comme si je ne le savais pas... Mais ses remarques ne faisaient qu'aiguiser ma curiosité.

— Comment ça se fait qu'il n'ait jamais de petite amie? Est-ce qu'il est...

— Gay? intervint Annie, achevant ma phrase, avant de se mettre à rire. Non, certainement pas. Mais ce n'est pas non plus un prince, même s'il va hériter d'un titre de noblesse. Alors, suis mes conseils et ne lui donne pas le rôle principal dans ton petit conte de fées. C'est une trop grosse pointure pour toi.

Je lâchai un soupir. J'aurais dû être vexée qu'Annie me remette les idées en place – on se connaissait à peine, finalement. Et puis, je trouvais plutôt gênant qu'on puisse voir si facilement à quel point ma rencontre avec Jonathan Huntington m'avait impressionnée. Mais Annie ne pensait pas à mal, je le sentais : elle voulait réellement me mettre en garde, m'éviter une déception. Et peut-être que ces paroles franches et brutales étaient précisément ce qu'il me fallait, car il n'était pas exclu que je puisse devenir une nouvelle victime du magnifique Jonathan Huntington.

Je parvins à esquisser un sourire :

— Pas de souci, je ne suis pas aussi naïve que ça.

Ce n'était pas vrai du tout, j'étais sacrément naïve en matière d'hommes – mais je n'avais vraiment pas envie d'en discuter maintenant avec ma nouvelle collègue.

— En plus, je ne reverrai probablement plus M. Huntington. À moins qu'il vienne souvent par ici?

Une partie de moi l'espérait, même si je savais que c'était stupide – surtout après la mise en garde que je venais de recevoir.

Annie secoua la tête.

— Non, plutôt rarement, en fait. Mais il n'a pas non plus l'habitude de balader des stagiaires dans sa voiture, alors fais attention… Je ne t'en dis pas plus.

Le ton de sa voix, terriblement sérieux, me perturba. Est-ce qu'elle craignait que Jonathan Huntington puisse s'intéresser à moi? C'était complètement absurde. Et même si c'était le cas… Pourquoi faudrait-il que je fasse attention?

Je m'apprêtais à ouvrir la bouche pour creuser la question mais Annie indiqua, d'un geste déterminé, les papiers posés sur le bureau. Apparemment, le sujet était clos pour elle.

— Je t'ai déjà préparé ton premier travail. Ce sont les comptes rendus de projets dont on va bientôt débattre. Lis-les et fais-t'en une idée, comme ça, tu pourras participer aux discussions. Et ne prends pas ça à la légère, on va te demander lequel tu trouves le plus prometteur et pourquoi.

— C'est un test?

Elle sourit à nouveau largement.

— Oui, d'une certaine façon. Ça te dérange?

— Non.

— Tant mieux, parce que c'est dans ton intérêt. Une fois qu'on aura évalué tes compétences, on pourra mieux t'assigner une fonction. Tu penses t'en sortir pour l'instant?

Je hochai la tête.

— Dans ce cas, Grace, je te laisse seule. Si tu as des questions, n'hésite pas à faire appel à moi. Tu sais où me trouver.

Alors qu'elle était sur le point de sortir, je la retins.

— Je peux utiliser le téléphone? demandai-je en montrant l'appareil sur mon bureau. J'ai loué un appartement pas loin d'ici et il faudrait que j'appelle le propriétaire pour savoir où et quand je peux récupérer les clés.

— Bien sûr, sourit-elle. On veut que tu sois bien logée.

Avant de fermer la porte, elle se retourna une dernière fois.

— Au fait… C'est chouette que tu sois là.

Il y avait dans sa voix tellement de sincérité que ça me fit chaud au cœur.

Remplie d'enthousiasme, je me penchai sur les rapports que je devais étudier. Ce séjour allait être génial, je le sentais. Qu'est-ce qui pourrait mal tourner?

4

Un peu plus tard, en levant les yeux des papiers et des notes que j'avais prises, je constatai avec surprise qu'il était presque quinze heures. J'avais été tellement absorbée par les comptes rendus que j'en avais oublié l'heure.

Je me frottai les yeux, la courte nuit en avion se faisait sentir, et j'allai dans la cuisine me chercher une boisson revigorante. Annie n'avait pas exagéré : c'était une pièce à l'équipement très moderne, avec tout le luxe qu'on pouvait souhaiter. Il y avait une machine à thé et un de ces appareils à expressos haut de gamme, avec toute une sélection de variétés. Je réfléchis un moment et me décidai pour un thé. Après tout, j'étais chez les Anglais – autant m'habituer tout de suite à leurs coutumes.

Mon mug dans la main, je me dirigeai vers la baie vitrée et contemplai la City. Le bâtiment abritant les bureaux de Huntington Ventures faisait partie des nouvelles constructions de la ville, mais juste en face, je vis un des édifices historiques pour lesquels le centre de Londres était célèbre. Je n'aurais su dire s'il s'agissait de la Bourse ou de la *Bank of England*, mais je le découvrirais. J'aurais largement le temps de jouer les touristes : on n'était qu'au début du mois de mai et mon vol retour pour Chicago ne décollerait qu'à la fin du mois de juillet. J'avais douze semaines pour explorer cette ville excitante.

En souriant, je levai les yeux vers le ciel, qui n'était plus couvert de nuages comme à mon arrivée, mais d'un bleu éclatant. Si la climatisation était allumée, le soleil qui se reflétait dans les vitres du bâtiment d'en face laissait deviner une température extérieure agréable.

J'allais me détourner de la baie vitrée et réintégrer mon bureau lorsque mon regard tomba sur la rue, où une longue auto noire venait de s'arrêter. Je reconnus la limousine dans laquelle j'avais circulé quelques heures plus tôt, et mon cœur fit un petit bond dans ma poitrine lorsque deux hommes apparurent sur le trottoir. Malgré la distance, je reconnus aussitôt Jonathan Huntington. L'autre devait être ce Japonais, Yuuto Nagako. Ils parlaient en montant dans la voiture. Un instant plus tard, la limousine redémarrait et se mêlait à la circulation. Elle tourna au coin de la rue et disparut de mon champ de vision.

Le voilà qui s'en va, pensai-je, un peu mélancolique. *Jonathan Huntington, l'homme auquel tu ne dois pas toucher.*

Je poussai un léger soupir et secouai la tête. Comme s'il avait envie que je le touche !

Continue à rêver, Grace. Ou plutôt, arrête de rêver. Réveille-toi.

Je me hâtai de quitter la cuisine et traversai le couloir. Un peu plus loin, deux portes vitrées étaient ouvertes, mais l'ambiance était studieuse : tout le monde travaillait. Même si j'avais fini de plancher sur la tâche qu'on m'avait assignée, je ne voulais déranger personne. Je retournai donc dans mon bureau, m'installai derrière la table et cherchai dans mon sac le numéro du propriétaire que je devais appeler.

L'appartement, un petit studio, se trouvait à Whitechapel. Une zone centrale bien reliée au réseau de transports, pas très éloignée de la City. C'était en tout cas ce qu'indiquait la description. J'avais été ravie de découvrir l'annonce sur Internet et j'avais saisi l'occasion, parce que le prix me convenait aussi. Je ne connaissais pas le quartier mais, sur la carte, ça semblait assez proche du siège de Huntington Ventures. Les photos étaient convenables, les pièces avaient l'air propres et plus ou moins soignées. J'avais dû verser par avance trois cents livres de caution sur le compte du propriétaire, qui m'avait assuré que je les récupérerais en déménageant – à condition qu'il ne constate aucune dégradation. Nous avions beaucoup échangé par mail et il m'avait paru très gentil.

Dans mon petit carnet de notes, j'avais inscrit le numéro où je pouvais le joindre. Une femme décrocha dès la deuxième sonnerie.

— Pourrais-je parler à monsieur Scarlet, s'il vous plaît? demandai-je poliment.

Soupir à l'autre bout de la ligne.

— Il n'y a pas de monsieur Scarlet ici. Vous avez fait un faux numéro.

— Mais…

Ce n'était pas possible.

— Écoutez, je suis Grace Lawson. J'ai loué le petit appartement d'Adler Street et monsieur Scarlet m'a donné ce numéro pour que je puisse le contacter sur place. Je suis arrivée d'Amérique aujourd'hui et il faut vraiment que je lui parle.

— Mon petit cœur, je vous ai déjà dit qu'il n'y avait pas de monsieur Scarlet ici. J'aimerais vous aider, mais vous avez fait un faux numéro.

Ce n'était vraiment pas possible. Je décidai de faire une nouvelle tentative.

— Vous habitez bien à Whitechapel, Adler Street?

— J'habite à Spitalfields, s'agaça la femme. Et je ne connais pas d'Adler Street.

Spitalfields était juste à côté de Whitechapel, je l'avais vu sur la carte. Je m'étais peut-être trompée de quartier. Ou alors, le nom de la rue était erroné.

— Il n'y a pas d'appartements chez vous?

Je me raccrochai à un fétu de paille. J'attendis sa réponse en retenant mon souffle.

— Si. Mais ils sont tous occupés, pour autant que je sache.

J'expirai brusquement tout l'air contenu dans mes poumons. C'était mon dernier espoir. Comme je me taisais, j'entendis la femme tiquer à l'autre bout de la ligne.

— Écoutez, je ne peux pas vous aider, d'accord?

— Mais monsieur Scarlet m'a…

— Je suis vraiment désolée pour vous, mon petit cœur. Bonne journée.

Un *clic* sonore. Elle avait raccroché.

Le combiné dans la main, je restai assise là, figée. La nausée m'envahit et je frissonnai.

L'homme que j'avais pris pour mon propriétaire était manifestement un escroc qui n'en voulait qu'à mes trois cents livres de caution. L'appartement n'existait pas… mais comment aurais-je pu le savoir? Sur Internet, il paraissait tellement réel, abordable et proche du centre.

Je me frappai le front. C'était justement l'astuce! Ça rendait l'annonce particulièrement intéressante, et depuis les États-Unis, je ne pouvais pas la contrôler. Je m'étais satisfaite de la confirmation écrite, reçue par mail, qui n'avait pas plus de valeur que le papier sur lequel je l'avais imprimée. Bordel!

Pour autant, ce n'était pas mon principal problème. S'il n'y avait pas de studio, je ne pouvais pas y emménager avec ma monstrueuse valise noire. Je n'avais pas de toit sur la tête et aucune idée de la façon de m'y prendre pour retrouver rapidement un logement. Je pouvais me rabattre sur un hôtel ou une pension, mais ce n'était pas une solution à long terme.

Les larmes me montèrent aux yeux. Je ne pleurais pas seulement pour l'argent que j'avais perdu et les nouvelles recherches auxquelles j'allais devoir me livrer. Non, je me sentais affreusement abandonnée. Par Londres. Par mon rêve d'y faire un séjour agréable. Je ne m'étais pas imaginé les choses comme ça.

Je m'essuyai les yeux du revers de la main et me rendis dans le bureau d'Annie. Heureusement, elle était seule.

Je me laissai tomber lourdement sur la chaise libre en face d'elle.

— Que se passe-t-il? demanda-t-elle aussitôt, soucieuse.

Je lui rapportai d'une voix hachée ce qui venait de m'arriver. Arrivée au bout de mon récit, je luttai de nouveau contre des larmes de colère et de déception.

— C'est si injuste! m'écriai-je.

— Rappelle-moi comment s'appelait le type qui s'est fait passer pour ton propriétaire?

— Will Scarlet.

— Tu sais que c'est un personnage célèbre de la légende de Robin des Bois, non?

Je la fixai, déconcertée.

— Non, avouai-je.

Je me sentais stupide. Et ce n'était pas la première fois depuis ce matin... Pour me justifier, j'ajoutai:

— Je... je ne m'y connais pas trop en littérature.

Un aveu pénible. Mais comme je l'avais déjà expliqué à Jonathan Huntington, j'aimais bien jouer avec les chiffres, pas avec les lettres. Si quelque chose m'attirait dans l'art, ce n'était pas les textes, mais les tableaux, les sculptures, ce que je pouvais toucher, ce qui était concret.

Et même si j'avais été plus cultivée, si j'avais connu Will Scarlet, j'aurais fait le rapprochement sans nécessairement me montrer méfiante. Je me serais dit que c'était le hasard. Après tout, les gens ont parfois de drôles de noms.

Je secouai la tête en soupirant. Les autres ne se laissaient probablement pas duper aussi facilement que moi. Ce qui en disait long sur mon incroyable naïveté. J'étais crédule et stupide. Et sans toit.

— Merde.

J'avais lâché le mot sans réfléchir. C'était totalement déplacé dans un contexte professionnel. Mais ça faisait tellement de bien de le prononcer. Je regardai Annie d'un air de défi. Est-ce que je l'avais choquée ? Les coins de sa bouche tremblaient.

— Oui, confirma-t-elle. Tu es dans une belle merde.

Un fou rire nous secoua presque au même moment.

— Peut-être que ton faux propriétaire est vraiment un défenseur moderne des pauvres. Dans ce cas-là, tu pourrais au moins te consoler avec la pensée que ta caution va servir un but noble.

— Ah ! Ah !

Je souris un instant, puis redevins sérieuse.

— Tu crois que ça aiderait, d'aller voir la police ?

Annie hocha la tête.

— On va s'en occuper, ça ne peut pas faire de mal.

Je la trouvai adorable d'employer ce « on ». Ça voulait dire qu'elle ne me laisserait pas m'en charger toute seule ?

— Mais ça ne résout toujours pas ton problème de logement, ajouta-t-elle en fronçant les sourcils.

— Je pourrais aller dans une pension, pour commencer.

Je remarquai aussitôt le ton plaintif de ma voix. La fatigue m'envahissait et la perspective de devoir passer du temps à chercher une chambre me déprimait totalement. Les larmes me montèrent aux yeux une fois de plus, sans que je puisse les retenir.

— Non, lança Annie avec détermination. J'ai une bien meilleure idée.

Elle s'accouda au bureau et se pencha vers moi avec un large sourire.

— Tu viens chez moi, dans un premier temps.

— Tu es sérieuse?

Son offre était si alléchante que j'avais du mal à y croire.

Elle opina du chef.

— J'habite à Islington, en colocation avec deux garçons sympas. On a une chambre libre en ce moment, tu pourras y dormir cette nuit. Ensuite, on avisera. Qu'est-ce que tu en penses?

Ce que j'en pensais? Que j'étais la fille la plus chanceuse de tout Londres, que mon univers était de nouveau en ordre et que j'aurais pu embrasser Annie French!

— Tu es la meilleure.

J'échangeai un sourire avec elle: je m'étais fait une nouvelle amie.

— C'est réglé, alors, répondit-elle malicieusement. Et maintenant, retour au boulot. La réunion de service commence dans dix minutes. Tu as pu lire les rapports dans le détail?

Je le lui confirmai et elle me fit un signe de tête approbateur. Shadrach Alani, son collègue, revint et prit un tas de papiers sur son bureau. Il me sourit.

— Vous venez?

Je quittai la pièce avec eux, de nouveau confiante en mon destin.

5

La station de métro portait le joli nom d'«Angel». Mais je dus déchanter bien vite:

— On a encore un bout de chemin à pied, m'expliqua Annie.

Je gémis intérieurement: ma valise était une vraie calamité et j'aurais aimé être déjà arrivée.

Cependant, tandis que nous avancions, j'oubliai le poids que je traînais et regardai autour de moi avec fascination. Islington était un quartier vraiment agréable. Une enfilade d'immeubles à deux étages, certains modernes, d'autres anciens mais restaurés avec amour, s'alignait de part et d'autre de la rue bordée d'arbres. Il y avait aussi toutes sortes de petits magasins et de boutiques aux devantures attirantes: fringues *vintage*, œuvres d'art, meubles, produits d'épicerie fine, pains et pâtisseries. Mon cœur fit un bond: le voilà le Londres que je voulais conquérir à tout prix.

Remarquant mon regard avide, Annie se mit à rire.

— Envie de faire du lèche-vitrines avec une Londonienne à la première occasion?

Je hochai la tête avec enthousiasme.

— Et comment!

J'avais peut-être une chance de découvrir les secrets vestimentaires de ma nouvelle colocataire.

Au bout d'un moment, Annie tourna à gauche dans une petite rue, une impasse donnant sur un mur. Les immeubles se ressemblaient tous. En brique brune avec de belles fenêtres cintrées blanches, ils comptaient deux étages. Seuls quelques-uns étaient totalement blancs. Un seul, brun lui aussi, possédait trois étages. Annie s'arrêta devant.

— On y est, annonça-t-elle en indiquant la porte d'entrée.

Elle appuya plusieurs fois sur la sonnette du haut. Depuis le trottoir, je considérai avec curiosité mon nouveau domicile. Ma fatigue s'était envolée. Finalement, j'avais eu de la chance que l'appartement de Whitechapel tombe à l'eau. C'était beaucoup mieux ici.

Annie continuait à sonner.

— Tu n'as pas la clé? lui demandai-je, étonnée.

— Si, bien sûr…

Du menton, elle désigna ma valise:

—… mais je n'ai aucune envie de trimballer ce truc dans l'escalier.

Je la regardai, consternée: j'étais très probablement incapable de monter à pied mon bagage.

— Vous habitez à quel étage? soupirai-je.

— Tout en haut, mais je pense que notre sauveur est déjà en route.

Effectivement, la porte s'ouvrit brusquement et un jeune homme apparut dans l'embrasure. Il avait des cheveux châtain clair et une allure sportive. Son regard se posa sur Annie, surpris.

— Qu'est-ce qui se passe? Tu as oublié ta clé?

Son accent était sans conteste américain, ce qui me le rendit immédiatement sympathique. Un compatriote, hourra!

Annie fit cliqueter son trousseau sous son nez.

— Non, elle est ici.

Le jeune homme haussa les sourcils.

— Et tu ne pouvais pas ouvrir parce que…

— Parce que ça n'aurait servi à rien. On a besoin de toi. C'est une urgence.

Elle se tourna vers moi et me présenta, paume de la main vers le haut.

— Marcus, voici Grace Lawson de Chicago. Grace, voici Marcus qui a quitté son Maine pour passer deux semestres dans notre merveilleuse ville de Londres. Grace est stagiaire dans ma boîte et elle se retrouve sans toit – une longue histoire, on t'expliquera plus tard –, donc elle va dormir cette nuit dans la chambre libre.

Alors seulement, Marcus parut noter ma présence. Il me détailla avec curiosité, comme je venais de le faire. Puis son regard tomba sur la valise posée près de moi.

— Je vois… Marcus le déménageur, hein? fit-il avec un sourire.

Apparemment, il était lui aussi incapable d'en vouloir à Annie. Il descendit les marches avec entrain et me tendit la main.

— Salut, Grace.

— Bonsoir, Marcus.

Il serra ma main d'une poigne énergique.

— Bon, on va t'aider à t'installer. Il faut se serrer les coudes, entre Américains.

Annie leva les yeux au ciel, tandis qu'il hissait mon bagage jusqu'à la porte d'entrée. Il disparut dans l'immeuble.

— C'est super gentil de ta part! lui criai-je. Merci beaucoup.

— Considère qu'on te fait une faveur, mon grand. Après tout, il faut que tu t'entraînes, renchérit Annie.

Comme je la regardais sans comprendre, elle s'expliqua :

— Marcus est étudiant en sport, il doit participer à quelques compétitions d'athlétisme cet été.

— Et ça aide de soulever des poids ? demandai-je, sceptique.

— Il le fait avec plaisir, crois-moi. Il est vraiment serviable, me tranquillisa-t-elle pendant que nous montions les nombreuses marches menant au dernier étage.

— Je me demande combien de temps ça va durer si tu l'exploites trop, répliquai-je.

Tout ça me mettait un peu mal à l'aise.

Marcus nous attendait devant une porte ouverte. Sans ma valise, probablement à l'intérieur. Il avait le souffle court et ma mauvaise conscience grandit. Il devait déjà me détester. Une mauvaise entrée en matière.

— Merci, répétai-je, embarrassée. C'est vraiment super.

— Pas de quoi.

Il sourit et nous laissa le précéder dans l'appartement. Le couloir était long, avec de hauts murs et de vieilles portes en bois plus très droites. Des affiches et des tableaux colorés étaient accrochés de chaque côté et des livres s'entassaient dans les étagères étroites installées entre les portes, ce qui le rendait très accueillant. Un foulard orange était fixé au-dessus du cadre d'une porte.

Dans l'air flottait une agréable odeur, un mélange d'épices asiatiques qui me donna instantanément une faim de loup. Pas étonnant, je n'avais rien mangé de convenable de toute la journée, à part quelques-uns des petits gâteaux mis à disposition sur la table de réunion.

— On dirait que tous les hommes de Londres sont gentils avec toi aujourd'hui, me chuchota Annie, tandis que nous suspendions nos vestes au portemanteau derrière la porte d'entrée.

Il était tellement chargé qu'il semblait prêt à s'effondrer.

Annie me donna un coup de coude pour souligner sa plaisanterie, et je compris qu'elle faisait allusion à notre discussion sur Jonathan Huntington. Une fois de plus, je me mis à rougir. Mais avant que je puisse lui répondre, elle se dirigea vers la porte située à l'autre bout du couloir.

— Je vais voir si je peux donner un coup de main à Ian pour préparer le repas. Tu lui montres la chambre, Marcus, d'ac?

Je me retrouvai seule avec l'athlétique Marcus, légèrement intimidée. Un peu plus âgé que moi peut-être, il portait un tee-shirt blanc qui soulignait des muscles impressionnants et un jean moulant. Il avait un beau sourire et il était séduisant, c'était indéniable.

Maintenant, si j'avais pu choisir un homme à Londres pour se montrer particulièrement gentil avec moi, j'aurais encore pris Jonathan Huntington…

— Bon, par ici, fit Marcus, m'arrachant à mes pensées.

Il m'entraîna un peu plus loin dans le couloir et poussa la porte voisine de celle marquée du foulard orange. Je passai la tête et découvris une chambre très spacieuse avec un lit, un bureau placé devant les deux fenêtres, une armoire et plusieurs étagères vides. Visiblement inhabitée, elle dégageait une impression de grande propreté. Mon bagage se dressait, solitaire, sur le tapis devant le lit.

— Voilà ta chambre pour aujourd'hui, déclara Marcus.

J'entrai en hésitant et regardai autour de moi. La pièce nue n'était pas aussi vivante que le couloir avec ses affiches et ses livres, mais ça n'avait rien de surprenant.

— Ça fait longtemps qu'elle est vide?

— Un mois tout juste, répondit-il. Claire, qui l'occupait, est rentrée à Édimbourg. Elle travaillait aussi chez Huntington Ventures, au service de presse. Un bon boulot, mais elle a trouvé autre chose. C'est arrivé assez brutalement. Elle a payé le loyer du mois et on n'a pas encore eu l'occasion de chercher un autre colocataire.

Cette nouvelle me stupéfia. Ça voulait dire que la fille du service de presse dont Annie m'avait parlé était plus qu'une collègue : une amie ? Était-ce pour cette raison qu'elle m'avait mise en garde contre Jonathan Huntington en insistant autant ? Que savait-elle sur lui qu'elle ne me disait pas ?

— Ça ne va pas ? demanda Marcus.

Il avait l'air soucieux et je me hâtai de sourire pour ne rien laisser paraître.

— Non, non, lui assurai-je en retournant dans le couloir.

Marcus m'y indiqua trois autres portes, sans les ouvrir.

— Voilà mon antre, Ian loge ici et notre chef réside là.

Il avait dit ça sur un ton affectueux qui me confirma qu'Annie et lui s'entendaient bien.

— Et voilà la salle de bains, poursuivit-il en ouvrant la porte à côté de ma chambre.

Elle n'était pas particulièrement grande et elle aurait eu besoin d'être rénovée, mais elle était propre et disposait de tout le nécessaire : une baignoire avec des robinets désuets, un rideau de douche assez usé, des toilettes et plusieurs armoires. Certaines étaient ouvertes, dévoilant un méli-mélo d'articles de toilette féminins et masculins ainsi que des serviettes de toutes les couleurs. Un drap de bain avait été mis à sécher le long de la baignoire. Sur le mur d'en face, un grand tableau représentait une plage sous un coucher de soleil.

Marcus me conduisit ensuite au bout du couloir, dans une grande pièce lumineuse :

— Et voici le cœur de notre royaume : la cuisine !

Ce n'était pas franchement une cuisine design, elle ne possédait même pas un vrai plan de travail. Il y avait là de vieux placards, une cuisinière encore plus ancienne et un grand frigo argenté très moderne, qui n'allait pas vraiment avec le reste. Face à la fenêtre, une table en bois avec des chaises et un banc.

Annie se trouvait devant la gazinière, avec un jeune homme qui l'enlaçait. Il lui chuchota à l'oreille quelque chose qui la fit rire. Elle n'avait pas du tout évoqué le fait qu'elle sortait avec un des «garçons» de la colocation, mais je remarquai les regards amoureux qu'ils échangeaient.

Ils se séparèrent en nous apercevant et le jeune homme m'adressa un sourire. Je l'observai avec curiosité. Il était plus petit que Marcus mais il avait comme lui une allure sportive. Ses longs cheveux blonds étaient noués en queue-de-cheval. Plusieurs piercings ornaient son oreille gauche et ses avant-bras, comme une partie de son cou, étaient tatoués.

Il s'essuya les doigts à un torchon.

— Bonsoir, je suis Ian.

Il avait une poignée de main ferme, lui aussi.

— Annie m'a expliqué que tu allais passer la nuit chez nous.

Il avait un drôle d'accent écossais et donnait l'impression d'être un type franc et direct.

— Ça sent bon, souris-je en indiquant les casseroles dont il remuait le contenu.

— Ma spécialité: curry à la Ian. Pose-toi, c'est bientôt prêt. Marcus, tu ouvres le vin? La bouteille est là-bas.

Marcus prit la bouteille de vin rouge posée sur le buffet et s'attela à sa tâche. Je m'installai à côté d'Annie. Assise sur le banc, elle feuilletait un magazine.

— Alors, la chambre te plaît? s'enquit-elle.

Je hochai la tête, mais une question me tournait dans le crâne.

— Annie, pourquoi ne pas m'avoir dit que la fille du service de presse dont tu m'as parlé ce matin était ton amie?

Elle posa sa revue.

— Parce que ce n'était pas le cas, voilà pourquoi. On habitait ensemble et elle était gentille, mais je ne l'ai jamais vraiment comprise.

— Parce qu'elle était amoureuse de Jonathan Huntington?

— Oui, pour ça aussi.

— Elle avait quel âge?

— Vingt-sept ans. C'était une connaissance de Ian. Elle venait d'Édimbourg, où elle est retournée. Elle avait un boulot génial ici, une vraie chance de faire carrière. Et elle l'abandonne parce que...

— Parce que quoi?

— Parce qu'elle ne peut pas avoir ce mec. Parce qu'il... Ah, qu'est-ce que j'en sais? Écoute, elle n'a raconté à personne ce qui s'est passé au juste, mais je sais un truc: quelque chose cloche avec Jonathan Huntington. Alors, une bonne fois pour toutes: pas la peine d'y penser.

Je me dépêchai de me défendre.

— Je n'y pense pas!

— Alors pourquoi tu ne laisses pas tomber le sujet?

Elle avait raison, mais tout ça me travaillait.

— Tu penses que c'est en rapport avec le fait qu'il est noble? repris-je.

Elle ne put s'empêcher de rire.

— Parce que tous les nobles anglais sont un peu extravagants? Grace, tu as vu trop de films. Ça n'a rien à voir du tout. En plus, il n'est pas encore noble. Il deviendra le prochain comte de Lockwood à la mort de son père, qui réside à Lockwood Manor, une superbe propriété au sud d'ici, sur la côte. Notre boss va en hériter, il aura aussi un siège à la Chambre des Lords, mais il n'accédera vraiment à la noblesse que quand le vieux comte aura rendu l'âme. On peut l'appeler «monsieur le vicomte», mais c'est juste une formule de politesse pour le fils aîné. Au final, Jonathan Huntington est encore un bourgeois. Il fait partie du peuple comme toi et moi. Pour l'instant, en tout cas.

— Je ne savais pas tout ça.

Consternée, je repensai au « sir » avec lequel je l'avais salué à l'aéroport. Mon Dieu, je m'étais encore rendue ridicule.

Annie eut un large sourire.

— Tu peux oublier tout de suite ce que je viens de te dire. Si tu t'adresses à lui en lui donnant du « lord Huntington » – tu pourrais, ce serait correct –, tu risques de t'attirer un regard mauvais. Il peut prétendre à être appelé comme ça, mais il n'y tient pas. Et maintenant, je ne veux plus parler de Jonathan Huntington, d'accord? Notre dernière colocataire faisait une fixation sur lui, alors ne t'y mets pas.

Elle me donna une bourrade, puis lança :

— Profite plutôt de l'excellent repas de Ian. Il a un studio de tatouage plus bas et il est si occupé qu'il n'a pas souvent l'occasion de cuisiner.

Marcus nous tendit un verre de vin à toutes les deux. Un peu plus tard, lorsque Ian posa sur la table les assiettes de curry fumantes, je réussis effectivement à chasser de mes pensées l'homme qui m'avait tellement déstabilisée dans la journée. Je savourai l'atmosphère détendue qui régnait dans la cuisine. Ian rapporta des anecdotes amusantes de son studio de tatouage et Marcus me posa un tas de questions sur l'endroit d'où je venais. Son accent familier me donnait l'agréable impression de ne plus être seule au milieu d'Anglais.

Mes hôtes ne se lassaient pas de m'entendre raconter l'histoire de mon faux propriétaire et s'en amusaient, tant et si bien que je pus en rire moi-même.

Finalement, rassasiée et un peu éméchée, je me sentis épuisée au point d'avoir du mal à garder les yeux ouverts. Mais je devais encore appeler ma sœur Hope et lui relater ma mésaventure et son issue heureuse. Puis je pris congé des autres, toujours assis dans la cuisine.

En entrant dans ma chambre, je vis qu'Annie avait fait mon lit et la gratitude m'envahit. J'eus tout juste la force de sortir ma chemise de nuit de ma valise, de l'enfiler et de me glisser sous la couette.

Je pensais m'endormir aussitôt, mais mon cerveau continuait à faire défiler les images de cette journée palpitante. Une en particulier revenait très souvent.

Et merde ! Annie a raison, il faut que tu arrêtes de penser à Jonathan Huntington. Au mieux, tu le verras quelques fois de loin. Il n'a rien à faire dans ta vie. Alors, oublie-le, Grace !

C'était un futur comte et il hériterait d'un siège à la Chambre des lords. D'un domaine, aussi. Comme si sa richesse, sa société et tout le reste ne suffisaient pas. Un univers nous séparait.

Sois raisonnable : à partir de demain, ne pense plus à lui et concentre-toi sur ton travail.

Ce fut ma dernière pensée avant que le sommeil me submerge.

6

— Vous êtes sérieux?

Je fixais Annie tandis que le métro passait à toute allure sur un aiguillage et nous secouait. Il était sept heures et demie, la rame était remplie de gens qui se rendaient à la City. Debout, on se retenait aux barres au-dessus de nous.

— Tu crois que je te l'aurais proposé, sinon? sourit Annie. Tu étais déjà au lit et on en a parlé avec les garçons. On était tous pour. Surtout Marcus… Je pense que tu lui as fait forte impression.

— C'est tellement gentil!

Je n'arrivais toujours pas à croire à ma chance: je pouvais intégrer la colocation pour toute la durée de mon stage! Annie venait de me l'apprendre et j'étais si enthousiaste que j'aurais pu l'embrasser. En me réveillant, j'avais pensé avec effroi à la recherche de logement qui m'attendait.

— Bien sûr, je vous paie tout de suite un loyer, annonçai-je avec détermination.

Annie fit un signe de dénégation.

— On verra plus tard. Il faut d'abord que tu récupères tes trois cents livres. À ce propos, on pourrait aller porter plainte à la police après le travail, si tu veux. Qui sait, ils attraperont peut-être ce type.

— Oui, on fait comme ça.

Je n'étais plus triste que l'appartement de Whitechapel se soit envolé. L'alternative était tellement mieux! Au lieu de me retrouver seule le soir, je pourrais passer du temps avec trois jeunes vraiment sympas. J'avais un vrai chez-moi dans cette ville étrangère, et c'était un sentiment génial. Les choses auraient pu tourner autrement.

En sortant à la station «Moorgate», il fallait longer le mur de Londres pour rejoindre le bâtiment de Huntington Ventures. C'était encore une belle journée! Le ciel bleu et sans nuages reflétait mon état d'âme.

Dans l'ascenseur, Annie m'expliqua quel service correspondait à quel étage.

— Et l'étage de la direction?

La question m'avait échappé.

Elle haussa un sourcil.

— Tu recommences.

— Je veux juste savoir, objectai-je.

Elle céda et désigna le bouton tout en haut.

— Au dernier étage. De là, on a une vue fantastique sur la City.

Les portes s'ouvrirent au quatrième étage. Alors que nous passions devant le secrétariat, Veronica Hetchfield nous arrêta.

— Un moment, Miss Lawson. Le patron vient d'appeler. Il voudrait vous parler.

Je me figeai sur place. Le patron? Avec un temps de retard, je compris qu'elle parlait sûrement du chef de service.

— Merci.

Je commençai à me diriger vers le bureau de Clive Renshaw, mais elle me retint.

— Pas par là. Le bureau de monsieur Huntington est en haut.

Ma gorge se noua.

— Monsieur Huntington? répétai-je d'une voix cassée. Vous voulez dire que le patron, c'est monsieur Huntington?

Elle leva les sourcils.

— Monsieur Huntington est le patron, exactement.

Alors seulement, je saisis la stupidité de ma question.

— Je veux dire: c'est lui qui voudrait me parler?

— C'est ce qu'il a dit en appelant à l'instant, confirma-t-elle avec un mouvement impatient de la main. Allez-y, ne le faites pas attendre. Il déteste ça.

Annie, toujours à mes côtés, écarquilla les yeux. Veronica aussi semblait trouver inhabituel que je sois appelée à l'étage de la direction dès le deuxième jour. Elle me détaillait de la tête aux pieds, ce qui me rendit encore plus nerveuse.

— Bon, à plus tard, lâchai-je finalement.

Je remis à Annie mon sac à main et mon léger manteau d'été, puis tournai les talons pour rejoindre l'ascenseur dont nous venions de sortir. J'avais la sensation que mon cœur battait dans ma gorge.

— Va tout en haut, me lança Annie. Tu trouveras une autre réception. La secrétaire te conduira dans son bureau.

Je lui adressai par-dessus mon épaule un sourire peu assuré et entrai dans la cabine.

L'ascenseur monta à une vitesse effrayante et, lorsque les portes s'ouvrirent, je pénétrai, bouche bée, dans le centre décisionnel de Huntington Ventures. Waouh! La réception était immense et les parois extérieures, de grandes baies vitrées comme dans tout le bâtiment, offraient effectivement une vue sur la ville à couper le souffle. Le silence régnait: la moquette épaisse semblait avaler tous les bruits, même celui de mes pas. Je passai devant deux fauteuils design et me dirigeai vers le bureau en bois sombre placé au milieu, entre quatre portes.

Elles n'étaient pas en verre comme en bas, on ne pouvait pas voir ce qu'il y avait derrière.

Une brune séduisante leva les yeux et me sourit.

— Ah, Miss Lawson, fit-elle, comme si j'étais déjà venue une centaine de fois. Monsieur Huntington vous attend.

Elle se leva, fit le tour de son bureau et s'approcha de la porte tout à droite. Son tailleur saphir avait l'air de coûter cher, je pouvais difficilement rivaliser d'élégance avec elle. J'avais troqué mes habits noirs de la veille contre une jupe claire et un chemisier vert pâle. À mon réveil, plantée devant ma valise que je n'avais pas encore eu le temps de déballer, j'avais repensé aux paroles de Hope et choisi les vêtements qui me paraissaient les plus printaniers.

Je lissai nerveusement ma jupe moulante. En fait, je regrettais d'avoir fait le choix du vert. Il était loin d'être aussi éclatant que le bleu saphir porté par la secrétaire. Brusquement, je le trouvai même ennuyeux. Je baissai les yeux sur ma tenue et déboutonnai un peu plus mon chemisier. Maintenant, on pouvait voir la bordure en dentelle de mon caraco. Au moins, je me sentais un brin plus attirante.

La femme ouvrit la porte et annonça mon arrivée. D'un signe de la tête, elle m'invita à entrer. Je m'exécutai en hésitant. La porte se referma derrière moi et je me retrouvai seule – seule avec le boss.

Jonathan Huntington était assis derrière un grand bureau en bois luisant aux courbes élégantes, à l'autre bout de la pièce. Celle-ci était aussi vaste que la salle de conférence de la veille. Non, plus vaste, avec à ma droite des canapés en cuir cognac et des armoires en bois clair, assortis à l'ameublement sobre et intemporel. La paroi derrière le bureau, entièrement en verre, dévoilait les coulisses grandioses de la City.

Un spectacle époustouflant. J'ignorais ce qui m'impressionnait le plus, la ville ou l'homme qui venait de se lever et se dirigeait vers moi.

— Miss Lawson.

Sa voix était douce et profonde. Si agréable qu'un petit frisson me parcourut le dos. Le cœur battant, j'avançai à sa rencontre sur le tapis épais. Je n'avais pas la moindre idée de ce qu'il me voulait, et mon pas n'était pas assuré.

Plus nous approchions l'un de l'autre, mieux je distinguais ses traits: le menton volontaire, les pommettes hautes, les lèvres pleines. Je fixai ses yeux bleus qui tranchaient avec son visage bronzé et ce léger sourire qui m'avait rendue si nerveuse la veille. Il portait encore du noir et ses cheveux retombaient sur son front, mais cette fois il était rasé de près.

Arrivée en face de lui, je sentis son après-rasage; il avait toujours le même effet déstabilisant sur moi. Sa poignée de main était chaude et ferme, un contact qui ne dura qu'une seconde. Il indiqua le siège devant son bureau, un fauteuil recouvert de cuir, assorti à son propre fauteuil.

— Asseyez-vous.

Je m'installai dans le large siège, tandis qu'il faisait le tour de son bureau et prenait place.

— Pas de noir aujourd'hui? demanda-t-il en désignant mes vêtements.

— Euh… non.

Là encore, je m'en voulus d'avoir écouté Hope. Mais comment aurais-je pu savoir que j'allais croiser à nouveau l'homme à qui mes habits noirs avaient plu?

Il s'adossa à son fauteuil.

— Comment était votre premier jour chez nous, Miss Lawson? Êtes-vous satisfaite?

Je le fixai avec étonnement. Il voulait savoir comment j'allais? C'était un test ou quoi?

— Je… merci, ça me plaît bien. Les collègues sont très gentils, surtout… Annie French. Elle m'a beaucoup aidée.

— Oui, j'en ai entendu parler. Vous avez eu des problèmes avec votre studio?

J'étais totalement décontenancée. Il était au courant? Par qui? Je n'avais rien raconté à Clive Renshaw. Par contre, Veronica avait compris ma situation au moment de mon départ avec Annie, la veille au soir. Est-ce que Jonathan Huntington lui avait posé la question? Et en quoi ça l'intéressait?

— Je suis malheureusement tombée sur un escroc, lui expliquai-je. Il s'est fait passer pour un propriétaire et il a encaissé la caution d'un appartement qui n'existe pas. Mais je n'étais pas sans toit: j'ai pu passer la nuit chez miss French.

Il se pencha en avant.

— Nous ne voulons surtout pas qu'une de nos stagiaires dorme dans la rue.

C'était comme si sa voix me caressait. Comment me concentrer sur ce qu'il disait?

Reprends-toi, Grace!

— Notre service juridique va s'occuper de cette affaire et porter plainte sur-le-champ, poursuivit-il. Espérons que la police mettra la main sur cet homme et que vous pourrez récupérer votre argent. Je suppose qu'il y a des pièces attestant du virement que vous avez effectué?

— Non… je veux dire, oui, j'ai des documents. Mais ce n'est vraiment pas nécessaire que vous entrepreniez quelque chose. Je peux aller voir la police moi-même.

À la seule pensée qu'il puisse me demander le nom de mon prétendu propriétaire, mon front se couvrit de sueur. Si je devais avouer à Jonathan Huntington que je connaissais mal une des plus fameuses légendes anglaises, j'allais mourir de honte. C'était déjà assez gênant comme ça.

— Profitez de l'aide que je vous offre. J'insiste. Par ailleurs, j'ai trouvé une solution à votre problème de logement. Vous pouvez habiter pour la durée de votre stage dans un appartement qui appartient à la société, tout près d'ici. Steven, mon chauffeur que vous connaissez déjà, vous y conduira en fin de journée.

J'essayais de réfléchir à sa proposition, comme assommée. Il m'avait dégoté un appartement. O.K., c'était gentil. Waouh! Très gentil, même. Mais il aurait au moins pu me demander si ça me disait, ou si j'en avais besoin. Ça m'agaçait qu'il décide de tout, comme si les gens faisaient toujours ce qu'il disait. C'était probablement le cas, ce qui expliquait son succès. Pour autant, même s'il avait pu me convaincre la veille de monter dans sa voiture, cette fois, ma décision était prise.

Je lui souris.

— C'est très aimable, monsieur Huntington, mais j'ai résolu toute seule mon problème de logement. Il reste une chambre de libre dans la colocation de Miss French, et elle m'a proposé ce matin d'y emménager.

— Une chambre dans une colocation n'a rien de comparable avec l'appartement dont nous parlons. Il s'agit d'une suite, un penthouse que nous mettons habituellement à disposition de nos partenaires commerciaux quand ils sont en ville.

De toute évidence, pour lui, mon choix devait se porter sur son appartement de luxe.

Seulement, son offre avait beau être super alléchante, rien ne m'obligeait à l'accepter. Pour rien au monde, je n'aurais laissé tomber ma chambre à Islington.

— C'est possible, et je vous suis très reconnaissante. Mais je me sens très bien dans la colocation de Miss French et j'aimerais y rester.

— Ah!

Il pouvait à peine cacher sa surprise et son mécontentement.

— Eh bien, c'est votre choix.

Son ton sans équivoque révélait ce qu'il pensait de ma décision, et la mauvaise conscience m'envahit.

Il devait me trouver plutôt têtue de ne pas vouloir qu'il m'aide, mais je ne voulais pas me retrouver seule dans un penthouse alors que je pouvais passer du bon temps avec Annie et ses amis.

De nouveau, il fronça les sourcils. Visiblement, il était toujours irrité par ma réponse. Pour échapper à son regard critique, je fixai son torse. Son torse assez large. Il ne portait toujours pas de cravate et le col de sa chemise cintrée était déboutonné. Fascinée, je contemplai la peau bronzée qu'il dévoilait. Puis je relevai précipitamment les yeux, la bouche sèche, et mon regard plongea dans le sien.

— Autre chose? m'enquis-je en remuant dans mon fauteuil, mal à l'aise.

Ça devait être fini, là. Qu'est-ce qu'il pouvait vouloir d'autre de moi?

— Non, ce n'est pas tout, répondit-il d'un ton déterminé.

Je me redressai aussitôt et j'attendis.

Je n'avais aucune idée de ce qui allait suivre. Cet entretien n'était pas loin de me torturer. Quand même, il pourrait avoir pitié de moi et me laisser enfin repartir! Après tout, rien n'avait changé. C'était le boss et je n'étais personne, juste quelqu'un qui avait le droit d'acquérir un peu d'expérience dans sa société. Un hasard gênant m'avait peut-être permis d'attirer son attention, mais ça ne durerait pas longtemps. Le fossé qui nous séparait était trop large. J'espérais juste avoir assez de chance pour ne pas me ridiculiser encore plus.

Il s'adossa de nouveau à son siège, avec cette décontraction extrême qui respirait l'assurance. Une mèche était retombée sur son front et il l'écarta de la main. Un geste très naturel dont il ne parut pas avoir conscience. J'appréciais la longueur de ses cheveux. Ce genre de coupe n'allait pas à tout le monde.

Alors que je me demandais si sa chevelure était aussi soyeuse qu'elle en avait l'air, je remarquai qu'il s'était remis à parler et redescendis sur terre aussi sec.

— Clive m'a rapporté que vous lui avez fait une très bonne impression au cours de votre première réunion, hier. Il semble que vous soyez extrêmement engagée et que vous ayez un bon feeling pour les projets qui sont la spécialité de ce service – un des maillons centraux de notre société, auquel nous sommes particulièrement attachés, mon associé et moi.

— Je sais… je veux dire, pas que j'ai fait bonne impression, mais que vous tenez beaucoup à promouvoir les innovations. Après tout… ça correspond à la philosophie de votre entreprise.

Qu'est-ce que je racontais? Il fallait vraiment que je sorte d'ici, et vite.

Il sourit et son incisive cassée me captiva une fois encore. Si ses dents avaient formé une rangée parfaite, Jonathan Huntington serait resté sacrément séduisant. Mais… ce petit bout manquant donnait à son sourire quelque chose d'unique dont je ne me lassais pas. Ça le rendait plus vulnérable, d'une certaine façon. Comment ç'avait pu lui arriver?

— Vous êtes bien informée, commenta-t-il de sa voix profonde. Réjouissez-vous, Miss Lawson. À partir de maintenant, vous allez travailler pour moi.

— Euh… Je pensais que c'était déjà ce que je faisais, répondis-je, décontenancée.

Son sourire se creusa.

— J'ai dû mal m'exprimer. Bien sûr que vous travaillez déjà *pour* moi, mais vous allez travailler *avec* moi.

Quoi? Mon rythme cardiaque s'accéléra.

— Avec vous? Je ne comprends pas…

— Je vais vous permettre de vous faire une idée de la façon dont cette entreprise est dirigée. Vous pourrez m'accompagner comme une sorte… d'assistante. Il y aura des exceptions, mais vous viendrez à la plupart des entretiens que je mènerai et vous pourrez me poser toutes les questions que vous voudrez. Bien entendu, vous ne prendrez pas part aux processus décisionnels, mais je serai tout à fait disposé à écouter votre point de vue.

Son ton n'était pas interrogateur, il ne me donnait pas le choix – c'était un ordre.

Malgré tout, j'hésitai.

Une partie de moi – la partie ambitieuse – jubilait.

Jackpot, Grace! Tu as le droit d'accompagner Jonathan Huntington et de le regarder piloter cette société. Tu vas être au courant de choses dont tu n'aurais jamais osé rêver. C'est une chance dingue.

Mais il y avait dans ma tête une autre voix, un peu moins forte, qui me disait de me méfier. De me méfier de cet homme dont la simple présence m'empêchait d'avoir les idées claires. Dont je devais me protéger, à en croire Annie. Est-ce qu'il voulait juste me donner une chance? Cette offre incroyable cachait-elle une autre raison?

— Pourquoi me faire cette proposition?

J'avais posé la question sans prendre le temps d'y réfléchir.

Il haussa les sourcils puis secoua la tête en souriant. Visiblement, il me trouvait amusante.

— Vous préféreriez rester dans le service Investissements?

Sa voix avait repris cette intonation qui signifiait que je ne devais pas avoir toute ma tête.

— Si vous ne voulez pas saisir cette chance, alors…

— Si, bien sûr que je le veux.

C'était la partie ambitieuse en moi qui venait de lui assurer ça, précipitamment, avant que l'autre ait une chance de se pencher sérieusement sur le sujet.

— Je… m'étonne, c'est tout.

— De quoi?

Ce mec allait me rendre folle. Je le fixais, au bord du désespoir. J'ignorais si j'aurais l'audace de lui poser la question qui me brûlait les lèvres.

— Vous faites souvent ça?

Cette fois, la voix qui me mettait en garde s'était imposée. S'il faisait souvent ça, je ne représentais rien de particulier. Mais si ce n'était pas le cas… pourquoi moi?

Il me regarda de nouveau de cette façon mi-amusée, mi-irritée, et repoussa ses cheveux de son front.

— Quoi, si je fais souvent des propositions généreuses? Non. Et je peux aussi m'abstenir à l'avenir, parce que ça semble vous poser un véritable problème, Miss Lawson.

— Non, il y a malentendu, je…

J'inspirai profondément. Quand bien même… Je chassai les avertissements d'Annie et mes propres doutes. Quand bien même Jonathan Huntington aurait une autre motivation, quelle qu'elle soit, allais-je renoncer à cette opportunité? Il voulait se montrer gentil avec moi. On ne disait pas non à ce genre de chose.

— Je suis enthousiaste. Vraiment.

Il se tut et me fixa de ses yeux beaucoup trop bleus. Un regard scrutateur. Comme s'il s'attendait à ce que je change d'avis.

— Bien, conclut-il en se levant. Nous allons trinquer à ça.

Il se dirigea vers une armoire, près des canapés en cuir, et l'ouvrit. C'était un minibar. Je consultai ma montre, étonnée. Il n'était que huit heures et demie. Il n'allait pas sérieusement boire de l'alcool?

Il se retourna et me pria de le rejoindre. Il tenait deux verres à pied remplis d'un liquide orange foncé. Il m'en tendit un et je considérai son contenu, sceptique.

— Qu'est-ce que c'est?

— Un cocktail de fruits.

Il eut un petit rire moqueur. Apparemment, il avait deviné mes pensées.

— Mes journées sont longues et quelques vitamines ne peuvent pas faire de mal, le matin. Je n'ai pas l'habitude de boire de l'alcool aussi tôt.

— Non, bien sûr que non.

Je poussai un soupir intérieur. On pouvait me percer à jour si facilement!

Quelques coups à la porte. Un instant plus tard, la jolie brune entrait.

— Monsieur Huntington, il faudrait que je vous parle.

Il posa son verre sur la table basse.

— Un moment, Miss Lawson. Je reviens tout de suite.

Je restai plantée là, indécise, mon cocktail de fruits à la main. Seule dans ce grand bureau. J'étais complètement dépassée par les événements, mais je sentis brusquement l'excitation monter en moi, comme un picotement. Alors seulement, je compris ce que tout ça impliquait pour moi. Quelle chance!

Je restai encore immobile pendant une ou deux minutes. Puis, comme il ne semblait pas revenir, je m'autorisai à examiner la pièce dans le détail. Je remarquai alors une porte à laquelle je n'avais pas prêté attention jusque-là. Elle était entrebâillée.

Curieuse, je fis le tour des canapés et m'approchai. C'était… une chambre à coucher. Avec un large lit recouvert d'un plaid brun clair et de hauts placards. Une autre porte donnait apparemment sur un cabinet de toilette ou une petite salle de bains. Il y avait là aussi une baie vitrée, que des rideaux masquaient.

Je considérai la pièce avec stupéfaction. Je n'avais pas imaginé qu'il puisse passer la nuit dans son bureau. Il devait lui arriver souvent de travailler tard. Sauf si… À cette pensée, le rouge me monta aussitôt aux joues.

Au même moment, je sentis un courant d'air et fis volte-face. Jonathan Huntington se tenait juste derrière moi et me regardait. Il avait repris son verre. Je ne l'avais pas entendu entrer.

— Oh, excusez-moi, bredouillai-je. Je ne voulais pas me montrer curieuse, mais…

— Mais vous l'avez été, fit-il, achevant ma phrase.

J'avais tout gâché. J'avais porté atteinte à son intimité et il allait retirer son offre. Je retins mon souffle et attendis les paroles dures avec lesquelles il allait me remettre à ma place.

Mais il se contenta de m'adresser un de ces sourires charmants, désarmants.

— Souvent, quand il se fait très tard, je n'ai plus aucune envie de retourner à Knightsbridge. Dans ces cas-là, je dors ici. Toutefois…

Il leva la main et je crus qu'il voulait me toucher, mais il s'appuya contre l'encadrement de la porte.

—… je ne mélange jamais vie professionnelle et vie privée. Alors, ne vous faites pas de souci.

Je me taisais, parce que ma voix ne m'aurait certainement pas obéi. Mais je me demandais ce qu'il voulait dire par là. Pourquoi ne devais-je pas me faire de souci? À propos de ce qui m'avait traversé la tête? Sûrement pas! Ou bien si? Mince, j'étais incapable de réfléchir clairement quand il se trouvait devant moi.

Son bras était tout près de mon visage et je sentais la chaleur qui émanait de son corps. Mon regard s'aventura de ses yeux à ses lèvres et un soupir m'échappa.

Son sourire s'évanouit dans l'instant, et son visage redevint sérieux. Il m'observait de nouveau comme dans la voiture, la veille, quand j'avais glissé contre lui. Ma poitrine se soulevait et s'abaissait rapidement, mon pouls s'emballait. Au bout d'une petite éternité, quelques secondes, son bras retomba.

— Eh bien, fit-il en levant son verre, que cette collaboration soit fructueuse… Grace.

Nos verres s'entrechoquèrent et je sortis de mon état de transe.

— Oui. Qu'elle soit fructueuse, soufflai-je.

Est-ce que ça signifiait que je pouvais aussi l'appeler par son prénom? Je préférai ne pas m'y risquer pour éviter de commettre un impair de plus.

Pendant qu'il buvait, je suivais, fascinée, sa pomme d'Adam qui montait et descendait… jusqu'à ce que je me rende compte que le fixer ainsi était fort incorrect. Je portai précipitamment le verre à mes lèvres. Trop précipitamment: le jus envahit ma bouche et j'avalai de travers. Comme j'essayais maladroitement de reprendre mon souffle, il me tapa dans le dos.

Merde, Grace, tu ne pourrais pas éviter de te ridiculiser, pour une fois, quand Jonathan Huntington est dans les parages?

— Tout va bien?

En relevant la tête, j'aperçus une lueur amusée dans ses yeux. Je grimaçai.

— Oui, c'est bon.

Il reposa son verre sur la table basse.

— Il faudrait aller chercher vos affaires en bas et prévenir que vous allez travailler ici dès maintenant. Nous discuterons du reste ensuite, déclara-t-il en retournant à son bureau.

— Oui, alors… à tout de suite.

Je me dirigeai dans la direction opposée, toujours consternée par mon attitude.

Arrivée à la porte, je me retournai.

— Et… merci.

Debout derrière son bureau, il se contenta d'incliner la tête. De là où j'étais, je ne pouvais pas lire l'expression de ses yeux.

— Dépêchez-vous. Nous avons un rendez-vous dans une heure.

Les joues brûlantes, le cœur battant, je passai devant la brune de la réception et entrai dans l'ascenseur.

7

— Il a *quoi*? fit Annie en me fixant, totalement déconcertée. Tu plaisantes!

Je venais de lui apprendre la nouvelle. Dans la cuisine du quatrième étage, parce que je voulais lui parler seule à seule.

— Génial, non?

J'avais dit ça sur un ton plein d'espoir: dans l'ascenseur, j'avais décidé de prendre cette offre pour ce qu'elle était - une chance unique qui ne se représenterait sûrement plus.

— Apparemment, j'ai réussi le test dont tu me parlais hier.

Annie secoua la tête.

— Ça, c'est interne au service, le boss n'a rien à voir là-dedans.

— Oh!

J'avais préparé cette explication qui me semblait plausible, et continuai sur ma lancée:

— Comme il m'a dit qu'il avait parlé avec monsieur Renshaw et que j'avais fait bonne impression à la réunion d'hier, je pensais que...

Annie fronça les sourcils.

— Il y a quelque chose qui cloche, Grace.

— Tu as dit toi-même que je ne devais pas tirer de conclusions hâtives. Honnêtement, tu aurais refusé une proposition pareille?

Elle pinça les lèvres, songeuse.

— Justement. C'est une proposition trop belle pour qu'on la refuse.

— Exactement, répliquai-je sur un ton de défi.

Ses paroles m'ébranlaient. Remarquant mon agacement, elle me regarda d'un air d'excuse.

— Grace, il n'a jamais fait ça. On a sans arrêt des stagiaires, mais aucune n'a jamais eu de contact direct avec le boss, sans parler de travailler avec lui. C'est... bizarre. En plus...

Elle n'acheva pas sa phrase.

— En plus quoi?

Elle me fixa, presque implorante.

— Ce n'est pas bon, c'est tout. Surtout que tu es en adoration devant lui. Ne le nie pas, je le vois bien. Tu le dévorais déjà des yeux quand il t'a ramenée de l'aéroport.

Je ne pus m'empêcher de repenser au moment où j'avais glissé tout contre lui, dans la limousine. Heureusement, Annie n'en savait rien.

— Et quand bien même? me défendis-je.

— Il n'en sortira rien de bon, insista Annie.

Son attitude soucieuse me mit brusquement en colère.

Il n'y a probablement rien là-dessous... et même si Jonathan Huntington s'intéresse à toi, pourquoi faudrait-il que ce soit une catastrophe?

— Il est totalement exclu qu'il me trouve gentille, c'est ça?

Annie soutint mon regard furieux.

— L'expérience le prouve, oui.

— Quelle expérience? La tienne? Pourquoi ne pas me dire une bonne fois pour toutes ce qui est si dangereux chez Jonathan Huntington? Pour quelle raison je devrais me montrer méfiante?

Annie posa son mug et me prit par les épaules.

— Je ne veux pas qu'il te fasse du mal, c'est tout, d'accord?

— Mais il ne me fait rien du tout: il m'offre une chance.

Elle lâcha mes épaules avec un profond soupir.

— Écoute, peut-être que je me trompe, après tout. Bien sûr que c'est une offre qui a l'air géniale. Mais ne te laisse pas embarquer dans des choses que tu ne voudrais pas faire. En aucun cas. Et ne tombe pas amoureuse de lui. Surtout pas. Compris?

— O. K.

Pour autant, je me demandais comment éviter ça. Est-ce qu'il suffisait de le décider pour ne pas tomber amoureuse?

— À condition que tu lâches du lest, ajoutai-je.

Elle sourit enfin et me donna une bourrade amicale.

— Au moins, tu as refusé d'emménager dans cet appartement. Comme ça, on rentrera ensemble à la maison et je pourrai t'éviter de faire des bêtises.

— On croirait entendre ma petite sœur, pestai-je dans un éclat de rire, heureuse qu'elle ne soit plus en colère. Elle se fait toujours beaucoup de souci pour moi.

— Elle doit avoir ses raisons… Et maintenant, zou! Monte au dernier étage. Tu as entendu Veronica: le boss n'aime pas attendre.

Je la serrai contre moi.

— On se voit ce soir.

— J'attendrai que tu aies fini en haut, fit-elle en indiquant le plafond du doigt. On prendra le métro toutes les deux. Avec les garçons, on a déjà perdu une colocataire qui traînait trop souvent à l'étage de la direction. On ne veut pas renouveler l'expérience.

Je hochai la tête avec un sentiment de culpabilité. Annie était certainement animée de bonnes intentions, mais malgré ses mises en garde, je me réjouissais de passer la journée avec Jonathan Huntington. C'était plus fort que moi.

Je quittai la cuisine à sa suite. Après avoir récupéré mon sac et mon manteau, je repris la direction de l'ascenseur.

À mon arrivée au dernier étage, la brune de la réception était de nouveau installée à sa place. Comme je me demandais si je pouvais entrer directement dans le bureau de Jonathan Huntington, je ralentis le pas et lui adressai un regard interrogateur. Elle sourit.

— Je ne me suis pas encore présentée, déclara-t-elle en se levant pour me tendre la main. Je suis Catherine Shepard. Bienvenue chez nous, Miss Lawson.

— C'est un plaisir, répondis-je.

Je n'étais pas sûre que le plaisir soit vraiment partagé. Elle avait un sourire neutre et professionnel. Rien dans son attitude ne trahissait ce qu'elle pensait réellement de ma présence ici, et ça me rendit soudain nerveuse.

— Puis-je entrer?

— Encore un moment, annonça-t-elle en retournant derrière son bureau.

Elle prit quelques papiers fixés à un bloc-notes et me les tendit avec un stylo-bille.

— Veuillez signer ceci.

Je survolai le texte. Il y avait trois pages couvertes de paragraphes en petits caractères. Le sens était clair.

— Un contrat de confidentialité?

— Parfaitement. Nous devons nous couvrir, je pense que vous le comprendrez. Rien de ce que vous apprendrez durant votre stage chez Huntington Ventures ne doit filtrer à l'extérieur. Si vous deviez ne pas respecter ces clauses, notre service juridique prendrait aussitôt les mesures nécessaires.

Son sourire était devenu mielleux, et je n'aimais pas la façon dont elle avait dit «nous». Comme si j'étais exclue.

Sans jeter un coup d'œil aux différents paragraphes, je pris le stylo et signai, puis lui rendis le bloc-notes en souriant. Je n'avais pas l'intention de révéler quoi que ce soit et ne voulais plus donner à cette femme la satisfaction de m'avoir déstabilisée.

— Autre chose? demandai-je d'un air de profond ennui.

— Vous pouvez entrer maintenant, me répondit Catherine Shepard.

Malheureusement, son expression n'indiquait pas si je l'avais impressionnée.

Je me dirigeai à grands pas vers la porte du bureau de Jonathan Huntington et l'ouvris, après avoir frappé brièvement.

Debout près de la baie vitrée, Jonathan Huntington téléphonait avec son portable. En m'apercevant, il me fit signe d'entrer. Tandis que j'avançais vers lui, il mit un terme à sa conversation et retourna à son bureau, où il prit quelques papiers.

— D'autres documents à signer? demandai-je.

Je regrettai aussitôt ma question, posée à la manière d'un enfant capricieux.

Il fronça les sourcils. Manifestement, il savait précisément à quoi je faisais allusion.

— Ce contrat constitue une mesure de protection nécessaire.

Sa voix était calme mais déterminée.

— Cela vous pose problème, Grace?

Le maintien de son offre dépendait manifestement de ma réponse.

— Non, lui assurai-je. De toute façon, je n'avais pas l'intention de crier sur tous les toits les secrets professionnels de Huntington Ventures.

— Une telle attitude vous coûterait cher.

C'était un avertissement, énoncé avec tellement d'assurance qu'il soulignait une fois de plus le monde qui nous séparait. Il dirigeait une société florissante. Si je devais m'opposer à lui, je n'aurais pas l'ombre d'une chance.

Je saisis alors ce qui m'énervait tant : il ne me faisait pas confiance. Ma réaction était stupide, bien entendu. Il ne me connaissait pas et il fallait qu'il agisse avec prudence ; après tout, il allait me permettre d'accéder à des aspects confidentiels de ses affaires. Malgré tout, ça me blessait.

— Comme je l'ai déjà dit, je n'en avais pas l'intention, répétai-je.

J'aurais aimé ne jamais avoir abordé le sujet.

Jonathan Huntington parut s'en rendre compte : il me remit les papiers.

— Voici les documents relatifs au projet dont nous allons discuter pendant la réunion. Vous pouvez vous installer là-bas et les étudier pour savoir de quoi il retourne.

Il indiqua un des canapés en cuir, puis s'assit dans son fauteuil et reprit son téléphone.

J'obéis et m'installai sur le canapé. Tout en consultant les documents, je l'écoutais d'une oreille. Mais comme je n'entendais que la moitié de la discussion, je ne comprenais pas de quoi il était question exactement, juste qu'il s'agissait de ses affaires.

Je le regardais de temps en temps à la dérobée, attentive à sa voix. Profonde et assurée, elle me donnait l'impression qu'il obtenait ce qu'il voulait. Il avait retroussé les manches de sa chemise. Ses avant-bras étaient puissants et je voyais les tendons se dessiner sous sa peau. J'étais incapable d'en détacher les yeux et une sensation de tiraillement envahit mon estomac. Et s'il m'enlaçait, que ressentirais-je ?

J'avais une fois de plus la bouche très sèche, et du mal à déglutir.

Il ne t'enlacera pas, Grace, alors calme-toi.

Il ne m'accordait aucune attention, comme si je n'étais pas là. Fin du dossier Jonathan Huntington, le dangereux Jonathan Huntington dont je devais me protéger. Il ne semblait pas me vouloir grand-chose.

Qu'est-ce qu'il devrait te vouloir? s'enquit une petite voix ironique dans ma tête.

Je soupirai malgré moi et il releva la tête. Je soutins son regard pendant un moment et une vague de chaleur monta en moi, colorant mes joues.

— Un souci? demanda-t-il.

— Non, non, tout va bien, me hâtai-je de lui assurer, la voix un peu tremblante.

Je me remis rapidement à examiner les papiers. Plonger mes yeux dans les siens plus de quelques secondes me coupait toujours le souffle, je n'y pouvais rien. C'était inquiétant et je devais me reprendre de toute urgence, si je voulais surmonter les semaines à venir. Mais comment?

Je le trouvais séduisant. Très séduisant. Plus séduisant que n'importe qui avant lui. Et ça posait problème, parce que je n'avais aucune expérience avec les hommes. Vraiment aucune. Pas dans le domaine de l'attraction corporelle, en tout cas. Les rares garçons avec qui j'étais sortie étaient gentils, mais aucun n'avait déclenché chez moi des sentiments aussi étourdissants.

Vraiment incroyable pour une jeune femme de vingt-deux ans, non? J'étais dure à la détente, voilà tout. Ou trop prudente, peut-être. Contrairement à ma sœur Hope qui avait deux ans de moins que moi, j'avais vécu la séparation de nos parents en ayant pleinement conscience de ce qui se passait. Ç'avait été terrible que Dad ne soit plus là, brusquement, et Mom n'arrêtait pas de pleurer. Plus tard, j'avais compris que les relations entre un homme et une femme ne se terminaient pas forcément de cette manière. Mais ça ne m'avait pas empêchée d'être sur mes gardes, de penser que je devais me préserver. Hope n'avait pas autant de problèmes, elle changeait de petit ami et d'admirateur avec une belle régularité. Pas moi. Je ne m'étais jamais vraiment intéressée aux hommes, le bon ne s'était pas encore présenté. Jusqu'à maintenant…

Je secouai la tête et tentai de me concentrer sur le rapport posé sur mes genoux. C'était typique de ma part de jeter mon dévolu sur l'homme que je ne pourrais jamais avoir, contre lequel on m'avait expressément mise en garde. De céder au sentiment qui m'attirait vers lui…

Jonathan acheva sa conversation, composa un autre numéro et commença à parler en japonais.

Je relevai la tête, intriguée, et croisai de nouveau son regard. Il n'était plus interrogateur. Non, il me fixait, le front plissé, et j'eus soudain la sensation qu'il était question de moi. Mon cœur se mit à battre la chamade.

Calme-toi, c'est carrément impossible. Pourquoi voudrais-tu qu'il parle de toi avec Yuuto Nagako ou quelqu'un d'autre?

Il finit par tourner la tête et mon rythme cardiaque s'apaisa. Ça ne pouvait pas continuer comme ça. Je ne pouvais pas passer trois mois sur ce canapé à sursauter chaque fois qu'il me regarderait. Mes nerfs ne le supporteraient pas.

Dès qu'il eut raccroché, je lui demandai:

— Comment… vous imaginez-vous les choses? Est-ce que je vais passer tout mon temps à travailler sur la table basse?

Il s'accouda à son bureau et sourit à demi.

— Encore quelque chose à redire?

Il ne prend pas tout ça au sérieux.

La colère m'envahit. Pourquoi m'avoir fait cette proposition? C'était quoi, un jeu?

Avant que je puisse trouver une réponse appropriée, il reprit:

— Vous pourrez travailler dans le bureau d'à côté à partir de demain. Il n'est pas occupé pour le moment. Aujourd'hui, vous devrez vous satisfaire de travailler ici. Mais nous serons beaucoup en déplacement, de toute façon.

Je le fixai. Une fille de plus avait peut-être mis les voiles après avoir traîné trop longtemps à l'étage de la direction…

— Prête? s'enquit-il, m'arrachant à mes pensées.

Il s'était déjà levé et, de toute évidence, n'accepterait pas une réponse négative.

Je hochai la tête, même si je n'avais pu que survoler le compte rendu. Je savais à peu près de quoi il retournait, ça suffirait.

— Bien, venez, fit-il en s'approchant de la porte.

Je pris mon sac, coinçai les papiers sous mon bras et le suivis.

8

C'était fatigant et ça n'en finissait pas. Je n'aurais jamais pensé que les journées de Jonathan Huntington étaient aussi chargées. Je pus effectivement le suivre partout. D'abord, un entretien avec un jeune homme d'affaires qui venait de déposer le brevet d'un nouveau type de semi-conducteur (Huntington Ventures cherchait un investisseur afin de mettre l'idée en pratique et en tirer profit). Suivirent deux réunions dans le bâtiment où les différents services de la société l'informèrent de l'état d'avancement des projets en cours, puis un rapide déjeuner dans une sandwicherie chic tout près de la cathédrale Saint-Paul (durant le trajet en limousine, je dus lire d'autres comptes rendus pendant qu'il téléphonait). Ensuite, deux rendez-vous avec des investisseurs et la visite d'une galerie à King's Cross, où il inaugura l'exposition d'un jeune artiste soutenu par la fondation artistique de l'empire Huntington Ventures.

Plus ça durait, plus j'étais fascinée. Jonathan Huntington pouvait se montrer coriace en affaires, je m'y attendais parce que cette réputation le précédait. Mais il était vraiment impliqué, il se battait pour tous les projets qu'il prenait en charge et ses manières décidées se révélaient souvent déterminantes et emportaient l'adhésion.

En outre, son engagement était beaucoup plus étendu que je le pensais. Ce n'était pas un simple homme d'affaires, c'était un mécène qui encourageait les jeunes talents, surtout dans les arts plastiques et la musique. Il le faisait au nom de son entreprise, mais on sentait que ça lui tenait à cœur.

Il me présentait comme son assistante partout où nous arrivions et, contrairement à ce que je craignais, ça parut évident à tout le monde. Les gens m'abordaient avec beaucoup de respect et de politesse, presque avec prudence. Ils semblaient reporter sur moi la façon dont ils le traitaient.

Après l'exposition, Steven nous conduisit à Hackney, où j'assistai à une conférence relative à un projet immobilier impliquant Huntington Ventures et plusieurs autres investisseurs. Les échanges traînèrent en longueur.

Il était déjà plus de dix-neuf heures lorsque je me retrouvai enfin dans le bureau de Jonathan Huntington, et je remarquai ma fatigue. Merci le *jetlag* ! Mais la journée n'était pas encore terminée : Jonathan Huntington voulait dîner avec quelqu'un à vingt heures et je devais l'accompagner. Je repensai brusquement à Annie qui avait prévu de m'attendre.

— Puis-je téléphoner ?

Jonathan Huntington indiqua l'appareil sur son bureau et je composai rapidement le numéro de la ligne directe d'Annie. Elle ne fut pas enthousiasmée à l'idée de partir sans moi.

— Qu'est-ce que tu trafiques encore là-haut ?

Comme j'étais à côté du bureau derrière lequel Jonathan Huntington était assis, je ne pouvais pas lui répondre clairement.

— Plus qu'un rendez-vous, lui assurai-je. Ne m'attendez pas pour manger. Tu me réexpliques quel métro je dois prendre ?

— Vous n'avez pas besoin de prendre le métro, intervint Jonathan Huntington. Steven vous raccompagnera chez vous avec la limousine.

Il avait repris son ton de commandement, mais cette fois ça ne me dérangea pas. Compte tenu de mon épuisement, j'étais vraiment soulagée de ne pas devoir me débrouiller seule pour rentrer à Islington.

— Non, Annie, pas la peine, je vais…

— C'est bon, j'ai entendu, fit-elle.

J'imaginais déjà le pli qui creusait son front quand quelque chose ne lui plaisait pas.

— Tu penseras à ce dont on a discuté, Grace. D'accord?

— Oui, promis. À plus tard!

Je raccrochai vite pour qu'elle ne puisse rien ajouter. Puis je rassemblai les papiers que je devais encore lire avant de partir dîner et m'installai dans le fauteuil devant le bureau. Le trajet jusqu'au canapé me semblait insurmontable.

Après avoir travaillé un moment en silence, je n'arrivai plus à me concentrer. Les lettres dansaient devant mes yeux. Je finis par reposer le rapport sur mes genoux. Jonathan Huntington leva les yeux et lorsque mon regard croisa le sien, je lui posai la première question qui me venait à l'esprit, pour combler le silence et calmer les papillons qui s'agitaient dans mon ventre.

— Vous avez toujours autant de rendez-vous?

Je regrettai aussitôt ma question, elle donnait l'impression que j'en avais assez. C'était le cas dans mon état actuel, mais je ne voulais surtout pas qu'il s'en rende compte.

Ses yeux bleus me fixaient.

— Non, pas toujours. Alex – mon associé Alexander Norton – est en voyage d'affaires, et je dois assurer une partie de ses entretiens. Mais de façon générale, j'aime travailler beaucoup.

— Ah!

Je posai rapidement la question suivante, avant qu'il me demande si j'étais dépassée par les événements et s'il ne valait pas mieux interrompre mon stage.

— Qui allons-nous voir tout à l'heure?

Il répondit au bout d'un moment:

— Yuuto Nagako. Vous le connaissez, vous l'avez vu à l'aéroport.

Le Japonais. Je frémis en songeant à notre rencontre de la veille. Heureusement, je parvins à afficher une expression neutre.

— Est-ce qu'il est utile que je vous accompagne? demandai-je. Vous discutez en japonais.

— Il parle aussi un anglais impeccable.

En repensant aux regards du Japonais, je frissonnai. Je fis une nouvelle tentative.

— Je vais vous déranger.

— Vous n'avez dérangé personne pour l'instant, objecta-t-il en m'observant avec attention. Un problème, Grace?

Je secouai la tête. Je pouvais difficilement lui confesser que je préférais ne jamais revoir sa relation d'affaires. En plus, j'avais du mal à garder les yeux ouverts. Le *jetlag* et cette journée éreintante avaient eu raison de moi.

— Non, aucun.

Je posai ma main sur ma nuque pour soulager un peu mes muscles douloureux.

Mon geste ne lui échappa pas.

— Voulez-vous arrêter pour aujourd'hui et rentrer chez vous?

Une fois de plus, je secouai la tête avec détermination. Mettre les voiles prématurément dès la première journée, pas question!

— Non, non, tout va bien, vraiment. Je suis juste un peu fatiguée. C'est encore le contrecoup du vol.

Au lieu de répondre, il se leva et s'approcha. Avant que je puisse comprendre ce qu'il avait l'intention de faire, il s'était placé derrière mon fauteuil et avait posé ses mains sur mes épaules.

— Je suis désolé, Grace, j'aurais dû y penser.

Ses pouces se mirent à lisser doucement la peau de ma nuque, à dessiner des cercles tandis que ses autres doigts pétrissaient les muscles de mes épaules.

Mes lèvres s'entrouvrirent malgré moi. Je respirais superficiellement et mon cuir chevelu était parcouru de picotements. Un délicieux frisson me traversa le dos et ma tête s'inclina légèrement en arrière sans que je puisse l'empêcher. C'était agréable d'être massée par lui – il avait de grandes mains, de longs doigts qui exerçaient des pressions fermes, sans être douloureuses.

Il s'arrêta brutalement, tout en laissant ses mains sur mes épaules.

— Il m'arrive de masser ma sœur quand elle est tendue.

Sa voix avait pris un ton presque gêné, comme s'il venait seulement de s'apercevoir que ses gestes étaient très intimes.

— C'est agréable, confirmai-je pour qu'il continue.

Il reprit, plus doucement cette fois. Le bout de ses doigts parcourait ma peau presque tendrement et ses pouces traçaient des cercles plus larges. Je les sentis se glisser dans mes cheveux et caresser mon cuir chevelu. Les picotements s'intensifièrent, gagnant mon bas-ventre.

Je voulais l'interroger sur sa sœur. Je ne savais même pas qu'il en avait une. Mais je ne pouvais pas prononcer le moindre mot.

J'étais incapable de me souvenir quand, pour la dernière fois, un homme m'avait touchée comme ça. Jamais, en fait. Mon grand-père me prenait de temps en temps dans ses bras et j'avais laissé les rares garçons avec qui j'étais sortie me peloter. Mais ça – ça n'avait rien à voir, c'était une caresse qui me rendait totalement impuissante.

Une vague de chaleur monta en moi, vint rougir mes joues. Mon cœur palpitait de panique et d'excitation. Brusquement, j'en désirai plus. Je voulais qu'il me touche à d'autres endroits, que ses mains s'aventurent plus loin sur ma peau et…

Soudain, je sursautai, arrachée à mes pensées. Jonathan Huntington ne se tenait plus derrière moi, il retournait derrière son bureau et se rasseyait dans son fauteuil. Lorsqu'il me regarda, je remarquai que l'expression de ses yeux avait changé. Elle était plus fermée. Comment la décoder? Quoi qu'il en soit, il n'y avait plus dedans la moindre trace de raillerie, comme si souvent.

— C'est mieux?

J'inspirai en tremblant et hochai la tête.

— Merci, murmurai-je, la voix rauque.

Je me sentais étrangement vide. J'aurais aimé qu'il se remette à me toucher, qu'il revienne près de moi.

Un frisson me parcourut le dos lorsque je compris à quel point je lui étais livrée. Est-ce que je l'aurais arrêté s'il était allé plus loin? J'en doutais. Mais il n'était pas allé plus loin, et j'ignorais si je trouvais ça rassurant ou frustrant. C'était un massage innocent, comme il en faisait à sa sœur. Je lui faisais probablement penser à elle. Cette pensée me fit l'effet d'une douche froide.

Jonathan Huntington repoussa une mèche de son front et prit son portable. Il composa un numéro et je l'entendis dire quelques mots en japonais. Il devait parler à Yuuto Nagako. Il raccrocha, l'air tendu, puis il appela son chauffeur et lui expliqua qu'il avait besoin de la voiture.

— Tu reconduis miss Lawson chez elle, Steven.

Comme mon cerveau ne travaillait pas encore à plein régime, il me fallut quelques instants pour saisir ce que ça signifiait : il ne voulait plus que je l'accompagne.

— Ce n'est pas nécessaire, vraiment. Je peux venir avec vous…

— Le rendez-vous est annulé, m'interrompit-il.

— À cause de moi?

J'étais totalement déconcertée. Même s'il me renvoyait chez moi, il pouvait très bien se rendre seul au rendez-vous. Ça ne dépendait pas de moi. Ou bien si?

— Ce n'était rien d'important, expliqua-t-il. On reprendra demain. Vous avez besoin d'une bonne nuit, Grace.

Mais je ne veux pas dormir! Je veux rester près de toi.

On aurait dit que ses caresses avaient éveillé en moi une douleur qu'il était le seul à pouvoir apaiser.

Reprends-toi! C'est ridicule. Tu t'emballes, c'est tout.

La mise en garde d'Annie me revint à l'esprit. *Surtout, n'en tire pas de conclusions hâtives.* Elle avait raison.

Je rassemblai mes affaires en soupirant intérieurement.

Jonathan Huntington m'escorta jusqu'à l'ascenseur. Mon cœur battait comme un forcené dans ma poitrine. Un instant plus tard, nous entrions en silence dans la cabine entièrement couverte de miroirs. Malgré la taille de l'ascenseur, je sentais sa proximité m'aimanter. En compagnie d'un autre homme, j'aurais probablement pris le large en me réfugiant dans le coin opposé. Mais j'aurais donné beaucoup pour pouvoir m'approcher encore un peu de Jonathan Huntington, mieux sentir son après-rasage. J'aurais aimé le regarder, mais comme je n'osais pas, je jetai un coup d'œil au miroir dans son dos. Sa veste parfaitement taillée soulignait ses larges épaules et ses hanches étroites, tandis que son pantalon sombre mettait en évidence ses longues jambes. Je lui arrivais tout juste à l'épaule. Il me prendrait dans ses bras qu'on ne me verrait plus du tout dans le miroir.

Effrayée par la direction que prenaient de nouveau mes pensées, je levai finalement les yeux: il m'observait. Ce qu'il avait fait presque toute la journée : il m'avait étudiée, semblant noter toutes mes réactions. Simplement, je ne savais pas ce qu'il en avait conclu. Ni pourquoi j'étais si intéressante.

Les joues brûlantes, je baissai les yeux sur la surface neutre du sol. Le trajet jusqu'au hall d'accueil me parut interminable. Steven nous attendait déjà devant la porte avec la limousine.

Jonathan me tint la portière mais au lieu de prendre congé, il monta et s'assit près de moi. Puis il pressa le bouton de l'interphone.

— Au club, Steven.

Je lui adressai un regard, perturbée.

— Je pensais que le rendez-vous était annulé ?

Il étendit ses jambes. Ses pieds atteignaient presque la banquette d'en face.

— C'est toujours le cas.

— Mais…

— Vous vous demandez pourquoi je prends ma propre voiture ? fit-il, une lueur amusée dans les yeux. Parce que Steven va me déposer avant de vous conduire chez vous. Si ça ne vous fait rien.

Je me mordis la lèvre inférieure et grimaçai. J'avais encore réussi à mettre les pieds dans le plat !

— Je suis désolée. Je pensais…

Il fit un signe de la main.

— C'est bon. Vous êtes fatiguée. Reposez-vous.

Le silence s'installa tandis que Steven manœuvrait la longue auto à travers la circulation londonienne. Je regardai par la vitre où défilaient les lumières de la ville et essayai de me concentrer sur autre chose que sur l'homme installé à côté de moi. Je n'y parvenais pas. Bien sûr que non.

Une question me travaillait : qu'allait lui apporter le fait de me laisser prendre part à sa vie professionnelle ? Je ne m'étais pas penchée sur le sujet de toute la journée, parce qu'on avait passé notre temps à courir d'un rendez-vous à un autre, mais... Je me renfonçai dans mon siège rembourré et me mis à ruminer. Il devait y avoir une raison. Je l'avais constaté toute la journée : Jonathan Huntington était un homme qui visait le succès avec détermination. Quand il agissait, c'est qu'il attendait quelque chose de ses actes. Un retour sur investissement.

J'aurais beaucoup aimé lui demander ce qu'il attendait de moi, mais j'avais trop peur que la réponse ne me fasse retomber sur terre.

Pourtant, mieux valait pour moi que je ne l'intéresse pas. Mon cœur était déjà dépassé par la situation, et s'il avait souvent pour moi le genre de geste auquel il venait de se livrer dans le bureau, je n'étais pas certaine de pouvoir tenir la promesse faite à Annie. *Ne tombe pas amoureuse de lui.* Quel serait le prix à payer?

Les pensées se bousculaient dans ma tête et je ne prêtais plus attention au paysage urbain. Je ne regardai dehors, étonnée, que lorsque la voiture s'arrêta.

On stationnait dans une rue bordée par un parc, mais je n'avais aucune idée du quartier dans lequel on se trouvait. Sans doute une des meilleures zones résidentielles, parce que je n'apercevais que de grandes villas très bien entretenues, en retrait de la rue. On était garés devant une maison blanche à deux étages, entourée par une haute grille en fer forgé. De part et d'autre du portail arqué, deux piliers blancs.

Je me tournai vers Jonathan.

— Où sommes-nous?

— À Primrose Hill.

Il avait dit qu'il habitait à Knightsbridge, non?

— C'est votre maison?

— Non. C'est le club.

Le club, mais oui... C'était là que Steven devait le conduire. Je me demandais quel genre d'établissement c'était. J'avais cru qu'il parlait d'un bar ou d'un truc dans le genre, mais ça n'y ressemblait pas. Il n'y avait aucune enseigne, rien.

Je voulais lui poser la question, mais il ouvrit la portière, visiblement pressé.

— À demain.

Avant qu'il puisse descendre, obéissant à une impulsion, je posai la main sur son bras et le retins.

— Merci. Pour aujourd'hui. C'était… bien.

Un sourire vint éclairer son visage et il se pencha en avant, planta son regard dans le mien.

— Ce n'était que le début, Grace.

Sa voix vibrait d'un sous-entendu qui me fit frissonner de tout mon corps.

Il sortit et claqua la portière. Tandis que la limousine démarrait, je l'observai par la vitre. Je le vis se diriger à grands pas vers le portail qui s'ouvrit et se referma derrière lui. Peu après, la villa disparut de mon champ de vision et je m'adossai au siège rembourré, le cœur battant. Son parfum flottait toujours dans l'air et je fermai les yeux en souriant.

— À demain, Jonathan.

9

Un moment plus tard, de retour à Islington, je m'installai à la table de la cuisine avec Annie.

— J'ai déjà entendu parler de ce club, maugréa-t-elle. Il y va souvent, mais personne ne sait ce qu'il s'y passe au juste. Il ne t'a pas proposé de l'accompagner, quand même?

— Non.

— Bien.

Je la regardai attentivement.

— Qu'est-ce que tu en sais?

Elle évita mon regard.

— Rien du tout. Mais si tu veux vraiment mon avis, il y a quelque chose de bizarre là-dessous. Alors, reste en dehors. Après tout, ce que Jonathan Huntington fait pendant son temps libre ne te regarde pas.

Elle cherchait à me dissuader de creuser la question, en vain: elle venait au contraire d'éveiller ma curiosité. Mais le sujet semblait clos pour elle: elle se leva et se mit à débarrasser la table. Je lui donnai un coup de main.

Alors que nous étions en train de faire la vaisselle, Marcus entra dans la cuisine. Il m'embrassa chaleureusement sur la joue et prit un torchon pour m'aider à essuyer les assiettes.

— Où est Ian, au fait? demandai-je.

Je n'avais pas vu notre colocataire écossais de toute la soirée.

— Dehors, répondit Marcus. On a rendez-vous plus tard avec lui, Annie et moi. On a prévu d'aller boire un pot. Tu viens avec nous?

J'hésitai. C'était pour cette raison précise que je m'étais réjouie d'habiter en colocation: ça m'éviterait de tourner en rond dans un appartement vide. Mais à cet instant précis, j'avais besoin de l'inverse: du temps pour moi, pour réfléchir. Je secouai donc la tête.

— Non, je suis trop fatiguée. La journée a été longue et je dois être en forme demain.

Marcus soupira.

— Dommage. J'espérais que tu ne me laisserais pas seul avec les tourtereaux.

Annie lui donna une bourrade amicale.

— D'habitude, ça ne te dérange pas de sortir avec Ian et moi.

— Maintenant, si! répliqua-t-il.

Il avait du mal à cacher sa déception. Je lui caressai le bras.

— Une autre fois, d'accord?

Après qu'il eut quitté la pièce, Annie me prit à part.

— Viens avec nous, fit-elle à voix basse en surveillant la porte, sans doute pour éviter que Marcus l'entende. Il se faisait une telle joie! Je crois qu'il t'aime vraiment bien.

Intérieurement, je poussai un profond soupir. J'aimais bien Marcus, moi aussi. Il était très gentil. Mais je pouvais respirer sans problème quand je le regardais dans les yeux. Tout aurait été plus simple si la seule vue du sympathique Américain m'avait coupé le souffle. Au lieu de ça, j'étais transie devant un Anglais beaucoup trop riche et beaucoup trop arrogant. Un homme inaccessible.

— Sincèrement, Annie, je suis sur les rotules. Et la journée de demain promet aussi d'être fatigante. Je serai de la partie la prochaine fois, promis.

— O.K. Mais méfie-toi, il ne faudrait pas que notre boss t'empêche de profiter de la vie nocturne londonienne en t'épuisant tous les jours. Si c'était le cas, on te ramènerait direct dans notre service ! fit-elle en levant un index menaçant.

Un peu plus tard, alors qu'Annie et Marcus se préparaient à partir, je dus encore leur assurer que tout allait bien et qu'ils pouvaient me laisser. Je refermai la porte derrière eux, presque soulagée. Heureuse d'avoir l'appartement pour moi toute seule.

*

Jonathan se tenait debout près de mon lit. J'étais étendue. Nue. À la simple idée qu'il m'observait, des picotements parcouraient mon corps. Incapable de rester immobile, je me tordais, je glissais mes doigts dans mes cheveux.

Son visage était dans l'ombre et je ne pouvais pas lire son expression, mais ça ne faisait qu'augmenter mon excitation. La chaleur envahit mon sexe qui se mit à palpiter. Je voulais qu'il me touche, je voulais sentir ses mains sur moi.

— S'il vous plaît, chuchotai-je.

Mais il ne bougeait pas, il restait debout dans l'ombre. Mon cœur battait la chamade et je me sentais étrangement libre, je n'avais pas honte de ma nudité.

Mes mains glissèrent sur ma peau brûlante, effleurèrent mes épaules, étreignirent mes seins. Mes mamelons étaient durs et dressés. Lorsque je les effleurai, une décharge délicieuse traversa mon bas-ventre et me fit pousser un gémissement. Je les pétris, encore et encore, savourant les vagues de plaisir qui se propageaient en moi. La sensation de tiraillement entre mes cuisses devint presque insupportable et une de mes mains s'y aventura, se posa sur mon mont-de-Vénus et le pressa, vint caresser mon clitoris.

Je fixais la silhouette sombre près de mon lit, comme hypnotisée. Il pouvait mettre un terme à mon supplice, mais j'ignorais comment l'y amener.

Désespérée, je passai ma langue sur mes lèvres desséchées. Ma respiration était de plus en plus laborieuse. Je ne pouvais pas voir son visage mais je distinguais ses yeux bleu glacier où couvait un feu qui me dévorait. Je haletai et me cambrai. Des tremblements s'emparèrent de mon corps, le plaisir s'intensifia, se concentra en un point entre mes jambes. Un point qui explosa, soulevant en moi des vagues de jouissance. Des frissons me parcoururent et je m'entendis gémir.

Je voulais retenir Jonathan, mais il se retira, disparut entièrement dans l'ombre. Il m'échappait, m'abandonnait.

Non…

Je me réveillai en sursaut et relevai la tête pour regarder autour de moi. La lumière blafarde des lampadaires de la rue entrait dans la chambre, me permettant de distinguer les contours des meubles. J'étais couchée dans mon lit. Seule. Ma chemise de nuit était à moitié remontée. Une de mes mains reposait entre mes cuisses, l'autre tenait un sein. J'écartai les bras dans un profond soupir et ma tête bascula dans mon oreiller.

Ce n'était qu'un rêve.

Pourtant, j'avais beaucoup de mal à me calmer. Mon souffle était toujours précipité. Il mit quelques minutes à s'apaiser, et ma jouissance à s'évanouir avec. Doucement, je reprenais pied avec la réalité. Je roulai sur le côté et ramenai mes jambes vers ma poitrine.

Je n'avais jamais fait un rêve érotique aussi intense. Son réalisme me choquait – tout comme la façon dont j'avais savouré les sensations qu'il avait éveillées en moi. Manifestement, je faisais beaucoup plus que fantasmer sur Jonathan Huntington.

Ce qui me plaçait face à un vrai problème.

J'entendais presque Annie me mettre en garde. Ce n'était pas quelqu'un dont je devais rêver, je le savais bien. Pas comme ça, en tout cas.

Mais je n'y pouvais rien. Il avait sur moi ce fâcheux effet qui, de toute évidence, s'aggravait d'heure en heure. Le désir ardent que ce rêve avait suscité était toujours présent et ne disparaîtrait certainement pas comme ça. Que faire si je n'arrivais pas à réprimer mes sentiments?

Ses paroles dans l'auto résonnaient dans ma tête. *Ce n'était que le début, Grace.* Le début de quoi?

Je fixais l'obscurité, intensément troublée. Il me fallut beaucoup de temps pour me rendormir.

*

— Alors, bien dormi?

La question de Jonathan Huntington me déboussola complètement: elle me replongeait dans mon rêve avec lui.

Je le dévisageai.

Il se tenait dans l'encadrement de la porte menant au bureau près du sien. C'était mon nouveau lieu de travail, où Catherine Shepard m'avait conduite un peu plus tôt. Il était aussi vaste que celui de Jonathan, aménagé presque de la même façon. Même le bureau derrière lequel j'étais assise ressemblait au sien.

— Oui… merci, bredouillai-je.

Je me sentis rougir. Lorsque j'étais arrivée, il n'était pas encore là; mais quantité de documents étaient posés sur ma table. Je m'étais précipitée dessus pour éviter de trop penser que j'allais le revoir.

Et voilà qu'il se trouvait devant moi. Il ne portait pas de veste comme la veille, mais une chemise et un jean noirs. Il me sourit, l'air plus décontracté, plus détendu que d'habitude. Mon estomac se mit à faire des nœuds.

— Comment était-ce au… club?

Ma question était plus inquisitrice que je l'aurais voulu. Je n'avais pas pu m'empêcher de la poser: depuis qu'Annie avait fait ces drôles de remarques, je m'interrogeais sur la nature de cet établissement. J'espérais en savoir plus, mais il se contenta de me fixer. Longtemps. Si longtemps que je me perdis dans ses yeux et en oubliai presque de respirer.

— Intéressant, finit-il par répondre en quittant l'embrasure de la porte.

Il se dirigea vers mon bureau. Cette fois, ce fut lui qui s'installa dans le fauteuil destiné aux visiteurs. Le siège, plus petit que le sien, soulignait sa grande taille. Il me détailla avec un sourire, puis reprit:

— À ce que je vois, nous sommes de nouveau assortis.

Des paroles à l'accent si intime que des papillons se remirent à voler dans mon ventre. Je tentai de n'en rien laisser paraître, tout en baissant les yeux sur mon tee-shirt moulant noir. Le décolleté en V était assez profond, je l'avais choisi pour ça. Avec, je portais une jupe courte noire et de grandes créoles en argent. Une tenue plutôt classique, mais qui ne passait pas inaperçue. Et je voulais qu'il me remarque. Il devait me voir comme une femme, pas comme une petite stagiaire.

— Ça vous dérange? lui demandai-je en relevant la tête.

Il eut une fois de plus ce sourire incroyablement charmant. Je le regardai dans les yeux. En fait, ils n'étaient pas seulement bleus. Il y avait aussi des paillettes sombres qu'on ne remarquait pas au premier abord.

— Non, au contraire. Mais ce que vous portiez hier m'a plu aussi. Les deux tenues vous vont bien, Grace.

J'étais tellement décontenancée par ce compliment que je ne trouvai rien à répondre. Puis mon cerveau se remit en marche. C'était vraiment un compliment? Est-ce qu'il pensait que je l'imitais et que ça le dérangeait? Est-ce qu'il valait mieux que je ne porte plus de noir?

— Que voulez-vous dire par là?

Ce fut son tour de me regarder avec surprise. Il renversa la tête en arrière et éclata de rire.

— Vous êtes réellement unique, vous savez ça? Ce que je veux dire par là? Rien de plus, rien de moins que ce que j'ai dit. Le noir comme les autres couleurs vous vont bien. Que voulez-vous que je veuille dire à part ça?

Merde, Grace! Pourquoi faut-il toujours que tu dises ce qui te passe par la tête? Réfléchis un peu avant de parler!

— Rien. Je... n'étais pas sûre, c'est tout.

Il avait vraiment affirmé qu'il me trouvait unique?

Il cessa de sourire et fronça les sourcils. Ce qui lui allait bien. Tout lui allait bien, de toute façon.

— On ne vous fait pas beaucoup de compliments d'habitude?

— Si, si, répondis-je en hésitant. Parfois.

En fait, les hommes s'exprimaient plutôt rarement sur mon apparence. Probablement parce que je n'étais pas sortie avec beaucoup et qu'ils n'avaient pas eu l'occasion de me complimenter. En plus, quand on me disait quelque chose de gentil, j'avais tendance à ne pas le croire.

Il se pencha en avant.

— Dans ce cas, il est urgent d'augmenter cette moyenne.

Son sourire me fit fondre. Si Annie et Hope savaient ça...

Il indiqua la pile de papiers sur mon bureau.

— Prête pour une nouvelle journée?

Je pris une profonde inspiration et hochai la tête.

Il m'expliqua quels documents correspondaient à quels rendez-vous. Il y en avait plusieurs dans l'après-midi, mais pas autant que la veille, et un seul dans la matinée – concernant le projet immobilier à Hackney.

— Pourquoi se réunir encore? lui demandai-je avec étonnement.

— Nous n'en avons pas terminé, déclara-t-il en se levant.

Je repensai aux discussions houleuses de la veille. Il avait défendu âprement le projet face à ses partenaires, ce qui expliquait la durée de la réunion. Mais en fin de compte les positions s'étaient durcies. Apparemment, il ne voulait pas en rester là.

— Jonathan?

Il s'apprêtait à retourner dans son bureau. Il s'arrêta net et se retourna.

— Vous avez dit que je pouvais vous poser n'importe quelle question.

— Allez-y.

J'hésitai, mais il fallait que j'en aie le cœur net.

— Pourquoi tenez-vous autant à ce projet à Hackney?

Il fronça de nouveau les sourcils. Il ne s'attendait visiblement pas à cette question.

— Il sera très rentable.

Je secouai la tête. La veille, en suivant les échanges, j'avais étudié avec attention les chiffres des rapports. Ce n'était pas vrai.

— Le coût d'investissement est bien trop élevé et le budget prévisionnel est déjà dépassé. En plus, ce district est en pleine récession et le tissu commercial n'est pas assez dense.

— Écoutez parler l'experte!

Il avait dit ça avec sarcasme, mais je voyais que j'avais fait mouche. Il ne m'avait pas crue capable d'analyser aussi bien la situation.

— Alors, pourquoi? insistai-je.

— Parfois, il faut viser le long terme quand on veut réussir.

Pourtant, la veille, je l'avais vu écarter très rapidement des projets dont la rentabilité n'était pas manifeste. Tout ça ne collait pas.

— Je crois que je sais pourquoi vous voulez absolument investir dans ce projet.

Il haussa les sourcils.

— Ah oui, et quelle serait ma motivation, selon vous?

— Ce projet est important pour le quartier, pour les gens. Il sera créateur d'emplois, beaucoup de choses en dépendent. Vous aimeriez rendre tout ça possible.

Il poussa un soupir excédé et secoua la tête.

— Il vous arrive d'être vraiment…

Il n'acheva pas sa phrase et son expression devint grave.

— Je ne suis pas un homme de bonne volonté, si c'est ce que vous pensez. Je dirige une entreprise.

— Ça n'aurait rien de blâmable de vous engager pour cette cause.

Au contraire.

La pensée m'était venue la veille, alors que je suivais les âpres négociations: il y avait de bonnes raisons pour que les partenaires d'affaires de Jonathan Huntington le respectent et l'estiment tant. Et même si ce n'était sûrement pas indiqué, je ne pouvais que l'admirer.

Il émit un léger grognement et revint, se pencha au-dessus de mon bureau et y appuya les mains. Son visage était tout près du mien.

— Si vous voulez me voir comme ça, Grace, je ne peux pas vous en empêcher. Mais ne soyez pas déçue quand vous comprendrez que je ne suis pas un héros.

Il se redressa.

— Nous partons dans un quart d'heure.

Là-dessus, il me laissa seule.

10

Je le regardai s'éloigner, le cœur battant. Pourquoi était-il aussi en colère? Qu'est-ce que j'avais dit de travers?

Dans la limousine, il ne m'adressa pas la parole. De mon côté, je ne savais pas quoi dire et j'étais toujours un peu effrayée par sa réaction.

La réunion confirma mon analyse : Jonathan Huntington ne l'avait organisée que pour donner plus de poids à sa position. Bien entendu, il parvint finalement à convaincre les autres de ne pas abandonner le projet.

— Satisfait? lançai-je, de retour dans l'auto.

Assis à côté de moi, en train de taper un message sur son portable, il redressa la tête, les yeux plissés.

— Pas vous? Après tout, le projet est bon pour les gens du quartier.

Son ton était clairement ironique. Malgré tout, il me semblait avoir vu juste dans ses motivations à faire construire ce centre d'affaires.

— Et il va se réaliser grâce à vous, ajoutai-je sans relever le sarcasme.

— Tout le monde est content, alors.

Il secoua la tête et fixa de nouveau son attention sur son téléphone. Pourtant, il n'avait plus l'air furieux, plutôt surpris que je ne sois toujours pas disposée à changer d'avis sur lui. Pourquoi s'opposait-il autant à ce que je le considère de façon positive ?

Je consultai l'heure : presque midi. Il n'avait pas évoqué le déjeuner, mais comme la veille nous étions allés spontanément dans cette sandwicherie chic, je m'attendais à un repas aussi rapide. Je fus d'autant plus étonnée lorsque la limousine, après un court trajet, tourna dans une petite rue et s'arrêta devant un bâtiment industriel ancien.

Il s'agissait d'une centrale électrique désaffectée qui abritait désormais un restaurant et une galerie baptisée « The Wapping Project Bankside ». Dans l'ancien atelier, au-dessus des tables et des chaises modernes, on pouvait encore voir une partie des conduits accrochés au plafond. Un contraste intéressant.

Un serveur nous accueillit et salua Jonathan Huntington par son prénom, puis nous conduisit à une table, vers l'arrière de la salle, où un homme nous attendait.

Il se leva en nous voyant arriver. Aussi grand que Jonathan Huntington mais un peu moins large d'épaules, plutôt athlétique, il avait des cheveux blond foncé. Avec son costume clair et sa chemise ouverte, il avait l'air très élégant.

— C'est bon que tu sois enfin de retour, soupira Jonathan.

Les deux hommes se donnèrent une accolade chaleureuse.

— Je pensais que tu allais définitivement me laisser seul avec tout le monde.

L'homme blond eut un grand sourire et me désigna du menton.

— À ce que je vois, tu t'es déjà consolé, répliqua-t-il en me considérant avec curiosité.

Jonathan Huntington plaça sa main dans mon dos.

— Voici Grace Lawson, notre nouvelle stagiaire de Chicago. Grace, voici Alexander Norton, mon associé.

Je le reconnaissais, maintenant. J'avais également vu une photo de lui, mais dessus il avait les cheveux plus courts, l'air très sérieux et renfermé. Il semblait plus jeune également. Le cliché avait peut-être été pris quelques années plus tôt.

— Enchanté, Grace. Donc, vous nous êtes envoyée par John White ? Comment va le vieil homme ?

— Bien, je crois.

Qu'ajouter ? John White avait plus de soixante ans, c'était mon professeur et rien de personnel ne nous liait. Mais Alexander Norton se tournait déjà vers Jonathan Huntington.

— Pourquoi l'as-tu amenée ? demanda-t-il tandis qu'on s'asseyait.

Je notai la curiosité dans sa voix.

— Elle m'accompagne à mes rendez-vous, justifia Jonathan Huntington.

Il tira ma chaise et s'installa à côté de moi. Voyant Alexander Norton hausser les sourcils, il ajouta :

— Elle a fait de très bons débuts et nous avons élargi le champ de son stage.

— Tu veux dire que *tu* l'as élargi. Tu ne m'as rien demandé, pour autant que je sache, lui opposa son associé.

Il me sourit en remarquant mon regard effrayé.

— Un honneur inhabituel, Grace. Mais je n'ai rien contre, pas de souci. Bien au contraire. Un peu de compagnie ne peut pas faire de mal à Hunter.

Hunter… Le chasseur. Pourquoi appelle-t-il Jonathan Huntington comme ça ? Peut-être à cause de son nom de famille. À moins que ça ait une autre signification ?

En tout cas, ce devait être un surnom que Jonathan Huntington entendait souvent, parce qu'il se remit à parler sans le relever. Apparemment, il avait envie de changer de sujet.

— Explique-moi plutôt ce que donne le projet Nelson. Ça valait le coup de passer trois semaines en Asie?

— Et comment! s'enthousiasma Alexander Norton. On fait des progrès immenses.

Les deux hommes se mirent à parler affaires tandis que j'étudiais la carte et les observais à la dérobée.

J'étais fascinée par la décontraction de leur échange. Je n'avais vu Jonathan Huntington aussi ouvert avec personne. Il imposait toujours une distance à ses interlocuteurs. Ce naturel était une facette de sa personnalité que je ne connaissais pas encore mais qui me plaisait beaucoup.

Une question d'Alexander Norton me fit brusquement tendre l'oreille.

— Au fait, comment va Sarah? Tu as des nouvelles?

Jonathan se mit à rire.

— Elle trouve Rome toujours aussi fascinante, mais elle rentre dans deux semaines, heureusement. C'est probablement mieux comme ça. Si tu veux mon avis, elle ne passe pas son temps à la bibliothèque, comme elle devrait: elle fait plutôt tourner la tête aux Italiens.

À entendre sa voix chargée de tendresse, je sentis mon estomac se contracter. Qui était Sarah?

— Elle a rencontré quelqu'un?

Alexander avait l'air nerveux, presque soucieux. Jonathan Huntington se contenta de hausser les épaules.

— Ma petite sœur ne me raconte pas tout.

La sœur de Jonathan Huntington. Bien sûr! Celle qu'il massait parfois. J'étais tellement soulagée que je souris. Mais aussitôt après, je me demandai pourquoi j'avais du mal à supporter l'idée qu'il y ait dans la vie de Jonathan Huntington quelqu'un dont il parle avec autant de tendresse.

Il fronça les sourcils et considéra Alexander Norton avec amusement.

— À ce que je constate, ça t'intéresse toujours... Tu es vraiment irrécupérable.

Sa voix était teintée d'ironie.

Alexander sourit en retour. Manifestement, il ne se sentait pas attaqué.

— Tu me connais...

Avant que j'aie le temps de réfléchir à ces allusions mystérieuses, le serveur nous apporta les boissons – Jonathan Huntington avait commandé de l'eau et du vin blanc – et Alexander Norton leva son verre.

— Au succès de la percée de Huntington Ventures sur le marché asiatique, déclara-t-il en trinquant avec nous. Le vieil homme va entrer dans une colère noire quand il apprendra que sa prédiction ne s'est pas réalisée et que la société va bientôt œuvrer à l'échelle mondiale, non?

Jonathan Huntington sourit, un sourire qui ne gagna pas ses yeux.

— Je l'espère bien.

Son ton était si chargé de haine que j'ouvris grand mes oreilles.

— Si ça n'avait tenu qu'à lui, mon premier projet aurait dû échouer.

— Votre père avait prédit que votre entreprise ne connaîtrait pas le succès?

Les deux hommes se tournèrent vers moi et je regrettai aussitôt ma question. Le regard de Jonathan Huntington me crucifia presque sur place. Lorsqu'il me répondit, sa voix était glaciale.

— Il m'a non seulement prédit l'échec, mais il m'a aussi mis des bâtons dans les roues. Par bonheur, il a échoué.

— Je ne peux pas le concevoir, m'étonnai-je.

Un peu bêtement, j'étais partie du principe qu'un homme qui connaissait le succès comme Jonathan Huntington serait soutenu par sa famille, une famille fière de sa réussite. Il allait hériter du titre de comte et de la propriété familiale, je m'étais donc attendue à une grande cohésion familiale, au respect des traditions, peut-être à une certaine arrogance envers les simples mortels. Pas à ce rejet, à cette hostilité.

Jonathan Huntington eut une grimace railleuse et s'adressa à son associé :

— Il faut que tu saches, Alex, que Grace croit en la bonté humaine. Elle est convaincue que nous menons nos affaires par pur amour de notre prochain. Elle doit croire aussi qu'il n'y a que de gentils pères sur terre, parce que son père a toujours été gentil avec elle. Je me trompe ?

Il me fixait, l'air provocant.

— Jonathan… tenta Alexander Norton.

J'avais la gorge serrée. Ses paroles moqueuses m'avaient blessée, mais j'avais perçu de la douleur et de l'amertume dans sa voix. Je pouvais le comprendre.

— Mon père a quitté ma mère quand j'avais six ans, répliquai-je sans éviter son regard froid. Depuis, je ne l'ai vu que quelques fois, et plus du tout ces treize dernières années. Je ne peux donc pas savoir s'il aurait été gentil avec moi. Au fond, je ne le connais pas.

Jonathan Huntington pencha la tête en avant, comme s'il devait se ressaisir avant de me répondre.

— Je suis désolé. C'était… très impoli de ma part.

Il avait prononcé ces excuses entre ses dents, mais semblait vraiment contrit. Il y avait dans ses yeux une lueur qui me donna l'impression que d'un coup il me considérait autrement.

— Ne le prenez pas mal, Grace, intervint Alexander Norton. Il réagit toujours comme ça quand il est question de son père.

J'aurais aimé savoir ce qui s'était passé au juste entre Jonathan Huntington et le vieux comte. Pour qu'il se mette en colère à ce point, il devait y avoir plus qu'une simple divergence d'opinion. Mais ce n'était pas le moment de creuser la question. Alexander Norton semblait du même avis.

— Il vaut mieux changer de sujet, conclut-il en prenant son verre. Explique-moi plutôt comment il se fait que notre nouvelle stagiaire a le droit de collaborer avec le patron.

Intéressée, je regardai aussitôt Jonathan Huntington, mais son visage restait impassible.

— C'est une expérience, déclara-t-il avant de boire une grande gorgée de vin.

À cet instant précis, le serveur apporta nos assiettes. Alexander Norton n'insista pas, ce qui parut convenir à Jonathan Huntington. Mais sa réponse me hanta. Que voulait-il découvrir avec cette expérience?

Une heure plus tard, nous étions assis tous les trois dans la limousine. La bonne humeur de Jonathan Huntington s'était envolée. Installé près de moi, il pianotait sur son portable. Il avait beau être contre moi, je le sentais très loin et ça me pesait. Étais-je responsable de son changement d'humeur? Après tout, j'avais réussi à le faire sortir de ses gonds par deux fois en quelques heures, avec mes remarques.

Comme il ne semblait pas disposé à rompre le silence, je m'adressai à Alexander Norton:

— D'où connaissez-vous le professeur White?

Le jeune homme blond sourit, songeur.

— Il était professeur invité au Winchester College du temps où j'y étais avec Jonathan, et j'ai toujours gardé le contact. C'était un peu mon mentor à l'époque.

Le Winchester College… J'en avais entendu parler. L'école – un internat pour garçons – n'était pas aussi connue qu'Eton, mais aussi élitiste. Et chère.

— Vous étiez tous les deux dans la même école?

Que le futur comte de Lockwood y soit allé ne m'étonnait pas, mais Alexander Norton n'était pas noble et j'avais lu sur Internet qu'il avait des origines modestes.

Il haussa les épaules.

— J'avais une bourse, expliqua-t-il brièvement.

Jonathan Huntington releva la tête et son regard accrocha celui d'Alexander Norton. Une compréhension muette, sans l'ombre d'un sourire, comme s'ils se rappelaient une époque difficile. Quelque chose devait les lier, quelque chose d'obscur qu'ils refusaient visiblement d'évoquer.

— Dans ce cas, vous avez eu ensemble l'idée de fonder Huntington Ventures? demandai-je rapidement, pour ne pas m'attirer une fois de plus la colère de Jonathan Huntington.

Alexander Norton s'adossa à son siège et secoua la tête.

— Non, c'était Jonathan seul. Il a fait appel à moi plus tard.

— Et vous avez pris la direction du service Investissements, dont vous avez fait la pièce maîtresse de la société…

Remarquant son étonnement, j'écartai les bras comme pour m'excuser.

— Pour préparer mon stage, il fallait que je me familiarise avec la philosophie et l'histoire de votre entreprise.

— Qu'en avez-vous conclu?

Ça semblait vraiment l'intéresser.

Et comme les yeux verts d'Alexander Norton ne me rendaient pas aussi nerveuse que les yeux bleus de son associé, ce que j'avais exposé à Chicago devant la commission de sélection universitaire me revint à l'esprit.

— J'en ai conclu que Huntington Ventures exploite un concept très innovant qui repose non seulement sur une prise de bénéfices rapide, mais aussi sur la promotion de brevets. Vous associez capitaux et idées, et tirez profit du potentiel étonnant qui en résulte.

— Une jolie synthèse, commenta Alexander Norton en adressant un coup d'œil amusé à Jonathan Huntington. Vous semblez être une vrai fan de notre société. Je commence à comprendre pourquoi Hunter apprécie autant de vous avoir à ses côtés.

Encore ce surnom un peu inquiétant. Mais il lui convenait. Jonathan Huntington était un chasseur qui poursuivait son but sans relâche. Je réprimai un soupir, en me demandant si je compterais un jour parmi ses proies. Puis je coulai un regard dans sa direction, et mon cœur manqua un battement : il me fixait.

— Vous pouvez arrêter de parler de moi, s'exclama-t-il, l'air furibond. Nous sommes arrivés.

Juste après, la voiture s'immobilisa devant le bâtiment de Huntington Ventures. Je me réfugiai dans le hall d'accueil. Jonathan Huntington et Alexander Norton s'attardèrent à discuter près de la limousine, la mine sérieuse, avant de me suivre.

Arrivé au comptoir, Alexander Norton prit congé de moi.

— C'était un plaisir de faire votre connaissance, Grace. Puisque vous travaillez étroitement avec Jonathan, nous aurons sûrement l'occasion de nous revoir.

Ensuite, il s'adressa à la blonde Caroline qui lui remit des documents. Jonathan Huntington avait déjà pris la direction des ascenseurs et je hâtai le pas pour le rattraper. Il ne disait rien et l'expression de son visage était toujours sombre.

Incapable de supporter son silence plus longtemps, je me jetai à l'eau.

— Vous êtes en colère contre moi? J'ai fait quelque chose de travers?

— Non, je ne suis pas en colère contre vous.

Était-ce sa façon de mettre un terme à la conversation ou y avait-il vraiment autre chose qui l'irritait?

Une fois arrivés en haut, il se précipita vers son bureau, mais alors que je voulais le suivre, il s'arrêta et me retint.

— Vous ne pouvez pas assister au prochain entretien.

Ce fut comme un coup sur ma tête.

— Pourquoi pas?

— J'avais dit qu'il y aurait des exceptions.

En effet. Pourtant, j'étais consternée, comme si je subissais une punition.

— Qui allez-vous voir?

Ma question était un peu effrontée, mais je ne comprenais pas ce qui se passait tout d'un coup.

— Yuuto Nagako, répondit Jonathan Huntington. Il arrivera dans quelques minutes. En attendant, installez-vous dans votre bureau.

Là-dessus, il me laissa seule.

Indécise, je restai plantée devant le bureau de Catherine Shepard, qui n'était pas à son poste. Une bonne chose, parce qu'il m'aurait été infiniment désagréable qu'elle assiste à notre échange.

Ensuite, je tournai les talons, me rendis dans mon bureau, refermai la porte et m'y adossai.

La veille, il voulait absolument que je participe à son dîner avec Yuuto Nagako, et voilà qu'il m'excluait. Ça me dépassait.

Un peu plus tard, j'entendis le *bling* annonçant l'arrivée de l'ascenseur, puis des voix d'hommes dans le couloir. L'une d'elles était celle de Jonathan Huntington : il parlait en japonais avec son visiteur.

J'attendis que la porte de l'autre bureau se referme, puis je pris le chemin des étages inférieurs. Incapable de me concentrer sur des documents quelconques, j'avais décidé de passer voir Annie au quatrième étage.

Comme Shadrach Alani était assis derrière son bureau, j'entraînai Annie dans la cuisine où nous pourrions être seules.

— Qu'est-ce qui se passe? s'enquit-elle, soucieuse.

— Rien. Il faut que j'attende. Il a un rendez-vous auquel je ne peux pas assister, alors je me suis dit que j'allais te rendre une petite visite.

Je pris la tasse de thé qu'elle me tendait.

— Il doit voir qui?

— Ce Japonais qui était là à mon arrivée, tu te souviens?

— Yuuto Nagako? demanda-t-elle, de nouveau l'air préoccupé.

Je hochai la tête, sourcils froncés.

— Quoi? Il y a quelque chose qui cloche avec lui?

— Non. Simplement, ce n'est pas une relation d'affaires. Enfin, pas vraiment, plutôt une sorte de mentor. Il a soutenu le boss à la création de la société. Et je crois qu'il l'accompagne dans ce club quand il est à Londres.

Je poussai un profond soupir.

— Mais comme on ne sait pas de quel genre de club il s'agit, ça n'est pas censé nous intéresser.

— Ça doit être un club érotique, Grace.

Je restai muette un moment.

Un club érotique…

Bizarrement, cette idée me choquait très peu. Mon rêve me revint en tête. Qu'est-ce que Jonathan Huntington pouvait bien faire dans ce genre de club?

— Tu en es sûre? repris-je.

Annie opina du chef et me fixa, avec un air sérieux.

— Ce n'est qu'une rumeur, mais elle est tenace. Je ne veux pas que tu…

La porte s'ouvrit et je sursautai. Jonathan Huntington se tenait dans l'embrasure.

— Grace, vous voulez bien monter? fit-il de ce ton inflexible que je connaissais déjà bien.

Ce n'était pas un souhait. C'était un ordre.

Les doigts légèrement tremblants, je reposai ma tasse. Le regard effrayé d'Annie allait et venait entre Jonathan Huntington et moi.

— À plus tard, lui glissai-je.

Je suivis Jonathan Huntington qui s'éloignait à grands pas. Je dus presque courir dans le couloir pour le rattraper.

Il ne m'adressa de nouveau la parole que dans l'ascenseur.

— Que veniez-vous faire ici?

Le reproche dans sa voix était manifeste.

— Passer le temps en attendant que votre entretien soit terminé.

— Je vous avais dit d'attendre dans votre bureau!

Il avait presque crié la dernière phrase. La colère m'envahit. Pendant toute la journée, il m'avait déstabilisée avec ses sautes d'humeur. Il n'avait pas le droit de me traiter comme ça.

— Oui, vous m'aviez demandé d'attendre. Mais je n'avais pas de tâche concrète à exécuter et j'ai décidé d'employer mon temps comme je l'entendais. Votre secrétaire et votre chauffeur font peut-être toujours ce que vous dites, mais vous les payez pour ça.

Son visage reflétait son incrédulité. Apparemment, il ne s'attendait pas à cette réponse. Ses traits s'assombrirent et il fit un pas dans ma direction. Je reculai et sentis la paroi vitrée de la cabine dans mon dos.

— Je vous paie aussi.

Ses yeux bleus lançaient des éclairs, mais je soutins son regard.

— Peut-être, mais pas assez pour que je supporte ce genre de chose. Je ne suis pas un chien à qui vous pouvez ordonner de se coucher quelque part et d'attendre sagement votre retour. Ça ne fonctionne pas comme ça.

Il s'approcha encore et se planta juste devant moi. Il fallait que je renverse la tête pour continuer à le regarder. Sa main se posa sur ma gorge et ses doigts caressèrent ma peau. Son visage était si près du mien que je distinguai nettement les paillettes sombres dans ses yeux.

— Comment ça fonctionne alors, Grace? murmura-t-il, la voix rauque. Pour que tu fasses ce que je veux?

11

Incapable de penser et de respirer, je fixai ses lèvres.

Il va m'embrasser…

Je sentais son souffle sur ma joue, sa main sur mon cou. Je le voulais. J'avais envie qu'il m'embrasse.

Mes mains montèrent d'elles-mêmes vers le col de sa chemise, agrippèrent le tissu, attirèrent son visage près du mien. Ses lèvres se posèrent sur les miennes. Une décharge électrique me traversa et je basculai la tête en arrière avec un gémissement. Ce contact était difficilement supportable mais il était trop tard pour faire marche arrière.

Jonathan poussa un grognement et me plaqua brutalement contre lui, m'obligeant à me cambrer. Je sentais son corps contre le mien, ses muscles durcis sous le tissu. La chaleur qui émanait de lui s'empara de moi, de la tête aux pieds. Il enfouit une main dans mes cheveux et tira ma tête en arrière, me livrant tout entière à lui.

Alors, il m'embrassa, un baiser sauvage et violent, sans ménagement. Sa langue s'introduisit dans ma bouche, explora le moindre recoin, caressa l'intérieur de mes lèvres et le dessus de ma langue. Mes genoux flanchèrent et je me raccrochai à lui, mon unique appui. Son baiser avait beau m'ôter toute volonté, il éveilla quelque chose en moi, et au bout d'un instant, je me mis à le rendre. Je me collai à lui et nos langues se livrèrent un duel passionné.

L'instant d'après, je sentis la paroi de l'ascenseur dans mon dos et ses mains se posèrent autour de mes seins, caressèrent mes mamelons dressés à travers l'étoffe mince de mon chemisier. Je fus submergée par une vague de sensations puissantes, bien plus intenses que dans mon rêve, tandis que je répondais à son baiser avec une forme de désespoir. Il me dominait à tous points de vue, mais c'était précisément ce qui m'excitait. Cramponnée à lui, je m'abandonnai à l'assaut de ses lèvres et de ses doigts.

Une de ses mains s'aventura plus bas, caressa mes cuisses, remonta ma jupe. Soudain, ses doigts glissèrent entre mes jambes, se pressèrent contre ma culotte humide. Choquée et excitée par ce contact intime, je poussai un halètement.

L'étreinte cessa aussi abruptement qu'elle avait commencé.

Il me lâcha et je restai là, tremblante, un goût de sang dans la bouche. Il se détourna, passa la main dans ses cheveux et laissa retomber son bras.

À nouveau capable de penser, je songeai à la signification possible de ses derniers mots. Était-ce ça qu'il voulait de moi?

Déstabilisée, je plongeai mon regard dans ses yeux bleus et crus y déceler de la douleur. Instinctivement, je voulus lever la main et la poser contre sa joue, mais l'ascenseur s'arrêta avec un *bling* et les portes s'ouvrirent.

Jonathan quitta aussitôt la cabine et traversa la réception à grands pas. Je me dépêchai de rajuster ma jupe et le suivis, les jambes vacillantes.

Catherine Shepard, de nouveau à son poste, me détailla de son air impénétrable. À mes cheveux ébouriffés, elle devinait sans doute ce que j'avais fait avec le boss dans l'ascenseur, mais je ne lui prêtai pas vraiment attention. Mon esprit était trop occupé par ce qui venait de se passer.

Cette fois, Jonathan laissa la porte de son bureau grande ouverte, comme une invitation. Je la refermai derrière moi et m'y adossai, heureuse qu'il se trouve tout au fond de la pièce, tant mes genoux tremblaient encore. Pourtant, je voulais rééditer l'expérience de l'ascenseur. Sans attendre.

Tendue, j'espérais qu'il dise quelque chose, mais il me tournait le dos et regardait par la fenêtre.

Je me dirigeai prudemment vers son bureau, par peur que mes jambes se dérobent. En atteignant le fauteuil placé devant, j'agrippai le dossier.

— Jonathan?

Il se tourna vers moi. Il s'était ressaisi. La colère et la passion avaient disparu de son visage, il était redevenu l'homme d'affaires froid et sûr de lui.

— Oublie ce qui vient de se passer.

Sa voix avait un ton maîtrisé, presque indifférent.

Je lui adressai un regard surpris. Oublier ça?

— Je ne peux pas.

— Dans ce cas, il faut que je mette un terme à notre collaboration.

— Mais… pourquoi?

Il ne pouvait quand même pas m'embrasser et m'envoyer balader! Se comportait-il de la même façon avec toutes les femmes? Si oui, je pouvais comprendre qu'elles fuient l'une après l'autre, parce qu'il réussissait à provoquer chez moi un sentiment de culpabilité. Pourtant, il voulait la même chose que moi. Il en voulait même beaucoup plus, probablement. Contrairement à moi, il savait ce qu'il faisait.

— Pourquoi m'avoir embrassée?

Il fit le tour du bureau et se planta devant moi. Aucun sourire n'éclairait son visage, mais il n'avait plus cette expression fermée. Il était aussi chamboulé que moi.

— Ça ne se reproduira pas.

Il avait prononcé ces mots avec sérieux, un peu comme s'il devait s'en assurer lui-même. La déception m'envahit. Je voulais que ça se reproduise. Il fallait qu'il m'embrasse encore. Si c'était bien un baiser : ça m'avait plutôt fait l'effet d'un tremblement de terre.

Je le fixai du regard. D'une main, il aurait pu m'attirer à lui, et un frisson me parcourut.

— Donc, on oublie ça, reprit-il.

Ce n'était pas une question, mais une injonction à laquelle je devais me tenir.

Il écartait d'un revers de la main un événement qui m'avait bouleversée. Comme si ça lui était désagréable, presque pénible. Son attitude me blessait. Comment s'imaginait-il les choses ? Je ne pouvais pas oublier ce moment. En aucun cas. Mais je ne voulais pas non plus que mon stage prenne fin et haussai les épaules.

— De toute façon, les gens font toujours ce que tu dis, répliquai-je sur un ton insolent, tant j'avais du mal à cacher ma colère.

— Mais pas toi…

Il avait dit ça calmement et mon regard accrocha le sien. Sa remarque ne sonnait pas comme un reproche. C'était bel et bien un compliment. Un constat qui me donna du courage.

Vas-y, tente le coup…

— Je ferai ce que tu voudras, osai-je.

Je soutins son regard, le cœur battant. Il savait précisément ce que je voulais dire par là, je le voyais. Mais il se contenta de repousser les cheveux qui retombaient sur son front et retourna se retrancher derrière son bureau. En tout cas, ça me fit cette impression.

— Ça ne se reproduira pas, Grace, répéta-t-il de ce ton qui ne supportait aucune contradiction.

Il indiqua le fauteuil placé devant son bureau.

— On peut reprendre, maintenant?

Je hochai la tête, dépitée.

Après qu'il m'eut exposé une fois de plus la suite du programme de la journée, je retournai dans mon propre bureau. Je trouvais terriblement arrogant de sa part qu'il passe aussi facilement à l'ordre du jour. Comme si on ne devait parler de rien. Comme si rien ne s'était passé.

Pourtant, il s'était passé quelque chose entre lui et moi. Ça ne faisait aucun doute. Tandis que je survolais de nouveau les documents relatifs au rendez-vous suivant, incapable de me concentrer malgré mes efforts, je réalisai avec une clarté grandissante que je ne pouvais absolument pas l'ignorer. Je ne faisais que penser aux sensations provoquées par son corps plaqué contre le mien, sa main entre mes jambes.

Mon rêve me revint à l'esprit. Ce n'était rien, comparé à ce qui s'était passé dans l'ascenseur. Son baiser n'avait rien de tendre, il avait quelque chose de sombre, d'enivrant, qui ne me laissait pas en paix. Brusquement, je ne pus m'empêcher d'en tirer des conclusions, malgré la mise en garde d'Annie.

Une petite voix se mit à résonner en moi: *En fin de compte, tu n'es peut-être pas qu'une petite stagiaire insignifiante pour lui...*

Jonathan devait se sentir attiré par moi, puisqu'il m'avait embrassée, même s'il le niait. Et si c'était bien le cas, il était possible qu'il recommence. Qu'il fasse peut-être même plus.

Cette pensée excitante m'accompagna tout le reste de la journée. Je me surpris à observer et analyser le moindre petit geste de Jonathan. Je savais que c'était débile, mais c'était plus fort que moi.

Finalement, lorsque Steven passa me prendre vers dix-neuf heures pour me ramener chez moi, Jonathan monta aussi dans la limousine. Il n'avait pas évoqué de rendez-vous tardif et, pour une raison inconnue, j'étais certaine qu'il ne rentrait pas directement chez lui. Allait-il encore se rendre dans ce club?

Mon imagination s'emballa tandis que j'essayais de me représenter ce qui se passait dans ce mystérieux établissement. Ce qu'il y faisait.

Je ne connaissais pas Londres assez bien pour deviner où on allait, mais le trajet me sembla différent de la veille. Effectivement, au bout de vingt minutes, je reconnus les maisons bordant Upper Street dans le quartier d'Islington, celles que j'avais longées à pied avec Annie. Pas de détour par Primrose Hill cette fois-ci, donc.

Une fois garés devant mon immeuble, je ne pus réfréner ma curiosité plus longtemps.

— Tu as encore un rendez-vous ou tu rentres chez toi?

Jonathan avait gardé le silence pendant tout le trajet. Pour la première fois depuis notre «rencontre» dans l'ascenseur, il sourit.

— Je n'ai pas encore décidé.

Ce qui signifiait qu'il irait peut-être au club. Annie avait dit qu'il s'y rendait souvent. Je passai ma langue sur mes lèvres. Alors seulement, je remarquai que je le fixais et que lui me désignait la portière.

— On est arrivés, Grace.

Je tressaillis.

— Oh, oui, bien sûr, murmurai-je en ouvrant la portière. À demain.

Je ne voulais pas partir. J'avais envie de l'accompagner mais mon audace m'effrayait. Sans compter qu'il refuserait, de toute façon. À moins que…

Quelques pas seulement me séparaient de la porte de l'immeuble et je m'attendais à ce que la limousine fasse demi-tour et s'éloigne. Mais elle resta immobile. Comme les vitres étaient teintées, je ne pouvais pas voir si Jonathan m'observait ou si une autre raison expliquait qu'ils restent stationnés.

Nerveuse, je cherchai ma clé dans mon sac. Impossible de la trouver. Et zut. Ça m'arrivait régulièrement. Ma sœur se moquait toujours de mon étourderie parce que je perdais mes clés. Rien d'autre. J'étais fâchée avec ces sales bêtes et ça m'agaçait énormément que ça m'arrive au moment même où l'on me regardait.

Je me mis à fouiller nerveusement les profondeurs de mon sac. Sans succès. Désespérée, je pressai la sonnette dans l'espoir que Marcus soit là. Annie était invitée chez des amis avec Ian, elle m'en avait parlé le matin. Ils avaient prévu de se retrouver dans la City parce que ces amis habitaient à Southwark, au sud de la Tamise. Marcus était donc mon unique chance.

La limousine ne bougeait toujours pas. Qu'attendait Jonathan? Je fis un geste hésitant en direction des vitres teintées. Peut-être qu'il comprendrait qu'il pouvait s'en aller. Mais j'obtins le résultat inverse: la portière arrière s'ouvrit et il descendit.

Une fois de plus, lorsque je le vis s'avancer vers moi, mon cœur manqua un battement et j'arrêtai de respirer. Il était tellement séduisant, ses mouvements dégageaient une telle décontraction que je me rappelai soudain le contact des muscles de ses bras et de son torse tendant le tissu de sa chemise. Je savais les sensations qu'il pouvait déclencher en moi s'il le voulait.

Il me fixait, l'air interrogateur.

— Qu'est-ce qui se passe? Tu ne peux pas entrer?

Je sentis une vague de chaleur monter en moi et colorer mes joues. La situation était extrêmement gênante. Pourquoi fallait-il qu'il me fasse toujours perdre tous mes moyens?

— J'ai peur d'avoir oublié ma clé, avouai-je, penaude.

Il était si près de moi, aussi près que dans l'ascenseur, que mes genoux se remirent à flageoler.

— Et maintenant? s'enquit-il.

Visiblement, il avait l'intention de résoudre mon problème avant de s'en aller.

Je haussai les épaules.

— J'ai sonné. Il y a peut-être quelqu'un qui va m'ouvrir. Sinon, je vais attendre.

Une pensée me vint et fit battre mon cœur encore plus vite.

— Ou… je t'accompagne.

J'avais prononcé ces mots à voix basse, pas sûre de ce que je lui proposais au juste. Il ne m'avait pas dit où il allait, mais les chances qu'il retourne dans ce club m'apparaissaient grandes.

Il comprenait ce que j'entendais par là. Je le reconnus à l'expression de ses yeux, où une lueur vacillait. Mais elle disparut aussi vite qu'elle était apparue et un pli se creusa entre ses sourcils. Il se pencha en avant et approcha son visage du mien.

— Tu devrais faire attention à ce que tu souhaites, Grace. Ça pourrait se réaliser… et être très différent de ce que tu imagines.

J'entendais bien ce qu'il disait, mais mon cerveau était passé en mode émotif. Encore quelques centimètres, et ses lèvres seraient sur les miennes. C'était la seule pensée qui m'occupait.

— Peut-être pas, chuchotai-je, à bout de souffle.

Il se tut un moment, puis eut à nouveau ce sourire charmant qui me donnait le vertige.

— Si, Grace. Ça serait différent.

Il pencha la tête encore un peu plus.

— Alors, il vaudrait mieux que tu arrêtes de me tenter…

La porte de l'immeuble s'ouvrit brusquement. Marcus se tenait dans l'embrasure. Aussitôt, Jonathan fit un pas en arrière. Le charme était rompu.

Et merde!

— Grace?

Le regard de Marcus allait et venait entre Jonathan et moi, méfiant.

— Tout va bien?

— Elle a oublié sa clé, expliqua Jonathan avant que je puisse dire quelque chose.

Il eut très brièvement l'air irrité par l'irruption de Marcus, puis ses yeux s'obscurcirent. Comme si un rideau descendait.

— Mais maintenant, tu vas pouvoir entrer, ajouta-t-il en se tournant vers moi.

Son sourire était devenu froid. Distant. Étranger.

— À demain alors, conclut-il.

Il adressa un signe de tête à Marcus puis rejoignit la voiture à grands pas. La limousine se mit en mouvement dès qu'il eut refermé la portière, fit demi-tour et descendit la rue avant de disparaître.

Marcus suivit l'auto d'un regard hostile qui me donna envie de rire. Je l'aurais fait si je n'avais pas été agitée par des sentiments contraires.

— C'était qui?

Son ton exprimait sa contrariété.

— Jonathan Huntington.

Pour un peu, j'aurais soupiré. Heureusement, je me retins à temps.

Il eut l'air abasourdi.

— Le boss en personne?

Il connaissait son nom par Annie, mais le rencontrer ne paraissait pas lui avoir plu.

— Exactement.

Comme je n'avais pas envie de parler de Jonathan avec lui, je le poussai vers l'intérieur.

— On entre, d'accord? Quelle chance que tu sois à la maison! Ces foutues clés… Je passe mon temps à les perdre.

Il jeta un dernier coup d'œil dans la rue, comme s'il voulait s'assurer que Jonathan était bien parti, puis, après un temps d'hésitation, referma la porte de l'immeuble.

— Qu'est-ce qu'il te veut?

Il ne lui avait certainement pas échappé que Jonathan se tenait tout près de moi. Plus près que les circonstances l'autorisaient dans le contexte d'une relation professionnelle.

— Rien, répondis-je avec abattement. Il m'a juste raccompagnée.

Pourtant, il y avait quelque chose entre lui et moi. Voilà ce à quoi je pensais en montant l'escalier avec Marcus. Je ne laissais pas insensible Jonathan Huntington, cet homme incroyablement séduisant. *Il vaudrait mieux que tu arrêtes de me tenter.* C'était ce qu'il avait dit, mot pour mot. Ce qui signifiait que je pouvais le tenter. Cette idée l'avait effleuré, comme moi. Si Marcus n'était pas arrivé…

Et puis quoi, Grace? Qu'est-ce qui se serait passé s'il t'avait vraiment emmenée? Chez lui ou dans ce club?

Malheureusement, je n'en avais aucune idée. Je maudis mon inexpérience.

— Je nous fais du thé? s'enquit Marcus, une fois arrivé en haut.

Je m'apprêtai à refuser, mais ça n'aurait pas été poli.

— Avec plaisir. Il faudrait aussi que je mange quelque chose. Je meurs de faim.

— Je viens de me faire une omelette. Tu en veux une?

— Volontiers.

Il prit le chemin de la cuisine tandis que je m'arrêtai devant le portemanteau.

— J'arrive tout de suite, d'ac?

Il acquiesça en souriant et s'éloigna dans le couloir. Il était terriblement gentil… mais ce n'était pas Jonathan.

J'accrochai ma veste avec un léger soupir et entrai dans ma chambre. Je m'assis sur le lit et regardai autour de moi. Ma clé était posée sur le chevet.

Quelle journée…

Trouver le sommeil s'annonçait difficile. Jonathan Huntington ne quittait pas mes pensées et il n'y avait plus de retour possible pour moi, je le savais de façon instinctive. Je voulais découvrir ce qui se passerait si je le tentais. À tout prix. Même si tout le monde, lui compris, me mettait en garde.

Je me levai avec un nouveau soupir et rejoignis Marcus dans la cuisine.

12

J'avais trop bu. Beaucoup trop et beaucoup trop vite. Du mousseux, surtout. Non, du champagne. Depuis deux heures, on se trouvait dans ce restaurant très chic – un temple pour gourmets dans Covent Garden, extrêmement classe et sans doute extrêmement cher. Un repas d'affaires de plus, rien de particulier. J'aurais dû y être habituée, mais je commençais à ne plus supporter la situation.

Assis près de moi, Jonathan s'entretenait avec le comte de Davenport, un homme qui devait avoir pas loin de soixante ans et qui m'avait généreusement proposé, dès notre arrivée, de l'appeler Richard. Le teint rougi par une couperose qui laissait conclure à une consommation d'alcool trop élevée, il avait l'air à l'étroit dans son costume taillé sur mesure. Contrairement à la jeune femme qui l'accompagnait, une jolie blonde du nom de Tiffany Hastings, moulée dans une courte robe de créateur. Elle devait avoir à peu près mon âge, vingt-cinq ans tout au plus. Hélas, elle était plutôt limitée et les deux hommes semblaient attendre de moi que je discute avec elle. Je n'en avais aucune envie : j'étais terriblement frustrée.

Nous étions vendredi soir et ma deuxième semaine de stage à Londres prenait fin. Sur douze jours, j'en avais passé neuf aux côtés de Jonathan. J'avais sillonné Londres, pris part à des réunions, des repas d'affaires, des entretiens et autres rendez-vous. Mais je m'étais fourré le doigt dans l'œil en espérant un rapprochement après notre baiser incroyablement passionné dans l'ascenseur (dont je rêvais presque chaque nuit) et notre moment d'intimité interrompu devant mon immeuble. Depuis, même s'il montait souvent dans la limousine quand Steven me ramenait le soir, il ne m'avait plus raccompagnée jusqu'à la porte. Il attendait dans la voiture – sauf quand Steven l'avait déposé avant devant ce club de mauvais augure dont je n'osais pas demander la nature.

J'avais essayé de flirter avec lui. Malheureusement, je n'avais rien d'une pro en la matière. J'étais plutôt une parfaite débutante et mes efforts n'avaient pas été couronnés de succès, ce qui m'obsédait.

Au début, en plus du fait qu'il était l'un des hommes les plus séduisants de cette planète, c'étaient son succès et sa classe que j'avais admirés. La façon dont il changeait en or tout ce qu'il touchait. Les choses en seraient peut-être restées là s'il ne m'avait pas laissée l'approcher autant. Je serais juste venue grossir la troupe des femmes dont Annie m'avait décrit le destin : celles qui le couvaient du regard de loin, les yeux brillants, et se demandaient comment conquérir cet homme fascinant. Ça faisait longtemps que j'avais dépassé ce stade. J'étais beaucoup plus atteinte depuis que j'avais pu voir son côté sombre. Un côté qu'il ne montrait pas en temps normal. Il cachait quelque chose aux yeux des autres, un secret aussi impénétrable que lui-même. Et c'était précisément cette énigme qui exerçait sur moi une attraction magique.

Il devait y avoir une raison pour qu'il ait bâti autour de lui une muraille aussi infranchissable. Pour qu'il m'ait embrassée avec passion et sauvagerie, avant de refuser d'aborder le sujet.

Pour qu'il paraisse éviter toute forme de relation, exception faite de son amitié avec Alexander Norton et ce drôle de Yuuto Nagako. Exception faite de cet étrange arrangement avec moi, dont je ne comprenais toujours pas le sens.

Annie s'étonnait encore que Jonathan m'ait fait monter travailler à son étage. Convaincue qu'il devait avoir des arrière-pensées, elle continuait à me mettre en garde. Elle n'arrêtait pas de me demander ce qu'on faisait, comme si elle craignait que Jonathan me mange. Je ne lui avais pas encore raconté ce qui s'était passé dans l'ascenseur le deuxième jour, mais le lendemain matin, dès le petit déjeuner, elle avait senti qu'un truc avait changé et j'avais eu du mal à sortir victorieuse de son interrogatoire.

Par contre, j'en avais parlé à ma sœur. Des milliers de kilomètres nous séparaient et Hope ne voyait pas les choses d'un œil aussi critique.

— Jonathan Huntington t'a embrassée, vraiment? C'est dingue! Raconte, Gracie, je veux tout savoir, tous les détails!

À mon avis, elle s'emballait parce qu'elle avait presque abandonné l'espoir que ça colle un jour entre un homme et moi. Du coup, elle s'accommodait apparemment du fait que l'heureux élu soit un peu trop anglais à son goût et clairement trop arrogant. Comme elle l'avait trouvé très séduisant sur la photo du magazine, elle comprenait aussi que je puisse difficilement lui résister. Simplement, elle n'avait pas de conseil à me donner pour m'aider à le faire succomber.

Peut-être que je me surestimais, après tout. La pensée m'en était venue quelques jours plus tôt, et se répandait dans mon corps comme un poison lent. Peut-être qu'il n'avait pas trouvé notre baiser aussi fantastique que moi. Peut-être qu'il avait immédiatement remarqué mon manque d'expérience et qu'il n'avait aucune envie de renouveler la chose.

Je descendis à la va-vite une nouvelle gorgée de champagne. Jonathan s'en aperçut et interrompit sa discussion avec Richard, le comte bouffi de… aucune idée, pourtant, je le savais encore un instant plus tôt. Il se pencha vers moi.

— Grace, tu ne devrais pas boire autant, me glissa-t-il à voix basse.

On aurait dit Grandma quand elle trouvait qu'on quittait le chemin de la vertu, Hope et moi. Pourtant, quitter le chemin de la vertu, c'était exactement ce que je désirais. Ardemment. Si seulement il me laissait…

— Je suis grande, rétorquai-je en ayant un peu de mal à articuler correctement. Même si tu ne veux pas l'admettre, apparemment.

Je vidai mon verre d'un air de défi. Lorsque le serveur, d'une grande discrétion, se présenta pour me demander s'il devait me resservir, je hochai la tête et fixai Jonathan avec provocation, pour le défier de me l'interdire. Ce qu'il ne fit pas, naturellement. Après tout, nous n'étions pas seuls. Sa politesse toute britannique l'en empêchait et j'en profitais.

C'était une chose de plus que j'avais apprise sur lui. Il pouvait se montrer d'une arrogance incroyable, mais il attachait une grande importance aux bonnes manières. Comme pour beaucoup de Britanniques, les accrochages en public lui répugnaient. J'étais donc à peu près sûre qu'il n'allait pas me couvrir de honte devant le comte et son idiote de Tiffany. Tout comme il ne l'avait pas fait à l'aéroport.

D'un autre côté, je souhaitais presque qu'il pique une crise et m'insulte. Tout sauf cette froideur, cette maîtrise de soi. Je voulais retrouver le Jonathan qui m'avait subjuguée dans l'ascenseur. Ce jour-là, il avait perdu le contrôle, la carapace s'était fendillée.

On se regardait toujours : mon comportement ne le laissait pas de marbre. Une lueur de colère vacillait au fond de ses yeux bleus. Très bien. Je bus rapidement une autre gorgée et souris à Tiffany qui venait de dire quelque chose d'inintéressant. Il devait être question de la bague qu'elle portait, un cadeau du très généreux Richard.

Je me penchai vers Jonathan et le tirai par le bras pour qu'il s'approche encore un peu plus. Je ne voulais pas que les autres entendent ce que j'avais à dire. Il venait de faire la même chose avec moi mais je lus dans ses yeux qu'il trouvait mon geste déplacé. Grand bien lui fasse. L'alcool me montait à la tête, m'encourageant. J'avais chaud et je sentis mes joues me brûler encore plus à son contact.

— Pourquoi on est ici, au fait?

J'espérais avoir parlé doucement. Je ne contrôlais plus vraiment ma voix.

— Tu ne fais quand même pas des affaires avec ce comte de... Si?

Je ne comprenais vraiment pas pourquoi Jonathan rencontrait ce type repoussant. C'était censé être un repas d'affaires, mais quand j'étais capable d'écouter attentivement, la discussion ne tournait même pas autour d'un projet commun. Je n'arrivais pas non plus à les imaginer collaborer: je sentais entre eux une tension latente. Plus la soirée avançait, plus les politesses qu'ils avaient échangées m'apparaissaient de façade, comme s'ils se jaugeaient avant de se sauter à la gorge. Mais peut-être que j'étais trop ivre pour en juger correctement.

Jonathan ne parut pas apprécier ma question et répondit entre ses dents:

— Richard est un ami de mon père. Ils vont ensemble à la chasse.

Il passa son bras autour de mes épaules sans quitter Richard des yeux. Adossé à sa chaise, le comte nous observait avec intérêt. La main de Jonathan pressa le haut de mon bras, une mise en garde évidente. Je n'avais pas dû parler assez bas. Mais je savourai ce contact et lui souris d'un air innocent, ce qui accentua encore son expression furieuse.

Il se pencha vers moi, si près que son souffle vint caresser mon oreille. Une sensation qui me fit frissonner.

— Reprends-toi, Grace, murmura-t-il.

Cette fois, sa voix avait un ton si tranchant qu'elle se fraya un chemin jusqu'à mon cerveau embrumé.

— Tu es saoule.

Ses mots me firent l'effet d'une douche froide. Il avait raison. Je n'étais pas juste pompette, c'était pire que ça : j'étais complètement à côté de mes pompes. Ma tête était enveloppée de coton et je percevais tout autour de moi avec un temps de retard.

— Peut-être, avouai-je, la voix traînante. Mais un peu seulement.

Il ne parut pas être du même avis et resserra son étreinte autour de mes épaules. Une bonne chose : je n'étais plus sûre de pouvoir tenir sur ma chaise sans lui. Je soupirai et appuyai la tête contre lui : je me sentais brusquement très faible et c'était mieux qu'il soit là. Une attitude que je ne me serais sûrement jamais permise sobre. Par bonheur, je ne l'étais plus. J'inspirai profondément son parfum familier. J'aurais donné beaucoup pour enfouir mon nez dans sa chemise.

— Grace, siffla-t-il entre ses dents.

Je ne trouvai pas l'énergie de me redresser et de me séparer de lui. Je voulais rester comme ça. Soudain, sous la table, son autre main se posa sur ma cuisse. Comme il faisait chaud et que je portais une robe qui m'arrivait aux genoux, sans collants, je sentis ses doigts sur ma peau nue. Ça n'avait rien de tendre, c'était un autre avertissement : il fallait que je me tienne.

Un geste qui fit son effet sur moi, mais différent de celui qu'il escomptait.

Une vague de chaleur se répandit en moi. Rien à voir avec l'alcool. Je soulevai mes paupières lourdes et levai les yeux vers lui, mais il regardait de nouveau Richard et Tiffany.

— Grace ne s'est pas sentie bien de toute la journée, s'excusa-t-il.

La tête appuyée contre son épaule, je perçus les vibrations de sa voix profonde dans sa cage thoracique.

Je ne me suis pas sentie bien? Je ne me suis jamais sentie aussi bien!

— On dirait qu'elle ne supporte pas l'alcool. Je crois qu'il vaut mieux que je la ramène à la maison.

À la maison…

Ses mots résonnaient dans mon crâne sans que je les comprenne vraiment. Mes yeux se refermèrent et j'entendis Richard rire doucement de l'autre côté de la table. Un rire un peu moqueur, mais ce n'était peut-être qu'une impression.

— Moi qui pensais que c'était ton assistante.

Je secouai la tête sans rouvrir les yeux.

— Je ne suis pas son assistante, marmonnai-je en me collant un peu plus à Jonathan. Je ne suis personne. Je suis totalement insignifiante.

Pourtant, j'aurais tant aimé être importante à ses yeux! Au moins, le temps d'un moment volé, je pouvais me permettre de l'être. J'étais saoule, après tout. Il l'avait dit lui-même.

— Ton père va être aux anges, Jonathan. Arthur attend ça depuis si longtemps!

Je rouvris les yeux. Je ne suivais plus, là.

— Il attend quoi? demandai-je en me tournant difficilement vers Jonathan.

Cette fois, j'aurais aimé que mon cerveau tourne à plein régime. Il était question de moi et je devais comprendre ce qu'ils disaient.

Richard eut un sourire suffisant.

— Que Jonathan se marie enfin et lui donne un héritier.

Tiffany hocha la tête. Mais elle faisait toujours ça quand il parlait.

— Il peut toujours attendre, gronda Jonathan d'une voix contenue.

Il y avait dans son ton une colère non dissimulée.

Si Richard avait cherché à le provoquer, il y était parvenu en une seule phrase.

— Vous faites un si beau couple, tous les deux ! gazouilla Tiffany.

Ses mots m'arrachèrent définitivement à mon état de transe. Un couple ? Interdite, je regardai dans la direction de Richard et Tiffany, et je saisis enfin ce qu'ils voyaient : Jonathan me tenait dans ses bras et ils pensaient qu'on était ensemble.

Sur l'instant, j'aurais voulu protester, mais j'étais bien trop faible pour ça. Et puis, je n'étais pas prête à renoncer à cette proximité avec Jonathan, j'y avais tellement aspiré. Ils n'avaient qu'à penser ce qu'ils voulaient. Jonathan et moi ? Une pensée idyllique.

— Il faut qu'on y aille, ajouta Jonathan.

Il me lâcha, le temps de se lever. Juste après, il glissa son bras sous mon aisselle et me souleva de ma chaise. J'avais tellement abusé de la boisson que je vacillai sur mes pieds. Je ne tenais debout que grâce au bras que Jonathan avait passé autour de mes épaules. Tiffany se leva à son tour et tendit à Jonathan mon sac à main, resté au pied de ma chaise.

— Excusez-nous. Je vais régler la note auprès du serveur.

— Ce n'est pas nécessaire, trancha généreusement Richard. Je m'en charge. Occupe-toi de ton… assistante.

Jonathan leur adressa un signe de tête.

— Richard, Tiffany.

Sa voix était tendue.

— À la prochaine fois.

À l'entendre, on n'aurait pas dit qu'il souhaitait réellement les revoir.

— On se verra à Lockwood Manor, répondit Richard.

Jonathan se détourna assez brusquement et m'aida à louvoyer entre les tables. Il tenait fermement mes épaules et je m'en remettais totalement à lui.

— Il le fait, lançai-je en me retournant, alors que nous avions presque atteint la sortie.

La remarque du gros Richard venait seulement d'atteindre les replis de mon cerveau et j'avais l'impression de devoir défendre Jonathan.

— Il s'occupe très bien de moi. Il m'a même…

… rendu la caution que je croyais perdue, voilà ce que je voulais dire. Après la plainte déposée par Jonathan, on avait retrouvé très vite le faux Will Scarlet et j'avais récupéré mon argent. C'était pour moi un de ses nombreux actes héroïques, je m'en rendais compte à présent, et je voulais que Richard le railleur l'apprenne. Mais je n'eus pas l'opportunité de le préciser: Jonathan m'avait quasiment portée pour parcourir les derniers pas et nous passions déjà la porte. Apparemment, il était pressé de sortir de l'établissement dont l'enseigne au néon se reflétait dans une flaque, sur le trottoir. Il devait avoir plu pendant qu'on mangeait et il faisait nettement plus frais. Malgré mon boléro en tricot, j'avais froid.

— Où est Steven? demandai-je.

Je cherchai en vain la limousine. Normalement, Steven attendait toujours devant la porte quand on sortait de quelque part, et je m'étais habituée à pouvoir grimper dedans directement.

Jonathan ôta sa veste et la posa sur mes épaules. Elle était beaucoup trop grande, mais elle était chaude et son parfum m'enveloppait. Ensuite, il passa son bras autour de moi. Pas pour m'enlacer, sans doute pour m'éviter de tomber.

— Il va arriver. Il était prévu qu'il se présente à dix heures, mais on a dû partir prématurément, grommela-t-il.

Son ton était chargé de reproche, mais j'avais trop le vertige pour m'attarder sur la question. La fraîcheur de la nuit dissipa un peu les brumes qui pesaient sur mon cerveau, pas assez cependant pour que j'aie la tête complètement claire. De toute façon, je n'avais pas envie d'avoir l'esprit clair. Sinon, j'aurais pu tenir debout seule, sans problème, et Jonathan n'aurait plus eu à me soutenir. Je l'enlaçai et me pressai plus étroitement contre lui. Il me laissa faire, son bras toujours autour de mes épaules.

— Je n'aurais pas supporté beaucoup plus longtemps cet idiot et son amie débile, murmurai-je dans le col de sa chemise.

Il m'adressa un regard surpris, puis rit doucement, et je sentis son torse tressauter. Ses muscles se relâchèrent un peu. Alors seulement, je me rendis compte à quel point ils étaient tendus.

— Tu es impossible, Grace. Je devrais te virer.

Il sourit de nouveau et je fixai son petit bout de dent manquant que je trouvais toujours incroyablement sexy.

— Pas aujourd'hui, déclarai-je en levant mon visage vers le sien. Demain… Aujourd'hui, je préférerais que tu m'embrasses encore.

Il redevint brusquement sérieux. Ses yeux s'assombrirent et un voile passa sur son visage. Un voile indéfinissable qui céda presque aussitôt la place à cette expression fermée que j'avais appris à détester.

— Steven est là.

Il me fit me tourner vers la rue et je plissai les yeux. La limousine était en train de se garer.

J'avançai en trébuchant jusqu'à la portière et laissai Jonathan m'aider à grimper dans la voiture. Lorsqu'il s'installa à côté de moi, je glissai mécaniquement contre lui. Il resta sans réaction, puis passa le bras autour de moi en soupirant et me permit de me servir de son torse comme d'un oreiller.

— Grace, ce n'est vraiment pas une bonne idée.

— Pourquoi pas? demandai-je, à moitié endormie, en fermant les yeux.

Ma main reposait sur son torse et je sentais les battements de son cœur.

— Pourquoi me rends-tu les choses aussi compliquées? soufflai-je.

Je n'aurais pas dû lui parler de cette manière, mais à ce moment, tout m'était égal. Il fallait que je sache.

— Parce que tu ne pourrais jamais jouer selon mes règles, chuchota-t-il à mon oreille.

— Tu n'as qu'à essayer, répliquai-je sans relever la tête.

Il ne répondit pas et le silence s'installa, infini, dans l'habitacle tandis que la limousine fendait la nuit. Les légers cahots et la chaleur du corps de Jonathan m'endormaient et j'oubliai la question que j'avais posée. Je dérivai lentement vers le sommeil.

— Où est ta clé, Grace?

Sa voix m'obligea à rouvrir les yeux. Un instant seulement: tout tournait autour de moi.

— Aucune idée, murmurai-je. Elle n'est pas dans mon sac?

Jonathan se détacha de moi et je m'affalai sur le siège, me pelotonnant sous sa veste qui m'enveloppait comme une couverture. Je l'entendis parler avec Steven, mais je n'y prêtai pas attention.

Au bout d'un moment, des portières finirent par claquer et je sentis un courant d'air froid. Quelqu'un m'attrapa le bras et je fronçai les sourcils. Je ne voulais pas me réveiller, mais l'étreinte était ferme.

— Viens, Grace, fit Jonathan à mon oreille.

Je le laissai me sortir de l'auto, puis mes pieds quittèrent le sol. Il m'avait soulevée et me portait dans ses bras. J'ouvris très brièvement les yeux et aperçus une maison très élégante, vivement éclairée, avec une porte en bois sombre et luisant. Mais comme la lumière m'aveuglait et que tout tournait toujours autour de moi, je les refermai bien vite. Je n'avais aucune idée de l'endroit où l'on se trouvait, mais je n'avais pas peur – après tout, Jonathan était près de moi. Tranquillisée, je retombai dans le sommeil qui ne voulait pas me quitter, glissant dans une agréable obscurité.

13

En me réveillant, je vis d'abord une fenêtre à croisillons blanche qui ne me disait rien. Je la fixai un moment. Le soleil entrait dans la pièce, donc c'était le matin. Où étais-je?

Hébétée, je regardai autour de moi. J'étais allongée dans un large lit couleur crème, au milieu d'une grande chambre à coucher tapissée de blanc. L'armoire massive en bois et la commode placées contre le mur étaient sombres, tout comme le parquet brillant. Plusieurs tapis blancs en laine épaisse ponctuaient le sol çà et là, comme des îles. Seule tache de couleur dans la pièce, un fauteuil rouge aux formes anguleuses sur lequel une robe était posée. Verte avec des pois blancs, elle me semblait familière. J'en avais une comme ça. Il y avait également un boléro en tricot blanc et je distinguais les bonnets d'un soutien-gorge, blanc, avec une bordure en dentelle. J'en avais aussi un comme ça...

Brusquement, mes doigts se crispèrent sur la couverture moelleuse lorsque je réalisai que c'étaient *mes* affaires qui étaient posées sur le siège. La veille, je portais tout ça!

Je soulevai la couverture et baissai timidement les yeux. Heureusement, je n'étais pas nue! J'avais sur moi une chemise à carreaux beaucoup trop grande. Elle sentait bon, un parfum que je connaissais, celui de… Jonathan !

Je me frappai le front et soupirai bruyamment en revoyant défiler dans ma tête les images de la soirée. Le repas avec le comte de Davenport. Le vin et le champagne, le trajet dans la limousine… Oh, mon Dieu !

Désespérée, je plissai les yeux et cherchai à repousser ces images. Mais les effets de l'alcool s'étaient évaporés et je ne pouvais plus chasser la réalité, une réalité désagréable et hideuse.

J'avais été ivre. Complètement ivre. Tellement ivre que Jonathan avait dû me soutenir dans le restaurant, puis me porter. Je me rappelai la sensation de ses bras autour de mon corps. Où m'avait-il emmenée ?

Est-ce que je me trouvais dans sa chambre ? C'était bien possible, compte tenu de l'aménagement de la pièce. Tout avait l'air élégant et cher. À Londres, il fallait de l'argent pour s'offrir ce genre de choses. Mais si c'était sa chambre, pourquoi étais-je ici ? Pourquoi ne pas m'avoir ramenée chez moi ?

Soudain, j'entendis sa voix retentir dans ma tête : *Où est ta clé, Grace ?*

Il m'avait posé cette question dans la voiture, je m'en souvenais. Mais je l'ignorais : ça m'était complètement égal. L'avait-il alors cherchée sans la trouver ? Avait-il sonné à la porte de mon immeuble sans que personne réponde ? Ou m'avait-il conduite directement chez lui ?

Je me redressai et remontai la couverture jusqu'à mon menton. Brusquement, je me sentis affreusement sans défense. Je ne savais absolument pas ce qui s'était passé ces dernières heures. Une seule chose était sûre : Jonathan avait dû me déshabiller avant de me faire enfiler un de ses hauts de pyjama. Ce qui signifiait qu'il m'avait vue nue. Une pensée si choquante et si excitante à la fois qu'une sensation de chaleur vint picoter ma poitrine, gagna mon cou puis mes joues.

Avait-il trouvé la situation excitante, lui aussi? Ou était-il terriblement énervé? Après tout, je m'étais couverte de honte. C'était presque devenu une habitude depuis que j'avais foulé le sol anglais. Sauf que cette fois, j'avais porté préjudice à Jonathan.

Le visage railleur de ce répugnant Richard réapparut devant mes yeux. Il avait affirmé qu'on était un couple, ce qui avait plongé Jonathan dans une colère noire: il avait même dit qu'il voulait me virer, et j'avais répondu que je préférais qu'il m'embrasse.

Je cachai mon visage dans mes mains en gémissant. J'aurais aimé revenir en arrière. J'avais sûrement tout foutu en l'air et il allait mettre sa menace à exécution. Se débarrasser de moi dès que je me montrerais.

J'aurais tout donné pour fermer les yeux et me rendormir. Pour constater à mon réveil que tout n'avait été qu'un mauvais rêve. Mais il n'y avait aucune chance que ça se produise, je le savais trop bien.

Fais face à tes erreurs, Grace.

Grandma Rose avait l'habitude de me dire ça. Je la revoyais me fixer de son regard sévère, inflexible. Elle insistait toujours pour qu'on assume la responsabilité de nos actes, Hope et moi. Même si les conséquences étaient désagréables.

Je baissai à nouveau les yeux et souris. Une bonne chose qu'elle ne puisse pas me voir en ce moment. Elle aurait été effarée: je me retrouvais à moitié nue dans le lit d'un des plus riches partis d'Angleterre, sans savoir ce qui était arrivé pendant la nuit.

Au moins, elle avait réussi à me donner suffisamment de courage pour que je me lève, prête à affronter mon destin.

En sortant les jambes du lit et en les posant par terre avec détermination, je réalisai que j'allais étonnamment bien. Après une telle beuverie, j'aurais dû être super mal, avoir un mal de tête carabiné. D'accord, je me sentais sans énergie, ma bouche était sèche et je vacillais, mais ça aurait pu être bien pire. Surprenant…

Le haut de pyjama m'arrivait presque aux genoux, on aurait dit une chemise de nuit. Jonathan ne m'avait pas enlevé ma culotte. Sans blague?

Je me hâtai d'entrer dans la salle de bains attenante. Je voulais jeter un coup d'œil dans le miroir avant de me risquer à sortir. Le luxe de la pièce m'impressionna. Elle était tout en noir, avec une immense cabine de douche vitrée et une baignoire où l'on pouvait facilement tenir à deux.

Ma surprise fit place à l'horreur lorsque je m'aperçus dans le miroir fixé au-dessus du lavabo design: mes cheveux étaient complètement emmêlés et mon mascara avait coulé. Mes yeux étaient cernés de noir, comme collés.

Je me lavai rapidement, mais consciencieusement, et essayai de remettre de l'ordre dans ma chevelure. Ensuite, je me rinçai la bouche et bus un peu au robinet. J'avais une soif atroce. Après seulement, je retournai dans la chambre.

Au lieu de me diriger vers la porte, je fis un petit détour par la fenêtre pour regarder dehors et essayer de m'orienter. C'était indiscutablement un des quartiers aisés de la ville: je me trouvais sans doute à Knightsbridge. Juste en face, il y avait un petit parc planté de vieux arbres, cerné par une haute haie. Les façades des maisons qui l'entouraient de tous côtés, très soignées, respiraient la richesse. Sur les balcons et dans les allées menant aux portes d'entrée, généralement protégées par des grilles en fer peintes en noir, je voyais des jardinières accueillant des arbustes, des buissons et même des palmiers.

La maison dans laquelle je me trouvais était la seule de ce côté à posséder une façade d'un blanc éclatant. Légèrement incurvée et ornée de stuc, elle se détachait du reste. Les nombreux buis taillés en boules, disposés devant l'entrée dans des pots en terre cuite, la faisaient encore plus sortir du lot. Si c'était bien la maison de Jonathan, elle collait à l'image que je me faisais de lui.

J'inspirai profondément, une boule dans le ventre. Puis je me dirigeai vers la porte, prête à faire face à ce qui m'attendait derrière.

Je vis d'abord un large couloir. Au sol, le même parquet sombre que dans la chambre. Il desservait d'autres pièces, mais je choisis de descendre l'escalier muni d'une rampe en métal moderne. Un étage plus bas, je me retrouvai dans un vaste séjour qui donnait sur une autre pièce tout aussi grande. Au fond, derrière un voilage blanc, je distinguais la balustrade en métal d'un balcon. Les deux pièces étaient aménagées avec beaucoup de goût, dans un style contemporain. J'aperçus des canapés et des fauteuils dans des tons brun clair, des commodes et des étagères assorties, et une télévision au design épuré. Elle s'intégrait parfaitement dans son environnement et aucun câble ne dépassait. Des tapis luxueux couvraient le sol. L'ensemble donnait une impression d'harmonie, comme si un architecte d'intérieur avait été à l'œuvre.

Les tableaux et les œuvres d'art m'impressionnèrent encore plus. Il y avait, accrochées à tous les murs, des toiles expressives aux couleurs vives qui attiraient aussitôt le regard. Des sculptures, grandes et petites, ponctuaient le sol et les étagères.

Fascinée, j'effleurai du doigt une œuvre d'art de la taille d'un homme, composée de pièces en fer filigrané soudées en éventail. Manifestement, Jonathan ne se contentait pas de promouvoir l'art, il en possédait.

Malgré tout, il y avait une chose que je trouvais bizarre. J'avais peut-être vu trop de films mettant en scène des demeures d'aristocrates anglais, comme Annie me l'avait reproché, mais je me serais attendue à ce qu'un futur comte possède des antiquités. Beaucoup, même. Des objets hérités de sa famille. Or, je ne voyais rien de ce genre nulle part, exception faite d'un piano ancien en bois brun soigneusement ciré, dans la pièce attenante à celle où je me trouvais. Orné de porte-bougies en laiton, il semblait anachronique.

J'entendis brusquement un claquement sonore et je sursautai. Quelqu'un poussa un juron et je reconnus la voix de Jonathan. Elle venait de l'étage inférieur, d'où montait une odeur très alléchante de lard grillé. Je descendis et m'arrêtai, stupéfaite, en découvrant la salle à manger avec sa longue et massive table en pierre décorée aux angles. Jusqu'à dix personnes pouvaient y prendre place sur de hauts fauteuils. Là aussi, des œuvres d'art égayaient les murs et les coins de la pièce.

Je passai devant la table et me dirigeai vers un passage plus étroit qui paraissait mener à la cuisine. Mes pieds nus ne faisaient aucun bruit sur le parquet.

La pièce dans laquelle je débouchai était grande et froide, bien différente de celle d'Islington. La façade grise des placards, luisante et extrêmement moderne, dégageait une impression de pureté et d'élégance, associée au plan de travail en marbre clair. Les boutons des appareils ménagers en acier n'étaient pas visibles, ce qui leur donnait un aspect très sobre. L'étroite table en pierre, posée comme un îlot entre les deux murs chargés d'équipements high-tech, jouait sur les contrastes. Elle était semblable à celle de la salle à manger, mais beaucoup plus petite. Quatre chaises, qui ressemblaient à des fauteuils à oreilles miniatures avec leurs hauts dossiers incurvés, étaient disposées autour. Recouvertes de velours gris, elles réchauffaient la pièce.

Toujours depuis le passage, je me mis à observer Jonathan. Il me tournait le dos, debout devant la cuisinière. Il portait un pantalon de pyjama à carreaux et un tee-shirt à l'aspect délavé. Une tenue dépareillée qui lui donnait une allure extrêmement décontractée, si bien qu'il me fit presque l'effet d'un intrus dans cette pièce chic au possible.

Pour autant, il se sentait dans son élément. Je le voyais aux mouvements assurés avec lesquels il s'activait aux fourneaux, essuyait quelque chose avec une éponge qu'il jetait ensuite avec adresse dans l'évier, tout en agitant de l'autre main la poêle où grésillait du lard, avant de remuer avec une spatule les œufs brouillés qui cuisaient dans une seconde poêle.

Il sait cuisiner.

Je ne m'y attendais pas du tout. Nous avions mangé si souvent au restaurant ces deux dernières semaines que j'étais partie du principe qu'il se nourrissait exclusivement de cette façon. J'étais aussi persuadée qu'il avait chez lui du personnel qui exauçait le moindre de ses désirs. Après tout, en plus d'être riche, il était noble. Il devait être habitué à avoir des domestiques et des cuisinières depuis son enfance. Pourtant, nous étions apparemment seuls dans la maison.

Comme quoi, on peut toujours se tromper…

Cependant, ses mouvements, même exercés, avaient quelque chose de distrait. Comme s'il n'était pas vraiment concentré sur ce qu'il faisait. D'ailleurs, il lui était visiblement arrivé un petit malheur : lorsqu'il se tourna un peu sur le côté, j'aperçus des éclaboussures de graisse sur le devant de son tee-shirt. Il parut les remarquer au même moment, parce qu'il se figea en baissant les yeux.

Il releva alors son tee-shirt, tira dessus avec impatience et le passa par-dessus sa tête. Alors que le tissu ne couvrait plus que ses avant-bras et qu'il s'apprêtait à l'ôter complètement, il me vit et s'arrêta au beau milieu de son mouvement. Il me fixa d'une manière qui me donna chaud et froid à la fois. Je pensais qu'il allait remettre son tee-shirt, mais il finit de l'enlever et le posa sur le dossier d'une chaise.

— Bonjour.

Il avait dit ça avec calme. Il n'avait pas l'air furieux comme je le craignais, mais son visage restait sérieux. Il n'y avait pas l'ombre d'un sourire.

Ma bouche était si sèche que je ne pus répondre. Mes yeux avaient quitté son visage et contemplaient le haut de son corps. Nu. Son large torse était rasé de près et musclé, mais pas de façon exagérée comme celui d'un bodybuilder. Non, chaque muscle se dessinait sous la peau, le biceps légèrement arrondi, les muscles plats du torse et les abdominaux nerveux qui disparaissaient sous le bord du pantalon de pyjama. Sa peau n'était pas aussi claire que la mienne. Elle avait ce ton olive des bruns et contrastait très nettement avec ses yeux d'un bleu éclatant qui me fixaient toujours.

— Bonjour, articulai-je péniblement.

Un grésillement venu d'une des deux poêles mit fin à la tension. Jonathan se détourna et retourna le lard.

— Tu as faim? demanda-t-il par-dessus son épaule.

Je hochai la tête, même si c'était faux, et m'assis sur une chaise. Je me sentais incapable d'avaler une bouchée mais ne voulais pas le décevoir. Ma situation était assez compliquée comme ça.

Une minute plus tard, il posa devant moi une assiette fumante. Ce petit-déjeuner typiquement anglais sentait délicieusement bon, mais je n'avais vraiment pas d'appétit.

Jonathan s'installa à table près de moi. Lui aussi se contentait de regarder son assiette, sans prendre ses couverts en main. Puis il releva les yeux.

— Comment va ta tête?

Je pressai ma tempe avec un sourire hésitant.

— Étonnamment bien. Je… je pensais vraiment me sentir… beaucoup plus mal.

Je trouvais gênant d'évoquer mon état de la veille.

— Ça veut dire que les comprimés contre le mal de crâne ont fait effet.

— Des comprimés? Tu m'en as donné un?

J'étais interloquée: ça ne me disait rien du tout.

Il grimaça un sourire que j'eus du mal à interpréter.

— Plus ou moins. Je les ai dissous dans de l'eau et je t'ai fait boire. C'était une mesure prophylactique. J'en prends toujours un quand j'ai trop bu.

Son ton était si calme que je n'arrivais pas à deviner s'il trouvait la situation pénible ou pas.

— Tu ne t'en souviens pas?

Je secouai la tête, confuse. Le silence s'installa.

— Pourquoi ne pas m'avoir ramenée chez moi? repris-je finalement.

— C'était mon intention, mais tu n'avais pas de clé.

— Tu aurais pu sonner.

— Tout l'immeuble était plongé dans le noir.

— Il y avait peut-être quand même un de mes colocataires. Il aurait ouvert.

Il haussa les sourcils.

— Tu veux que je m'excuse de ne pas t'avoir abandonnée devant la porte de l'immeuble, dans ton état?

— Non, bien sûr que non, répondis-je, penaude. C'est juste que… je ne voulais pas te déranger.

Il se leva brusquement et retourna près de la cuisinière, comme s'il devait mettre plus de distance entre lui et moi. Il s'appuya contre le fourneau et croisa les bras sur son torse nu qui me rendait toujours terriblement nerveuse. Je baissai les yeux. Alors seulement, je constatai que le motif de ma chemise était identique à celui de son pantalon. Je portais le haut assorti!

Il remarqua mon regard.

— Il fallait bien que tu portes quelque chose. Le pyjama venait d'être lavé. Il était en haut de la pile et j'ai voulu faire simple…

— Donc, tu m'as… déshabillée?

Ça ne pouvait être que lui. Visiblement, il n'y avait que lui et moi dans cette maison. Mais je voulais quand même m'en assurer.

Il hocha la tête et je frissonnai à l'idée de ses mains remontant ma robe et dégrafant mon soutien-gorge. Pourquoi n'avais-je eu conscience de rien?

— Où as-tu dormi?

En me levant, j'avais remarqué que l'autre côté du lit était creusé comme si quelqu'un d'autre y avait été couché. Mais peut-être que je m'étais simplement retournée pendant la nuit.

Jonathan repoussa les cheveux qui retombaient sur son front.

— Il y a trois chambres dans la maison.

Je me mis à fixer le sol. Évidemment! Une maison aussi grande avait forcément plus d'une chambre à coucher. Et puis, pourquoi Jonathan Huntington se serait-il allongé à côté de son employée bourrée?

— J'étais quand même à côté de toi une partie de la nuit, concéda-t-il.

Je relevai brusquement la tête.

— Quoi?

Le choc provoqué par ses mots résonnait en moi.

— Pourquoi?

— Tu n'allais pas bien.

Effectivement, je me rappelais maintenant avoir été étendue sur le vaste lit, gémissante. Tout tournait autour de moi et j'avais la nausée. Les pièces du puzzle de ma nuit se mettaient en place.

— C'est pour ça que tu m'as donné les comprimés.

C'était une constatation, pas une question. Il se contenta de hocher la tête.

— Est-ce que j'ai... vomi?

Si la réponse était oui, je mourrais de honte. Mais il eut un léger sourire.

— Non.

— Bon, soupirai-je, soulagée.

Son sourire disparut. La tension qui flottait dans l'air, presque insupportable, faisait tambouriner mon cœur.

— Tu vas me virer, maintenant? demandai-je, hésitante.

À mon grand soulagement, il secoua la tête.

— Ce rendez-vous avec Richard était privé, pas professionnel. Ta «prestation» était très gênante, mais pas préjudiciable à mes affaires.

Un instant, je m'étonnai qu'il m'ait emmenée à ce repas, s'il était de nature privée. Mais ce n'étaient ni le dîner ni ma conduite là-bas qui posait problème.

— Et... pour ce qui s'est passé ensuite?

Il savait ce que j'entendais par là. Je le voyais à son regard. Mon estomac se contracta et j'arrêtai de respirer en attendant sa réponse.

Lorsqu'il répondit enfin, sa voix avait un accent extrêmement maîtrisé.

— Il ne s'est rien passé qui justifie un licenciement.

Je soufflai enfin.

— Non, fis-je.

Mentalement, j'ajoutai «malheureusement». Je ne pus réprimer un soupir. Mon regard glissait rêveusement le long des muscles bien dessinés de ses bras, croisés devant son torse.

— Nom de Dieu, Grace!

Il s'approcha si rapidement que je tressaillis. Ses mains vinrent serrer mes poignets. Il m'arracha à ma chaise qui bascula et atterrit bruyamment par terre, et me poussa en arrière jusqu'à ce que mon dos touche la façade en inox du grand réfrigérateur. Ses mains enserraient d'une poigne de fer mes bras levés au-dessus de ma tête. Il était tout près de moi, mais nos corps ne se touchaient pas.

— As-tu seulement idée de la tentation que tu représentes avec tes cheveux roux, ton teint de porcelaine et ces grands yeux verts qui vous regardent avec tellement d'innocence qu'on n'a qu'une envie, t'entraîner dans la chambre la plus proche? Pas étonnant que…

Il n'acheva pas sa phrase et libéra mes bras, puis fit un pas en arrière.

— Que quoi? chuchotai-je en me frottant les poignets.

Il secoua la tête, récalcitrant.

— Rien.

Il s'était détourné mais il était encore assez près pour que je puisse le toucher. Je tendis prudemment la main et la posai sur son dos, caressai sa peau.

— Jonathan?

Lorsqu'il se retourna, il y avait sur son visage une expression que je n'avais encore jamais vue et qui me coupa le souffle. Il me voulait, je pouvais m'en rendre compte même si je n'avais aucune expérience en la matière. Mais, pour une raison ou pour une autre, il luttait contre cette attraction.

— Je ne mélange pas vie professionnelle et vie privée, Grace, lâcha-t-il, le regard brûlant.

— Si, tu le fais ! le contredis-je.

Je fis un pas dans sa direction et ses yeux s'assombrirent. J'ignore où je pris le courage de continuer à l'allumer, mais ce fut plus fort que moi. Je le regardai, presque implorante, et murmurai :

— Je veux que tu le fasses.

14

Une seconde plus tard, j'étais de nouveau adossée au réfrigérateur et il m'embrassait avec une violence qui me submergea. Comme dans l'ascenseur, c'était une conquête à laquelle je n'avais rien à opposer – et je ne le voulais pas. Mon cœur jubilait, je me livrai avec plaisir à sa langue qui explorait ma bouche, me provoquait, me tentait, me titillait… jusqu'à ce que je passe les bras autour de son cou et que j'entre dans son jeu, que je rivalise de passion avec lui.

Il poussa un gémissement rauque lorsque je répondis à son baiser. Ses mains s'aventurèrent sous ma chemise, se posèrent sur mes fesses. Il me souleva et me porta. Un instant plus tard, j'étais assise sur le marbre froid du plan de travail.

Il détacha mes bras noués autour de son cou, attrapa le col de mon haut de pyjama et tira violemment dessus. Les boutons volèrent dans tous les sens. Effrayée, je m'appuyai des deux mains sur le plan de travail. Un courant d'air frais caressait mes seins nus qu'il vint serrer et soupeser.

— Tellement lourds et fermes, murmura-t-il.

Du pouce, il effleura mes mamelons dressés, les agaça jusqu'à ce que je pousse un halètement. Puis, sans crier gare, il se pencha et abaissa sa bouche sur un téton. Ses lèvres chaudes se refermèrent autour et il l'aspira avidement. Une sensation si intense que je poussai un cri et cambrai le dos.

C'en était presque trop – sous moi, le marbre froid auquel je me cramponnais désespérément pendant que sa bouche entourait mon mamelon et que sa langue le suçait. Chaque caresse déclenchait une pulsation plus forte dans mon bas-ventre, je mouillais.

Il releva la tête et me regarda, une expression voilée dans les yeux, puis se remit à m'embrasser. Sa main droite remonta lentement vers le haut de ma cuisse et je glissai instinctivement vers le bord du plan de travail pour venir à sa rencontre. Je n'étais plus moi, je me perdais dans ces nouvelles sensations, le désir me rendait faible.

En atteignant ma culotte, il effleura brièvement le tissu humide. Un instant plus tard, il l'écartait. Son doigt toucha mes lèvres, plongea rapidement entre elles. C'était la première fois que la main d'un homme se posait là. Un contact tellement nouveau et excitant que je poussai un autre halètement.

— Combien d'hommes as-tu déjà conquis avec tes manières tendres et innocentes, Grace? demanda-t-il, la voix rauque.

Il mordit doucement mon cou, puis ses dents pincèrent plus fermement le lobe de mon oreille. Sa langue dessina les contours de mon pavillon et un frisson me parcourut le dos.

Je basculai la tête en arrière. La respiration lourde, j'attendais que son doigt glisse en moi. Il le fit, immédiatement suivi d'un second. J'eus un mouvement convulsif si violent que je dus me retenir au bord du plan de travail pour ne pas perdre l'équilibre. Je baissai les yeux. La vue de la chemise déchirée, de mes seins nus aux tétons dressés et de sa main d'homme mate entre mes cuisses blanches était incroyablement excitante.

— Encore aucun, soufflai-je.

J'allais et venais au rythme de ses doigts, je savourais la caresse de son pouce qui frottait mon clitoris. Comment savait-il ce qui faisait autant de bien?

— Tu es… le premier.

Il se figea et releva brusquement la tête, me fixant droit dans les yeux. Une lueur conquérante apparut dans son regard.

— Tu es encore vierge, murmura-t-il, plus pour lui-même que pour moi.

J'étais totalement concentrée sur les sensations qu'éveillaient ses doigts en moi, mais il se retira soudain. Il me fit descendre du plan de travail et me retourna, poussa le haut de mon corps vers l'avant. Mes seins nus s'écrasèrent sur le marbre froid. Il fit descendre ma culotte et me l'enleva. Debout derrière moi, il se pencha en avant et le contact de sa peau chaude vint réchauffer mon dos, augmentant le contraste avec la pierre froide. Je respirais superficiellement. Tous mes sens étaient à vif, la tension entre mes jambes s'accrut. Jamais de toute ma vie je n'avais été aussi excitée.

— Tu le veux vraiment? demanda-t-il d'une voix rauque, avant de relever ma chemise et de presser son bassin contre mes fesses nues.

À travers la mince étoffe de son pantalon, je sentis son érection. Brusquement, il n'y eut plus de tissu entre lui et moi. Juste son sexe chaud et soyeux qui se frottait à moi.

— Tu veux que je te baise? Que je te montre ce que c'est que le plaisir?

Il me tira un peu en arrière. Mes mamelons durcis glissèrent sur le marbre froid et je poussai un gémissement. Je mouillai encore plus en sentant son souffle contre mon cou, puis ses lèvres contre mon oreille.

— Dis-le, Grace. Tu veux?

— Oui.

Saisie par un mélange de désir et de crainte devant ce qui m'attendait, j'avais eu du mal à prononcer le mot. Mes jambes tremblaient. Je ne m'étais pas imaginé ma première fois comme ça. Sûrement pas. Mais je ne pouvais plus faire marche arrière : j'allais mourir sur place s'il s'arrêtait.

Il plaça ses mains sur les miennes, écartées sur le plan de travail. Il en emprisonna une et prit l'autre pour la poser sur son sexe. Il était si gros, long et dur que je cessai de respirer l'espace d'un instant. L'idée qu'il me pénètre avait quelque chose d'effrayant. Sans me laisser le temps de réfléchir, il guida de nouveau ma main et me fit appuyer sur son sexe jusqu'à ce qu'il glisse entre mes jambes. Ensuite, il releva ma main et se pencha au-dessus de moi.

— Ça ne sera que du sexe, Grace, pas plus, susurra-t-il à mon oreille, de sa voix profonde et assurée. On va jouer selon mes règles.

Il fit un petit mouvement en avant et son sexe dur et chaud coulissa de toute sa longueur le long de ma fente. Je poussai un cri étranglé. J'en voulais plus mais je ne savais pas quoi au juste, j'avais envie de bouger mais il me retenait.

— Entendu ?

Je passai ma langue sur mes lèvres.

— Oui.

— Bien.

Il se redressa, m'éloigna légèrement du plan de travail et fit basculer plus bas le haut de mon corps, tout en écartant mes jambes. Avec cet angle nouveau, je ne sentais plus que son gland qui séparait mes lèvres et pénétrait lentement en moi. Je mouillais tellement qu'il glissait facilement, malgré sa grosseur impressionnante.

Il poussa un gémissement.

— Tu sais à quel point ça m'excite d'être le premier à te prendre, Grace?

Je frissonnai lorsqu'il s'enfonça encore plus en moi. Je le sentais qui m'élargissait.

Il ne va pas pouvoir passer.

Malgré tout, je restais immobile. Je vivais des sensations incroyables, inconnues et excitantes.

Puis il se mit à faire de petits mouvements, à pousser son sexe en moi avant de se retirer, parfois complètement. Encore et encore. Il se frayait lentement un passage, toujours un peu plus loin. Une progression à la limite du supportable. La joue contre le plan de travail froid, les yeux fermés, je respirais de façon saccadée. J'étais captive de la fraîcheur de la plaque de marbre sous moi et des mains chaudes de Jonathan sur moi, qui me retenaient pendant que son sexe dur partait à ma conquête. Je bougeais instinctivement, je venais à sa rencontre, haletante.

— Jonathan…

C'était une prière, presque une supplication, même si je ne savais pas vraiment ce que je voulais de lui.

Il s'arrêta brusquement. Il avait la respiration lourde, lui aussi. Ses mains quittèrent mon dos, vinrent enserrer mes hanches, et il me pénétra entièrement d'une seule poussée puissante. La douleur qui me traversa fut si violente et inattendue que je poussai un cri et que les larmes me montèrent aux yeux. Il me remplissait tellement que j'avais l'impression qu'il me déchirait.

— Pfft, ça va vite passer, chuchota-t-il à mon oreille.

Il avait raison, la douleur diminua presque aussitôt. Mais je continuais à penser qu'il était trop gros pour moi.

— Non…

Instinctivement, je cherchai à me dérober.

Il m'immobilisa et se remit à aller et venir en moi. Soudain, je sentis que je mouillais encore plus et que mon sexe cédait à l'intrus. Un frisson me parcourut le dos et la sensation désagréable fit place à une autre, qui me coupa les jambes.

— Tu es tellement étroite, tellement chaude, Grace. Tu t'imaginais les choses comment? Tu pensais que ça te ferait quoi de sentir ma queue aller et venir en toi, de me sentir te baiser vraiment?

Ses mots crus me choquèrent et m'excitèrent à la fois. Un gémissement avide s'échappa de ma gorge et je m'en remis de nouveau à lui, je le laissai me prendre plus régulièrement et plus fermement.

— Oui, grogna-t-il d'une voix triomphante. Ça te plaît.

Ses mains reposaient de part et d'autre de mes fesses et m'attiraient contre lui à un rythme lent.

À chacune de ses poussées, je le sentais entrer profondément en moi. Je gémissais chaque fois qu'il me pénétrait totalement, je savourais les vagues de plaisir qui se propageaient en moi, toujours plus intenses.

Mais il s'interrompit brutalement.

— Tu prends la pilule?

Il me fallut un moment pour répondre, le temps que sa question se fraie un chemin à travers les brumes de plaisir qui ralentissaient ma pensée.

— Non.

Je me retournai vers lui et secouai la tête, au bord du désespoir. Bien sûr que je ne prenais pas la pilule! Je n'avais pas prévu ça. Pas ici. Pas avec lui.

Il me regarda avec un mélange de surprise et d'irritation, une irritation qui n'était pas dirigée contre moi. Apparemment, il était en colère contre lui-même.

Ses mains étaient toujours posées sur mes fesses mais il ne bougeait plus et son visage s'était nettement assombri. Tous ses muscles étaient tendus. Un spectacle si excitant qu'il me coupa le souffle et que j'en oubliai où était le problème.

— Continue.

Je ne reconnus pas ma voix, rauque et suppliante. Je me pressai instinctivement contre lui.

— S'il te plaît. Ne t'arrête pas.

Il rit, mais il avait toujours l'air très contrarié.

— Ne t'en fais pas, je ne compte pas m'arrêter. Simplement, je ne pourrai pas venir en toi tant que je n'aurai pas de préservatif. Et ils sont en haut.

Il poussa un profond soupir.

— S'il te plaît, répétai-je, toujours tremblante. C'est tellement…

Les mots me manquaient pour décrire ce qu'il me faisait.

— Tellement…

Il passa les bras autour de moi et me força à me redresser, me plaqua contre son torse. Il était toujours en moi et je gémis lorsque ses mains se posèrent sur ma poitrine et commencèrent à tirer sur mes tétons dressés.

— Comment c'est, Grace? Dis-moi.

— Très différent, soufflai-je.

Il se remit à bouger. Chacune de ses poussées faisait naître en moi une nouvelle vague de plaisir. Tout me paraissait sensible, excité, au bord de l'explosion.

— Différent de ce que tu pensais?

Je me mordis la lèvre inférieure et hochai la tête, la respiration lourde, tandis qu'il faisait rouler mes mamelons entre ses doigts. Une douleur délicieuse. J'avais à la fois envie qu'il arrête et qu'il continue.

Il passa son bras gauche autour de moi et se dirigea lentement, à reculons, vers la table en pierre. Toujours profondément en moi, il s'assit sur le bord.

Sa main droite glissa entre mes jambes, se mit à jouer avec mon clitoris, et ses lèvres se posèrent sur mon cou. J'abaissai ma tête contre son épaule lorsque sa langue vint se promener sur ma peau, et un frisson parcourut tout mon corps.

— C'est meilleur que tu ne le croyais?

— Oui.

Je gémis et fermai les yeux. Incapable de rester immobile, je me balançais entre ses cuisses. Rien, même pas mon imagination la plus débridée, ne m'avait préparée à ce que je vivais ici.

— N'arrête pas.

C'était mon plus grand souci.

Il eut un rire amusé et diablement sexy dont je sentis les vibrations dans sa cage thoracique, contre mon dos. Des vibrations qui se propagèrent dans son bas-ventre et en moi.

— Je ne peux pas venir en toi, Grace, mais tu vas venir pour moi, décida-t-il en continuant à dessiner avec son pouce des cercles autour de ma petite perle, le centre de mon plaisir.

Des caresses si difficilement supportables que je haletai et cambrai le dos. Tout en moi était tendu, se contractait.

C'était beaucoup trop intense. Je rejetais la tête de gauche à droite, je cherchais à échapper à la vague qui déferlait sur moi mais il me tenait fermement.

— Je… ne… peux… pas…

— Bien sûr que tu peux, fit-il à mon oreille, sans cesser une seconde de me titiller. Viens pour moi, Grace.

Ses paroles rompirent mes dernières entraves et je poussai un cri lorsque la vague vint rouler sur moi et m'emporta. Mon sexe serrait convulsivement, comme pour le retenir, l'intrus planté en moi qui m'offrait ce plaisir incroyable. Je tressaillis, gémis, haletai, geignis. Je sentis l'orgasme qui me secouait gagner le moindre recoin de mon corps, et il me fallut longtemps pour m'apaiser.

Pendant tout ce temps, Jonathan me tenait fermement. Il attendit que je m'appuie contre lui, toujours tremblante, le souffle court. Alors seulement, il glissa hors de moi.

Mes genoux étaient tellement flageolants qu'ils ne me portaient plus, mais presque aussitôt, il me souleva dans ses bras et quitta la cuisine.

— Tu m'emmènes où ? lui demandai-je, troublée.

Il ne répondit pas. Mon poids ne paraissait pas lui poser problème : il n'était même pas hors d'haleine en arrivant au dernier étage. Il se dirigea sans hésiter vers la chambre où j'avais passé la nuit, me déposa sur le lit et disparut dans la salle de bains.

Mon haut de pyjama déchiré glissa sur la couverture lorsque je me relevai, en appui sur les coudes, pour mieux voir ce qu'il faisait. J'entendis un bruit d'eau qui coulait, la porte d'une armoire qui se refermait, puis Jonathan revint dans la chambre et s'avança dans ma direction.

L'occasion pour moi de remarquer enfin qu'il ne portait plus son pantalon. Je me mordis la lèvre inférieure lorsque mon regard se posa sur son sexe en érection qui se balançait légèrement. Il était parcouru de grosses veines et le bout, gonflé, était d'un rouge bleuté et luisant. Je n'avais aucun repère en la matière, mais il me parut impressionnant. Si je l'avais vu quelques minutes plus tôt, il m'aurait sans doute fait peur. Mais je savais depuis quelques minutes ce que ça faisait de l'avoir en moi, et je sentis mon bas-ventre se contracter délicieusement. J'humectai mes lèvres sèches et relevai la tête.

Il me regardait. Ses yeux étincelaient d'un feu qui me coupa le souffle.

— On n'a pas encore fini, Grace.

15

Je m'attendais à ce qu'il s'allonge à mes côtés, mais il posa quelque chose sur la table de chevet, puis s'assit au bord du lit, près de moi, et écarta mes jambes. Il tenait un gant, je ne comprenais pas pourquoi.

Lentement, il s'approcha de l'intérieur de mes cuisses, les essuya avec adresse et ce n'est qu'alors que je vis mon sang. Il n'y en avait pas beaucoup mais ça m'effraya quand même, me rappelant ce qu'on avait fait.

Il m'avait dépucelée.

Le rouge me monta aux joues et la timidité m'envahit. C'était stupide, vu ce qui venait de se passer entre nous, mais je trouvais incroyablement intime qu'il me lave entre les jambes. Je le laissai quand même faire et j'attendis sans bouger, tandis qu'il retournait dans la salle de bains. J'étais tellement bouleversée que j'avais du mal à respirer.

Est-ce que je regrettais ce que j'avais fait? Ou plutôt, ce qu'il avait fait avec moi? Non. Si deux semaines plus tôt quelqu'un m'avait dit que je perdrais mon innocence sur le plan de travail en marbre de Jonathan Huntington, je l'aurais traité de fou. Pourtant, je recommencerais sans hésiter. C'était moi qui étais complètement folle – folle de Jonathan.

Seulement, qu'est-ce que tout ça impliquait?

Je n'eus pas le temps d'y réfléchir : il revenait.

Il s'installa au bout du lit, très loin de moi cette fois-ci, et s'adossa à un des quatre montants. Il souriait légèrement et me fixait de ce regard voilé que je trouvais si sexy.

Il est si beau...

Je me laissai retomber dans les oreillers avec un soupir. Ces cheveux sombres, ce visage parfaitement sculpté, ce corps d'homme aux muscles bien dessinés que je n'avais pas encore pu explorer... Je voulais qu'il se couche à côté de moi, que mes doigts puissent parcourir la ligne de ses larges épaules. Je voulais caresser son ventre ferme du plat de la main, le toucher, l'embrasser, le goûter partout au lieu de rester allongée, impuissante. Mais il ne bougeait pas et j'étais trop timide pour tendre les bras vers lui. Je me contentai de le fixer et d'attendre.

— Je veux que tu te touches. Pose tes mains sur tes seins.

Sa voix était ferme et assurée. Son regard courait sur mon corps, semblable à un effleurement, enflammant ma peau. Je ne pus m'empêcher de penser à mon rêve et le rouge de mes joues s'intensifia, gagnant mon cou et ma poitrine. L'espace d'un instant, je craignis qu'il ne soit au courant. C'était idiot, bien sûr. Malgré tout, j'hésitai.

— Fais-le, Grace, m'ordonna-t-il.

Son ton dur m'enlevait toute assurance et je me sentais sans défense dans la chemise déchirée, peut-être plus encore que si j'avais été entièrement nue, comme lui.

Je posai mes mains sur mes seins. Ils se soulevaient et s'abaissaient rapidement.

— Caresse tes tétons, exigea-t-il.

Je m'exécutai et ses yeux s'assombrirent. Alors seulement je remarquai qu'il avait refermé sa main autour de son sexe et qu'elle bougeait lentement.

Ça lui plaisait… Ça lui faisait de l'effet, et à moi aussi : un sentiment de puissance tout nouveau m'envahit. Des picotements parcoururent ma peau. J'en rajoutai : je tirai sur mes mamelons et poussai un léger soupir, sans cesser de le fixer.

Oui, ça lui faisait de l'effet… Et à moi, de plus en plus aussi. Ma timidité m'abandonnait. Je n'avais plus besoin de ses ordres, j'agissais spontanément. Je laissais mes mains glisser sur mon corps, imaginant que c'étaient les siennes qui faisaient descendre le haut de pyjama le long de mes bras, se promenaient sur ma poitrine avec une lenteur provocante. Que c'étaient ses doigts qui traçaient des cercles autour de mes mamelons, puis s'aventuraient sur mon ventre, se glissaient entre mes jambes et plongeaient dans ma fente, à nouveau humide et prête à l'accueillir. À la pensée qu'il allait me pénétrer et me prendre comme dans la cuisine, je frissonnai et me cambrai en gémissant.

Brusquement, il s'approcha et s'installa à califourchon sur moi.

— Tu apprends vite, Grace.

Il avait beau sourire, je voyais le feu embraser ses prunelles.

Je tendis les bras pour le toucher, mais il attrapa mes poignets, les plaqua violemment contre le matelas.

— Juste du sexe, Grace. N'oublie pas ça, murmura-t-il avant de m'embrasser encore, un baiser plus posé et plus profond.

Il explora lentement ma bouche et je me laissai emporter. C'était excitant d'être totalement à sa merci. Je me perdis dans son baiser, me tordis sous lui. Je ne voulais pas seulement le goûter, je voulais le toucher. Mais il ne libéra mes lèvres et mes mains que pour reprendre sa respiration.

D'un geste presque négligent, il prit le petit sachet qu'il avait posé sur la table de chevet et s'agenouilla près de moi. Il le déchira et en sortit un préservatif qu'il déroula avec habileté sur son sexe. Je l'observais, fascinée. En relevant la tête, j'aperçus dans son regard une détermination qui me coupa le souffle.

— Retourne-toi.

Alors que j'obéissais, il me retint.

— Non, attends. Je veux te regarder dans les yeux quand je viendrai en toi.

Il m'attira contre lui, me souleva et me fit glisser sur ses cuisses, jambes écartées. Ma bouche forma un «Oh» muet lorsque je le sentis s'introduire et m'élargir, me remplir. Mon sexe était encore à vif et sensible, mais c'était bon, tellement intense. Dans cette position, j'étais plus largement ouverte, je pouvais me frotter contre lui. Enfin, il me laissa passer mes bras autour de lui et enfouir mes mains dans ses cheveux, aussi soyeux qu'ils en avaient l'air.

J'eus à peine le temps de savourer ce contact: il se remit à m'embrasser violemment, tout en commençant à bouger en moi. Je voulus suivre le mouvement, mais je ne trouvais pas le bon rythme et poussai un soupir de frustration.

Il interrompit son baiser et, empoignant mes fesses, les pressa pour m'obliger à m'arrêter.

— Ne bouge pas, Grace, fit-il d'une voix tendue. Laisse-moi faire.

Alors que je hochais la tête en tremblant, il passa les bras derrière mon dos et me fit basculer légèrement en arrière. Posant sa bouche sur un de mes seins, il dessina de sa langue des cercles sur l'aréole, aspira et mordilla le téton dressé, provoquant des décharges dans mon bas-ventre qui se contracta autour de lui.

— C'est bien comme ça, chuchota-t-il sans abandonner mon mamelon.

Je pris une inspiration saccadée lorsqu'il se remit à bouger.

Il s'était légèrement redressé et me portait en équilibre sur ses cuisses. Un sentiment incroyable. Instinctivement, j'avais enroulé mes jambes autour de ses hanches, et je gémissais chaque fois qu'il allait et venait en moi, d'abord lentement, puis de plus en plus vite. Je me cambrais, j'enfonçais mes talons dans ses fesses.

— Jonathan…

Je soufflai son nom en sentant à nouveau cette sensation monter en moi et la vague suivante arriver, inexorable. Mais ça ne me faisait plus peur.

Il releva la tête, et mon regard courut avidement le long de son corps. De la sueur couvrait son torse. Sous ma main, les muscles de son épaule se tendaient. Les tendons de ses bras saillaient, révélant les efforts qu'il faisait pour me soutenir. Ses abdominaux tremblaient à chacun de ses coups de boutoir, comme mes seins, dont les tétons durcis se dressaient et réclamaient son attention.

Je retins mon souffle. Je ne pouvais pas détacher mes yeux de l'endroit où nos corps s'unissaient. Le contraste entre sa peau bronzée et la mienne, laiteuse, m'excitait terriblement. Je me mordis la lèvre inférieure et poussai un gémissement lorsqu'il me fit remonter vers lui.

Je me retrouvai brusquement allongée sur le matelas. Il était au-dessus de moi. Appuyé sur ses coudes, il me prit à un rythme plus soutenu, plus violent. Nous avions tous les deux la respiration lourde.

Il s'interrompit et glissa un oreiller sous mes fesses, modifiant l'angle par lequel il me pénétrait, puis il reprit son va-et-vient. Je pouvais maintenant le sentir encore plus profondément en moi, et son membre frottait chaque fois mon clitoris. J'agrippai ses poignets et me mis à crier. Je perdais tout contrôle.

Mon sexe se contracta autour du sien et un nouvel orgasme se répandit en moi comme des vagues successives. Une sensation si bouleversante que je me cabrai en sanglotant, la tête rejetée sur le côté.

— Regarde-moi, Grace, m'ordonna-t-il d'une voix rauque.

J'obéis. Je plongeai mon regard dans ses yeux bleus tandis qu'il continuait à me pilonner et à entretenir mon plaisir.

D'un coup, il gémit bruyamment. Le souffle coupé, je vis la jouissance, qui me quittait peu à peu, se refléter sur son visage. À chacune de ses ruades, je sentais les spasmes de son sexe pendant qu'il jouissait en moi. Un sentiment ravageur. J'enroulai mes bras et mes jambes autour de lui et le serrai contre moi. Il eut un dernier mouvement convulsif avant de s'effondrer. Il était lourd, mais son poids ne me gênait pas.

Voilà à quoi ça ressemble de coucher avec un homme, pensai-je, sans éprouver le moindre soupçon de regret. Bien au contraire. *J'aimerais recommencer*, songeai-je en soupirant.

Jonathan m'entendit et son corps se raidit à nouveau. Il souleva la tête.

— Grace.

Je lus de l'étonnement dans ses yeux, comme s'il ne savait plus où il se trouvait.

Je lui souris. J'espérais qu'il m'embrasserait encore mais il continua à me fixer. Son regard s'éclaircit lentement et un pli se creusa entre ses sourcils. Il se retira alors avec une certaine rudesse, s'écarta, se leva d'un bond, fit le tour du lit et entra dans la salle de bains.

Il avait disparu si vite que je ne pouvais pas y croire. Sans sa chaleur, je me sentais nue et sans défense. La façon dont il m'avait abandonnée, sans un sourire, sans un seul regard en arrière, laissait en moi un sentiment de vide.

J'entendis l'eau de la douche se mettre à couler. Désarçonnée, ne sachant pas quoi faire, je me glissai sous la couverture et attendis.

Quelques minutes plus tard, il ressortit de la salle de bains, les cheveux humides et une serviette nouée autour des hanches.

— Tu peux te doucher, maintenant, lança-t-il sans me regarder.

Il se dirigea vers la porte. Arrivé au niveau de l'embrasure, il se retourna enfin vers moi. Il ne souriait toujours pas.

— Je t'attends en bas, dans la cuisine.

Là-dessus, il referma la porte derrière lui.

Je restai allongée un moment, sous le choc, puis je me levai, vacillante. Dans la salle de bains, j'entrai dans la cabine de douche vitrée et fis couler l'eau chaude qui se mit à tambouriner sur mes épaules.

Je sentais toujours Jonathan entre mes jambes. En me touchant, je constatai que mes lèvres étaient enflées et sensibles. Plus rien ne pourrait être comme avant. Mais j'ignorais la suite des événements.

Je ne savais pas exactement ce que j'attendais de Jonathan, mais certainement pas qu'il s'enfuie. À cause de son attitude, tout ce qu'on avait partagé me semblait brutalement faux. Ça m'ôtait toute assurance. J'aurais aimé avoir un moyen de comparaison. Est-ce que c'était normal de ne pas rester allongés l'un contre l'autre après le sexe? Si oui, pourquoi le faisait-on dans les films?

Frustrée, je coupai l'eau et quittai la douche. Je me séchai avec une des grandes serviettes rangées dans l'étagère et utilisai le peigne posé au-dessus du lavabo pour démêler mes cheveux mouillés. Ensuite, je retournai dans la chambre et enfilai mon soutien-gorge et ma robe. Ma culotte devait être restée dans la cuisine, et je ne vis nulle part mes chaussures et mon sac à main.

Arrivée en bas, dans la salle à manger, j'entendis Jonathan dans la cuisine. Ma culotte était posée sur la longue table, il avait dû la mettre là pour que je la trouve. Je l'enfilai rapidement, puis entrai dans la cuisine.

Il était de nouveau aux fourneaux et s'était, lui aussi, habillé. Il portait un jean et un tee-shirt noir, mais il était resté pieds nus. Le tee-shirt n'était pas aussi délavé que le précédent, ça restait tout de même une tenue décontractée qu'il ne mettrait jamais pour aller au bureau.

Remarquant ma présence, il se figea brièvement, puis indiqua une chaise. Toutes étaient à leur place, même celle qu'il avait renversée. Plus rien ne révélait que j'avais connu mon premier orgasme avec un homme sur cette table.

— Assieds-toi.

Je m'assis prudemment à la place que j'avais occupée plus tôt. Je sentais une fois de plus cette sensation inhabituelle entre mes jambes, une sensation qui m'empêchait d'oublier que quelque chose avait brutalement changé du tout au tout. Que je ne pouvais plus faire marche arrière. Est-ce que je le regrettais? Non. Simplement, j'étais perturbée par l'étrange comportement de Jonathan.

J'ignorais ce qu'il avait fait des œufs brouillés et du lard, je ne les voyais nulle part. Il était en train de cuire une omelette. Il y en avait une autre dans une assiette qu'il me tendit.

— Merci.

J'avais vraiment faim. Je pris mes couverts en silence et commençai à manger tandis qu'il remuait la poêle, dos tourné. Une fois la seconde omelette prête, il s'installa en face de moi, exactement comme pour le petit déjeuner. Ce n'était pas l'endroit où nous l'avions fait, mais je n'arrivais pas à me débarrasser de ces images.

Au bord du désespoir, j'attendais qu'il rompe le silence, mais il évitait mon regard. Il avait une expression encore plus fermée, plus grave qu'en quittant la chambre à coucher.

— J'ai appelé Steven, annonça-t-il finalement en découpant un bout de son omelette. Il va te ramener chez toi.

Je le fixai, consternée, pendant qu'il regardait son assiette et mangeait tranquillement. Il n'avait rien de plus à dire sur ce qui s'était passé entre nous?

— Il faut que je m'en aille?

Ma voix tremblait un peu. Il releva aussitôt la tête et ses yeux se rétrécirent.

— J'ai encore à faire, répondit-il d'un ton bourru.

— Ah!

Je lâchai mes couverts. Brusquement, j'avais perdu tout appétit. Je sentis les larmes monter et clignai des yeux pour les chasser.

— Donc, c'est tout, hein? Merci beaucoup et à la prochaine fois?

— Non, Grace, il n'y aura pas de prochaine fois, me contredit-il immédiatement. C'était une exception. Une exception absolue. Je ne mélange jamais vie professionnelle et vie privée. Je te l'avais dit.

— Et tu fais souvent ce genre d'exception?

Pourquoi cette fureur dans ma voix, tout à coup? Je n'en avais aucune idée, mais son attitude froide et désagréable après qu'on eut couché ensemble me désemparait totalement. Je me sentais rabaissée. Exploitée.

— Non, gronda-t-il. Je n'avais jamais fait d'exception.

— Et il faudrait que je te croie!

— Crois ce que tu veux.

Cette fois, je fus incapable de réprimer les larmes provoquées par ses paroles blessantes. Il me toisa du regard.

— Tu l'as voulu, Grace.

On aurait dit un avertissement.

— Je ne t'ai pas forcé ! m'écriai-je. Tu l'as voulu aussi.

Je le fixais en essayant de me focaliser sur ma colère.

— Dis-moi combien d'exceptions il y a eu avant moi ? Tu as fait l'amour avec combien de femmes dans ta cuisine ?

Il se leva d'un bond et se mit à aller et venir dans la pièce.

— Encore aucune, nom de Dieu ! Et on n'a pas fait l'amour, c'était juste du sexe. Il y a une différence.

Ses yeux lançaient des éclairs. Bien. Tout valait mieux que sa froide indifférence.

— D'accord, c'était juste du sexe, répétai-je d'un ton de défi. Ce n'est pas une raison pour me traiter aussi mal.

Il s'arrêta net de marcher et me regarda avec un air de profonde incompréhension et une certaine indignation.

— Comment ça, je te traite mal ?

— Tu me donnes l'impression d'être une salope, une moins que rien. Je veux dire… Pour moi, c'était une expérience très marquante. Et toi, tu m'expliques tranquillement que je dois partir parce qu'il faut que tu travailles. Comme s'il ne s'était rien passé.

— Je le savais ! tonna-t-il en se remettant à aller et venir.

Il se passa nerveusement la main dans les cheveux.

— Je savais que tu ne pourrais pas.

— Que je ne pourrais pas quoi ?

Il poussa un soupir exaspéré.

— Je t'avais dit qu'on allait jouer selon mes règles. C'est-à-dire, du sexe et rien d'autre. Aucune relation de quelque nature que ce soit. C'est bien pour cette raison que je n'avais jamais…

Il n'acheva pas sa phrase. On se regarda en silence.

— Pourquoi l'avoir fait si c'était si épouvantable? repris-je finalement.

Il haussa les épaules.

— Je n'ai pas dit que c'était épouvantable.

Pour la toute première fois, il sourit. Un sourire très léger qui me serra le cœur.

— J'ai juste dit que c'était une exception et qu'il n'y en aurait pas d'autre.

On sonna à la porte et je sursautai.

— Ce doit être Steven, fit-il.

Il se dirigea vers l'escalier et descendit. Je le suivis en hésitant et me retrouvai dans un hall d'entrée aux dimensions généreuses.

Mes escarpins étaient au pied du portemanteau et j'y glissai les pieds. Puis j'attrapai mon sac à main, posé sur une petite console collée au mur, et me dirigeai vers Jonathan qui se tenait devant la porte d'entrée ouverte.

Brusquement, j'eus peur que tout soit fini. C'était le boss. Si ma présence l'importunait, il pouvait mettre un terme à mon stage à n'importe quel moment et je ne le reverrais plus jamais. Cette idée me noua la gorge.

Il fallait que j'ajoute quelque chose, que je lui fasse comprendre ce que ces moments signifiaient pour moi, parce que je savais que je n'oublierais jamais ce matin.

— Ça m'a beaucoup plu, dis-je doucement en levant les yeux vers lui. Même si c'était une exception.

Il eut à nouveau un léger sourire, puis secoua la tête comme si ça lui rappelait quelque chose. Quelque chose de grave.

— Tu es une grande exception, Grace, murmura-t-il.

Si bas que je ne fus pas sûre d'avoir bien compris.

Ensuite, il me poussa dehors.

— Steven attend.

— À lundi, alors? demandai-je par-dessus mon épaule.

Je le vis hocher la tête. La porte se referma derrière lui avec un *clic* étouffé et je me dirigeai seule, désorientée, vers la longue voiture noire.

16

Sur le chemin du retour, assise à l'arrière de la limousine sur la banquette en cuir, je fixais, sans les voir vraiment, les rues qui défilaient.

La vitre teintée isolant le conducteur des passagers était relevée. Elle me séparait de Steven, qui manœuvrait avec assurance la grande auto à travers la circulation londonienne. Il n'avait rien fait, rien dit qui trahisse ses pensées. La veille au soir, je m'étais soûlée et j'avais dormi chez le boss. Se doutait-il que j'avais aussi *couché* avec lui? Est-ce que ça se voyait?

J'espérais que non, parce que je me demandais ce qu'Annie dirait en le découvrant. Elle m'avait si souvent mise en garde... En vain, depuis le début, sans aucun doute!

Tout ça était tellement inconcevable, tellement nouveau pour moi... Je n'arrivais pas à assembler toutes les pièces du puzzle. À bien y réfléchir, Annie aurait plutôt dû me mettre en garde contre moi-même. Au fond, Jonathan n'avait rien fait. Bon, d'accord, il avait fait quelque chose – rien que d'y penser, un frisson délicieux me parcourut le dos. Mais juste parce que je l'y avais quasiment forcé.

Ses mots me revinrent à l'esprit. *Tu l'as voulu, Grace.* Oh que oui, je l'avais voulu! Et malgré ce qui s'était passé après, je ne parvenais pas à le regretter.

J'avais toujours eu peur de ma première fois – ça expliquait sans doute, en partie, que je me sois montrée aussi réservée en la matière. Il valait donc peut-être mieux que les choses se soient passées avec un homme qui avait visiblement beaucoup d'expérience.

Je poussai un profond soupir.

Tu te racontes des histoires, Grace! Tu n'as pas couché avec Jonathan parce qu'il a beaucoup d'expérience. Tu aurais pu le faire beaucoup plus tôt, il y avait des candidats tout désignés. Tu as couché avec lui parce que c'est l'homme le plus excitant que tu aies jamais rencontré. Parce qu'il te fascine et que tu as du mal à penser à autre chose qu'à lui. Surtout maintenant.

C'était bien le problème. J'aurais aimé que ce ne soit pas qu'une exception. J'avais envie de revivre ces moments, d'être à nouveau proche de Jonathan. Mais il ne le permettrait manifestement pas. *Aucune relation, de quelque nature que ce soit.*

Soi-disant qu'il n'y aurait jamais rien eu entre lui et une de ses employées... Dans ce cas, pourquoi avait-il fait une exception pour moi? Plus important encore: qu'est-ce qui allait se passer après ça?

À l'idée de me retrouver face à lui lundi, mon estomac se contracta et j'éprouvai un mélange de joie et de panique.

La limousine s'arrêta devant l'immeuble d'Islington plus tôt que je ne l'aurais pensé. J'attendis que Steven fasse le tour du véhicule et m'ouvre la porte. Au début, quand je n'étais pas avec Jonathan, je descendais seule dès l'arrêt de la limousine, mais j'avais finalement compris à l'expression de Steven que ça l'horrifiait. Apparemment, ça faisait partie de ses devoirs de m'aider à sortir de la voiture quand Jonathan n'était pas là pour s'en charger, et je ne voulais pas le mettre dans l'embarras. Et puis, ce geste démodé me plaisait finalement.

— Dois-je attendre, Miss Lawson? s'enquit Steven après m'avoir aidée à rejoindre le trottoir.

— Pourquoi?

— C'est juste que... vous n'avez pas de clé.

Alors seulement, je me rappelai pour quelle raison on était ici tous les deux. Je me mis à fixer le sol, gênée.

— Non, pas la peine. À cette heure-ci, un de mes colocataires est sûrement là. On va m'ouvrir.

À cet instant précis, la porte d'entrée s'entrebâilla et Annie passa la tête dans l'embrasure.

— Grace, Dieu soit loué, te voilà! On se faisait un sang d'encre!

Je pris congé de Steven avec un dernier sourire – il était vraiment gentil, même s'il parlait rarement – et me dépêchai de rejoindre Annie, qui me tira à l'intérieur.

— Tu étais passée où? demanda-t-elle d'un ton de reproche, en désignant la voiture noire qui repartait. Tu as... passé la nuit chez Jonathan Huntington?

Je hochai la tête et remarquai aussitôt son effroi.

— Grace!

Je me justifiai précipitamment.

— C'était un accident... Enfin, quelque chose dans le genre. J'ai un peu trop bu au repas d'hier soir... D'accord, un peu plus qu'un peu trop. Trop. Beaucoup trop.

— Tu étais saoule?

J'acquiesçai, contrite.

— Et après? s'enquit-elle.

Je soupirai.

— Après, j'avais encore oublié ma clé et vous n'étiez pas là, alors Jonathan m'a emmenée chez lui. Franchement, je ne me suis rendu compte de rien. J'étais vraiment déchirée.

Annie grimaça. Je me demandais ce qui la dérangeait le plus : s'imaginer les effets que ma perte de contrôle avait bien pu avoir sur mon comportement – elle était quand même anglaise – ou savoir que je m'étais retrouvée sans défense dans la tanière du lion. Probablement les deux.

— Il ne s'est rien passé d'autre ?

Ça ne me plaisait pas de lui mentir, mais je ne pouvais pas lui dire la vérité. Après tout, j'avais fait ce contre quoi elle m'avait expressément mise en garde. Je me décidai donc pour un compromis.

— Je me suis saoulée et couverte de honte. Ensuite, sur le trajet du retour, je me suis endormie dans l'auto. Impossible de me réveiller. Tu ne trouves pas que ça suffit ?

— Et ce matin ?

Décidément, elle ne lâchait pas le morceau.

Je soupirai et chassai de mon esprit les moments qui avaient précédé la cuisson des omelettes : Annie ne devait pas remarquer à mon air que je lui cachais quelque chose.

— Il m'a préparé un petit déjeuner, et puis il a appelé Steven pour qu'il me raccompagne.

— Il n'était pas en rogne ?

Songeant que, malgré mon écart de conduite, il avait été moins en colère que je m'y serais attendue, je secouai la tête.

— Juste un peu.

— Hum… fit Annie en fronçant les sourcils. Je n'aurais pas cru notre boss capable de se montrer aussi plein de sollicitude. On dirait qu'avec toi, il développe un certain instinct de protection.

Si tu savais…

Je l'entraînai vite à ma suite dans l'escalier, avant qu'elle puisse continuer à creuser la question.

— Maintenant, j'ai besoin d'un thé bien revigorant pour surmonter cette expérience.

Ce n'était pas un mensonge.

Arrivée en haut, je vis Marcus debout dans l'embrasure. Il avait l'air plus pâle que d'habitude.

— Mais où étais-tu, Grace?

Brusquement, j'eus vraiment mauvaise conscience.

J'aurais dû leur envoyer un texto ce matin.

Je rougis en repensant à la raison pour laquelle je n'avais pas eu le temps de le faire.

Je débitai la version courte de mon aventure tout en accrochant mon manteau et mon sac au portemanteau, puis allai dans la cuisine avec Annie. Marcus nous suivit, ça me gêna un peu. J'aurais préféré me retrouver seule avec Annie.

— Donc, ce type t'a emmenée chez lui, comme ça? insista-t-il en s'installant lui aussi à table avec un mug de thé fumant.

Ça ne semblait pas lui plaire du tout, et le reproche qui vibrait dans sa voix m'agaça.

— Ce n'est pas un type, c'est mon boss… notre boss, complétai-je en regardant Annie. C'était plutôt gentil de sa part. Après la manière dont je me suis conduite, il aurait pu me laisser plantée là.

— Ça n'aurait pas posé problème, répliqua Marcus. Hier soir, j'étais là vers onze heures. Tu n'aurais pas eu à attendre longtemps et je me serais occupé de toi.

Il y avait une telle jalousie dans sa voix que sa remarque me laissa muette un moment.

— Ce n'est pas comme si j'avais eu le choix, expliquai-je finalement. J'étais saoule, comme je te l'ai dit, et à côté de mes pompes.

Marcus regardait droit devant lui.

— Il aurait quand même pu nous prévenir avec ton portable. Nos numéros y sont enregistrés. Ou tu aurais pu envoyer un texto. Ce matin, au moins. Pourquoi ne l'as-tu pas fait? demanda-t-il d'un ton accusateur.

De toute évidence, il était toujours préoccupé par le sujet «Jonathan». Je me sentis rougir.

— Marcus, intervint Annie. Grace n'est pas une enfant qui doit nous informer de chaque allée et venue.

— Tu t'es fait du souci toi aussi, se justifia-t-il.

— C'est vrai. Mais tu as bien entendu comment ça s'est passé. Alors laisse-la tranquille.

Marcus n'ajouta rien. Je me sentais dépassée par sa réaction. J'étais assez perturbée comme ça; je n'avais pas envie d'une dispute.

— Il a raison, Annie, déclarai-je, malheureuse. J'aurais dû me manifester. Mais j'étais... dans tous mes états.

— Tu n'as pas besoin de t'excuser, fit-elle en adressant un regard irrité à Marcus.

Puis elle se tourna vers moi et sourit.

— Par contre, à l'avenir, il faudrait peut-être qu'on accroche ta clé à une chaîne autour de ton cou. On n'est jamais trop prudent.

Je grimaçai d'un air repentant et lui rendis son sourire. Elle était tellement gentille... Je trouvais vraiment dommage de ne pas pouvoir me confier à elle. Peut-être plus tard, le temps de digérer tout ça.

Marcus avait l'air contrit. Visiblement, il était gêné d'avoir réagi ainsi.

— Encore un peu de thé, Grace? s'enquit-il d'un ton nettement plus amical.

Il souleva la théière mais je me levai.

— Non, merci. Je crois que je vais aller m'allonger un moment, soupirai-je en déposant mon mug dans l'évier.

J'étais vraiment fatiguée et tout mon corps était douloureux. Agréablement douloureux…

— Tu veux qu'on aille faire un peu de shopping, après? proposa Annie.

J'acceptai, enthousiaste : j'en avais envie depuis mon arrivée. Et puis, un peu de distraction me permettrait d'avoir en tête autre chose que Jonathan.

Ça ne m'empêcha pas de penser à lui pendant les deux heures où j'essayai en vain de dormir. Idem l'après-midi, alors que j'écumai avec Annie les charmantes petites boutiques d'Islington, où elle trouvait la mode insolite pour laquelle je l'admirais tant. Quel que soit le magasin où l'on se trouvait, quelles que soient les fringues que je regardais, je me demandais seulement si elles plairaient à Jonathan.

Dans une incroyable friperie qui s'appelait *Annie's* – une raison de plus qui expliquait qu'elle fasse partie des adresses préférées de ma colocataire –, je fus particulièrement séduite par une robe portefeuille noire avec un profond décolleté.

Annie détailla la robe par-dessus mon épaule.

— Ce n'est pas un peu trop sexy pour le bureau?

— Tu crois?

Je dus me contrôler pour garder une expression neutre. Par sa remarque, Annie venait de résumer précisément ce qui m'avait traversé l'esprit. Si je trouvais cette robe si géniale, c'était *justement* parce qu'elle était sexy et que je m'imaginais la tête de Jonathan quand il me verrait dedans.

— Qu'est-ce que tu penses de celle-là?

Annie tenait une robe vintage et une paire de bottes, dans un brun parfaitement assorti au roux de mes cheveux.

— Je crois qu'elle t'irait.

— Je vais l'essayer.

J'emportai aussi la robe noire dans la petite cabine d'essayage. C'était plus fort que moi.

La paire de bottes et les deux robes m'allaient très bien, Annie me le confirma avec enthousiasme. Elles n'étaient pas données, mais pas hors de prix non plus. Je m'offris les trois articles. Après tout, c'était une journée très particulière.

Un peu plus tard, tandis que nous passions devant un petit salon de coiffure, Annie me lança :

— Viens, on entre ! Tu ne seras vraiment à Londres que quand tu te seras fait couper les cheveux ici. Andrew est un vrai dieu des ciseaux, je suis une habituée.

L'idée d'avoir autant de style qu'Annie me plaisait beaucoup, sans compter que j'avais très envie d'un changement. Je la suivis donc dans la boutique à la déco très farfelue, presque inquiétante avec ses murs peints grossièrement en fluo, et m'en remis à Andrew. La tête couverte de dreadlocks, il ne donnait pas l'impression d'attacher beaucoup d'importance aux soins capillaires mais, une heure et demie plus tard, je fus positivement surprise en me regardant dans le miroir.

Ma chevelure blond vénitien était un tout petit peu plus courte, mais surtout plus dégradée, si bien qu'elle avait plus de volume et qu'elle retombait sur mes épaules comme une pluie de feu. Je m'examinai sous toutes les coutures en me demandant si c'était uniquement ma nouvelle coupe qui me faisait paraître différente. Non. Je me *sentais* aussi différente.

Sur le chemin du retour, Annie m'entraîna encore chez *Ottolenghi*, un restaurant qui faisait salon de thé et offrait le plus grand choix de pâtisseries que j'aie jamais vu. Mais pendant que nous dégustions des cupcakes, je me sentais toujours troublée par mes sentiments pour Jonathan.

— Annie, Jonathan n'a vraiment jamais eu de relation avec une des femmes dont tu m'as parlé?

Elle leva les yeux. Visiblement, ma question la surprenait.

— Non, pour autant que je sache. C'était le grand problème de Claire, en tout cas : elle n'avait aucune chance avec lui.

Elle inclina la tête sur le côté.

— Pourquoi ça t'intéresse? Tu as l'intention d'en entamer une avec lui?

J'eus un rire un peu nerveux.

— Comme si c'était possible!

Une seule relation sexuelle, ça ne comptait sûrement pas comme une aventure, si?

— Qui sait, fit Annie, songeuse. Apparemment, il se passe avec toi des choses qui ne se passent pas avec les autres.

— Qu'est-ce que tu veux dire? demandai-je, effrayée.

L'espace d'un instant, j'eus peur de m'être trahie, mais elle se remit à parler avec le même calme.

— Au début, j'avais vraiment peur pour toi. Je voyais bien que tu t'investissais très vite sentimentalement, et ça me rappelait l'énorme frustration de Claire, qui n'arrivait pas à se rapprocher de Jonathan Huntington. Il l'a vraiment fait souffrir, Grace, vraiment, et je voulais t'épargner la même expérience. Mais aujourd'hui, je ne peux plus nier qu'il a un faible pour toi.

— Ah oui?

Elle poussa un profond soupir.

— J'aimerais que tu ne dises pas ça avec autant d'espoir, mais oui. Ça me semble évident. Tu as le droit de travailler avec lui, son chauffeur te balade dans Londres et il permet que tu te saoules à un repas d'affaires. Il aurait viré n'importe qui pour ça, c'est sûr à cent pour cent. Tu vois, d'habitude, notre estimé monsieur Huntington est tout sauf indulgent en matière de comportement non professionnel. Il t'a même laissée dormir chez lui. Je veux dire, allô? Il n'y a pas si longtemps, j'aurais juré qu'il n'existait que dans sa société. Il y a tellement peu de chose de sa vie privée qui filtre à l'extérieur… Et toi, tu sais à quoi ça ressemble chez lui!

Je sais d'autres choses aussi…

Je me sentis rougir.

— Du coup, on dirait que les règles sont changées pour toi, ajouta Annie en remuant son thé. Mais je continue à avoir un mauvais pressentiment, Grace.

Je me pinçai les lèvres. J'en avais assez d'écouter ses avertissements. Elle ne pouvait pas dire un truc positif sur Jonathan, pour une fois? Mon agacement ne lui échappa pas.

— Je suis désolée, reprit-elle. On croirait entendre ma mère avec son index dressé en permanence. Mais est-ce que tu sais qu'on l'appelle aussi «Hunter» ? Il a beaucoup de succès parce qu'il prend ce qu'il veut. Il fera sans aucun doute la même chose avec toi, Grace. La question, c'est juste de savoir quand. Parce que, si je te juge bien, tu n'es pas faite pour avoir une simple aventure. Quand tu t'intéresses à un homme, c'est du sérieux. Si ton choix devait se porter sur Jonathan Huntington, je ne vois vraiment pas comment ça pourrait coller. Tu peux demander à tout le monde, on te confirmera qu'il n'a jamais eu de relation sérieuse et qu'il a brisé le cœur d'un tas de femmes. Je ne peux pas croire qu'il ait changé du jour au lendemain.

Une heure plus tard, de retour dans ma chambre, je me sentais extrêmement confuse. Les mots d'Annie me poursuivaient. Elle avait raison. C'était comme ça que je percevais Jonathan, moi aussi: quelqu'un qui savait précisément ce qu'il voulait. Pas du genre à faire des compromis.

Et moi, quelle était ma place dans ce tableau? Pourquoi m'avoir fait venir à son étage s'il n'avait pas besoin de moi?

Parce qu'il n'avait pas besoin de moi, bien sûr que non! J'étais une charge pour lui, et pas d'une grande aide. Inutile de me raconter des histoires.

Alors, l'avait-il fait parce qu'il me trouvait séduisante? Parce qu'il m'aimait bien? Mais dans ce cas, pourquoi avoir précisé dès le début qu'il ne mélangeait pas vie professionnelle et vie privée? Pourquoi ne pas avoir cherché beaucoup plus tôt à me séduire?

Tout ça n'avait aucun sens. Désespérément perplexe, je décidai d'appeler ma sœur Hope pour lui raconter ce qui s'était passé. Il fallait que je me débarrasse de ce poids, même si avouer le côté inhabituel de ma première fois me dérangeait un peu. On ne pouvait pas vraiment dire que ç'avait été romantique.

Hope, loin d'être horrifiée, se montra franchement enthousiaste.

— Tu l'as vraiment fait? Avec Jonathan Huntington? cria-t-elle à l'autre bout du fil. Waouh, Gracie, je ne t'en aurais pas crue capable! C'était comment?

Sa réaction me fit rire.

— Différent de ce que je pensais, répondis-je avant de prendre une profonde inspiration. Mais… plutôt bien.

L'euphémisme de l'année.

Évidemment, elle voulut connaître tous les détails. Je les lui rapportai de façon hachée, parce que ça me semblait un peu bizarre d'avoir bel et bien fait ces choses choquantes. Hope, de son côté, était fascinée par mon récit.

— Dans la cuisine? Sérieux? gloussa-t-elle. Pourtant, d'habitude, tu fuis comme la peste tout ce qui a un rapport avec la cuisine.

Ma famille se moquait toujours de ma maladresse quand il fallait que je prépare à manger.

— Si je comprends bien, c'était la première fois que tu obtenais satisfaction en te mettant aux fourneaux !

Elle pouffa et je ne réussis pas à garder mon sérieux. J'éclatai d'un rire interminable.

— Tu ferais mieux de prendre la chose au sérieux, lui reprochai-je, à nouveau capable de parler.

— Désolée, s'excusa Hope en se ressaisissant. Au fait, tu sais qu'hier, Mom me demandait justement s'il y avait quelqu'un dans ta vie ? Ça doit être une sorte de sixième sens maternel.

Je secouai la tête malgré moi.

— J'en doute.

J'aimais ma mère, mais j'avais pris mes distances avec elle – peut-être parce que je ne lui avais jamais vraiment pardonné son comportement après le départ de Dad. À cette époque, elle était tellement prisonnière de son propre malheur qu'elle avait eu très peu de temps à consacrer aux besoins de sa fille de six ans, qui avait dû surmonter seule la perte de son père. La situation n'avait pas évolué avec les années. Depuis longtemps, je préférais faire les choses seule. Et quand j'avais un gros truc sur le cœur, j'allais voir Hope ou Grandma Rose, mais pas Mom.

— Si, poursuivit ma sœur, elle a dit qu'elle espérait que tu tomberais bientôt amoureuse. Elle trouve qu'il est temps.

Hope se tut un moment, puis reprit, très sérieuse :

— C'est le cas, Gracie ? Tu es amoureuse de lui ?

Sa question directe me coupa le souffle. Aussitôt après, je sentis mon cœur battre à tout rompre.

— Oui, fis-je d'une voix blanche.

Je m'avouais enfin la réalité bouleversante : j'étais amoureuse de Jonathan Huntington, sans doute depuis que je l'avais rencontré à l'aéroport. Désespérément amoureuse, même. Et ce n'était pas bon du tout.

— Et lui? Tu penses qu'il est amoureux de toi?

— Je ne sais pas.

J'aurais aimé en savoir plus sur les hommes. Sur Jonathan.

Hope soupira, mais je l'entendis ensuite presque rire:

— Gracie, c'est toi tout craché! Tu ne regardes personne pendant des années ou presque, et puis tu tombes amoureuse d'un Anglais pété de thune alors que tu es seulement de passage. Il faut toujours que tu te démarques.

La pensée que mon temps à Londres était compté et que Jonathan pouvait me renvoyer n'importe quand me serra la gorge.

— Qu'est-ce que je dois faire maintenant, Hope?

Ma sœur pouffa.

— J'ai peur que tu ne puisses rien faire, Gracie. Quand on est amoureux, on est amoureux. Laisse simplement venir les choses, c'est toujours ce que je fais.

J'eus un faible sourire. Oui, c'était toujours ce que Hope faisait et c'était une bonne solution pour elle. Contrairement à moi, elle allait sans souci d'une relation à une autre, tombait amoureuse un jour de l'un et se consolait le lendemain avec l'autre, quand ça n'avait pas fonctionné avec le premier.

Pour moi, tout était nouveau. Je n'avais jamais été amoureuse comme ça. Et je n'étais pas certaine de m'en remettre, si Jonathan me brisait le cœur.

— Tu en as déjà parlé à Annie? s'enquit Hope.

— Non.

— Alors fais-le, Gracie, d'accord? Après tout, elle connaît ce Jonathan, et tu as dit que c'était comme une amie. Elle pourra sûrement te conseiller sur la conduite à adopter.

Je grimaçai. Je savais déjà ce qu'Annie me conseillerait. Elle n'avait pas besoin de m'expliquer une fois de plus que c'était sans espoir de tomber amoureuse de Jonathan Huntington.

— Tu me promets que tu lui parleras, Gracie? Sinon, je vais me faire du souci. Tu as grand besoin d'une confidente.

— J'aimerais que tu sois là.

Les larmes me montèrent aux yeux. Brusquement, je me sentis atrocement seule.

— Moi aussi, soupira Hope. Mais je vais te dire une chose: si ce type te fait des misères, j'arrive tout de suite et je te sors de là.

J'imaginai ma petite sœur se ruant comme une furie dans le bureau de Jonathan et ne pus m'empêcher de rire.

Après avoir raccroché, étendue sur mon lit, je fixai le plafond blanc en cherchant à comprendre ce que tout ça signifiait pour moi.

J'avais eu la première relation sexuelle de ma vie. Un vrai choc. Un moment époustouflant. Exactement comme l'homme avec lequel je l'avais vécu, un homme qui dominait mes pensées et mes sentiments de manière inquiétante depuis des jours. Un homme dont j'étais tombée amoureuse alors que j'avais promis de ne pas le faire. Parce qu'il était complètement inaccessible. Beaucoup trop expérimenté, beaucoup trop riche, beaucoup trop anglais, beaucoup trop… tout.

Je poussai un profond soupir.

Visiblement, j'avais un gros problème.

17

Le lundi matin, en sortant de l'ascenseur, je me dirigeai vers le bureau de Jonathan et fus cueillie au vol par Catherine Shepard.

— Vous ne pouvez pas entrer. Monsieur Huntington est en entretien.

Je m'arrêtai net. Je m'attendais si peu à ça que mon excitation à l'idée de le revoir céda aussitôt la place à une crainte sourde. Est-ce que Jonathan avait finalement décidé de mettre un terme à mon stage, de me jeter dehors?

— Avec qui? demandai-je.

Que la brune si froide ne me laisse pas l'approcher m'ôtait toute assurance, mais j'essayai de ne pas le laisser transparaître. Catherine Shepard me considérait avec un mélange de curiosité et de mépris, comme si j'étais brusquement devenue quelqu'un qu'elle devait observer de plus près mais qu'elle n'appréciait pas particulièrement. Son regard me rendit encore plus nerveuse.

— Avec M. Nagako, m'informa-t-elle brièvement.

Encore ce drôle de Japonais.

Pour la première fois, je me demandai quels liens exacts l'unissaient à Jonathan. Et pourquoi ce dernier parlait couramment japonais alors que sa société avait très peu de contacts avec le Japon – exception faite de Nagako Enterprises? De toute évidence, j'en savais très peu sur Jonathan et son passé.

Comme il ne me restait plus qu'à attendre, je me remis en marche en direction de mon bureau. Mais cette fois encore, Catherine Shepard me retint.

— Vous ne pouvez pas entrer là aujourd'hui.

Je serrai les poings, irritée. Cherchait-elle à m'énerver?

— Pourquoi pas?

Mon insistance ne parut pas lui plaire. Elle me répondit quand même, avec un sourire mielleux:

— Monsieur Norton mène des entretiens d'embauche et il a besoin de la pièce, parce que les candidats doivent rendre des travaux écrits. Vous n'avez qu'à attendre là.

Elle indiqua les deux fauteuils noirs destinés aux visiteurs, près de l'ascenseur. Autant me dire carrément que ma présence à l'étage de la direction était totalement superflue. Je pouvais être virée de mon bureau chaque fois que quelqu'un d'autre en avait besoin, c'était évident. Après tout, je ne faisais rien d'important ici. J'étais remplaçable.

Le visage pétrifié, j'allai m'installer dans le fauteuil avec vue sur la porte du bureau de Jonathan. Catherine Shepard était de nouveau penchée sur son ordinateur, un modèle ultra-mince et ultrachic, parfaitement coordonné à la décoration de la réception et à sa personne.

Brusquement, je frissonnai. Je tirai sur ma robe portefeuille noire, mal à l'aise. Je n'avais pas pu m'empêcher de la mettre, mais je regrettais maintenant mon choix. Annie avait raison – elle était beaucoup trop sexy. En me voyant, Jonathan saurait immédiatement pourquoi je la portais.

Mais comment réagirait-il?

Et si l'histoire des entretiens d'embauche n'était qu'un prétexte? Jonathan avait peut-être donné instruction que j'attende ici, pour que je ne me fasse pas d'idées. Il allait sans doute mettre un terme à mon stage et me renvoyer chez moi. Est-ce que j'avais tout gâché en couchant avec lui?

J'attendais là, immobile, des crampes à l'estomac. La porte de Jonathan restait fermée, mais celle de l'autre côté s'ouvrit et Alexander Norton sortit de la pièce. Il donna quelques documents à Catherine Shepard, puis m'aperçut dans mon fauteuil et vint aussitôt me rejoindre. Il souriait, mais j'eus l'impression que lui aussi me considérait différemment. Avec un intérêt nouveau.

Jonathan et lui étaient très proches. Est-ce que Jonathan lui avait raconté ce qui s'était passé?

— Grace, j'espère que vous ne m'en voulez pas d'avoir exceptionnellement besoin de votre bureau aujourd'hui. Ce n'est que pour quelques heures. Dès que j'aurai terminé, vous pourrez le réintégrer.

Je lui souris.

— Bien sûr. Pas de problème, assurai-je, soulagée que l'histoire des entretiens soit apparemment véridique.

Alexander s'apprêtait à ajouter quelque chose, mais la porte du bureau de Jonathan s'ouvrit et Yuuto Nagako sortit de la pièce, suivi de près par Jonathan. Mon cœur se mit aussitôt à battre la chamade. Jonathan ne me remarqua pas. Les deux hommes avaient l'air furieux et on voyait à leur attitude qu'ils s'étaient disputés.

Yuuto dit quelque chose en japonais et Jonathan lui répondit d'une phrase brève. Ils se maîtrisaient et n'élevaient pas la voix, mais leur tension était perceptible. Puis, presque au même instant, ils nous remarquèrent, Alexander et moi, et me fixèrent comme si j'étais le motif de leur querelle.

Yuuto adressa encore la parole à Jonathan, puis se retourna brusquement et se dirigea vers l'ascenseur. Quelques secondes plus tard, les portes se refermaient derrière lui, mais je surpris son dernier regard, étrangement féroce alors que son visage restait impassible.

— Qu'est-ce qui s'est passé? s'enquit Alexander. Tout va bien?

Jonathan eut un mouvement impatient de la main. Manifestement, il ne voulait pas en parler, et Alexander changea de sujet.

— J'ai parlé à Sarah ce matin, fit-il avec un sourire. Elle va prendre l'avion qui décolle plus tôt, finalement.

Oh... On dirait que la sœur de Jonathan va rentrer de Rome.

— Je ne peux pas aller à l'aéroport maintenant! s'irrita Jonathan, visiblement surpris par ce changement de programme. J'ai encore des rendez-vous ce matin et on devait discuter, tous les deux.

— Elle a dit que tu n'étais pas obligé d'aller la chercher. Ton père va s'en charger.

Jonathan grimaça, mécontent.

— Je voulais le faire.

Alexander haussa les épaules.

— Moi aussi. Elle a ajouté qu'elle nous ferait signe pour qu'on se retrouve plus tard.

— On?

Jonathan sourit pour la première fois depuis qu'il était sorti de son bureau. Il avait l'air de se détendre.

— Depuis quand es-tu invité quand j'ai rendez-vous avec ma petite sœur? Et pourquoi ne me dit-elle pas tout ça elle-même?

Alexander eut un sourire moqueur.

— Je l'ai appelée et elle était pressée parce qu'elle voulait attraper son vol. C'est pour ça qu'elle m'a demandé de te tenir au courant. Et je serai au rendez-vous, que tu le veuilles ou non.

Après m'avoir adressé un sourire, il rentra dans le bureau.

— Tu es sans espoir ! lui lança Jonathan.

Puis il se tourna vers moi et son sourire s'évanouit. Il dit quelque chose à Catherine Shepard, mais mon cœur battait si fort que je ne compris pas bien. Elle se leva et se dirigea vers l'ascenseur, en me gratifiant au passage d'un coup d'œil condescendant.

Je n'eus pas le temps de réfléchir à son attitude.

— Grace ?

C'était une injonction à la Jonathan, pas une demande. Comme toujours, il m'ordonnait de le rejoindre. Je lui obéis, les jambes vacillantes. Il était dans l'embrasure de la porte et m'observait avec attention. Son regard passa de mes cheveux à mon décolleté, où il s'attarda longuement. J'en eus le souffle coupé et la pointe de mes seins se durcit contre le tissu de ma robe. Lorsqu'il releva finalement la tête pour me regarder dans les yeux, je sentis le rouge qui avait gagné mon cou envahir mes joues. Rien à voir avec de l'embarras…

Je passai devant lui, les mains tremblantes, en serrant les poings et en enfonçant mes ongles dans mes paumes pour ne pas être tentée de le toucher. Je ne demandai que ça. Il avait un tel effet sur moi…

Il s'écarta pour me laisser entrer, puis referma la porte. Je m'attendais à ce qu'il se dirige aussitôt vers son bureau, mais il croisa les bras devant son torse et me fixa d'une façon qui me donna encore plus chaud.

Ses muscles se dessinaient sous le tissu de sa chemise gris foncé. Ses cheveux, qui retombaient sur son front, tranchaient avec ce gris inhabituel et paraissaient plus noirs encore. Mais c'étaient ses yeux qui m'attiraient le plus, comme par magie. J'y vis vaciller une lueur que j'étais désormais capable d'interpréter : du désir.

Respire, Grace.

Je le regardai, incapable de faire autrement. Mon cerveau semblait n'avoir attendu ce moment que pour faire défiler dans ma tête, une fois de plus, les images de cette matinée passée ensemble – dans sa cuisine et dans son lit. Il flottait dans l'air une tension nettement palpable.

— Tes cheveux sont différents.

Sa voix profonde avait des accents surpris.

Je passai la main dans ma chevelure, mal assurée.

— Oui. J'ai été… chez le coiffeur.

— Ça te va bien.

Je lui souris, soulagée.

Qu'est-ce que Hope avait dit? *Laisse simplement venir les choses.* J'aurais aimé faire preuve de la même décontraction qu'elle. Impossible, j'étais trop impliquée dans toute cette affaire. Je n'avais jamais éprouvé pour un homme l'ombre de ce que je ressentais pour Jonathan. Et je n'avais jamais, de ma vie, été aussi peu sûre de la conduite à adopter. J'avais envie de lui sauter au cou et de l'embrasser, mais j'étais à peu près certaine qu'il valait mieux laisser tomber cette idée.

Brusquement, j'eus peur qu'il ait bel et bien changé d'avis et décidé de mettre un terme à mon stage. S'il devait le faire, il me faudrait une éternité pour m'en remettre. Alors, je cherchai une question à lui poser pour rompre le silence.

— Donc… ta sœur revient de Rome aujourd'hui?

Il hocha la tête, étonné.

— C'est la raison pour laquelle je n'avais accepté aucun rendez-vous cet après-midi. Tout ça pour découvrir que Sarah arrive plus tôt et que c'est mon père qui va passer la prendre.

Son mécontentement était manifeste.

— Tu n'as qu'à aller l'accueillir avec lui.

Il m'adressa un coup d'œil irrité et je regrettai immédiatement mon intervention. Apparemment, ça ne lui convenait pas. Je me rappelai la remarque d'Alexander: Jonathan réagissait toujours avec une hostilité extrême quand il était question de son père. Une fois encore, je me demandai quelle en était la raison. Est-ce que je l'apprendrais un jour?

Une secousse traversa son corps, comme s'il devait se forcer à bouger. Il traversa la pièce à grands pas et rejoignit son bureau. Je le suivis. En chemin, je posai mon sac sur la table basse, devant le canapé. Je pensais devoir y travailler, mais lorsque j'arrivai près de son bureau, il indiqua de la main son propre siège, sans s'y asseoir.

Hésitante, je m'installai dans le grand fauteuil, et il approcha une pile de papiers.

— Le dossier du projet à Hackney. Je voudrais que tu établisses une nouvelle liste des frais, pour que nous puissions déterminer l'ampleur des dépassements budgétaires. J'ai aussi besoin de diagrammes qui l'illustrent et d'une projection pour la suite des événements.

Il s'interrompit et haussa les sourcils.

— Tu penses y arriver?

Je hochai la tête, muette. Jusqu'alors, j'avais dû me contenter de l'accompagner à ses rendez-vous sans pouvoir participer aux discussions. Bien sûr, j'avais rédigé de temps en temps un compte rendu et j'avais pu m'entretenir avec lui des différents projets, mais je n'avais jamais pu y prendre une part vraiment active. Ce travail était donc une avancée logique, une chance que j'attendais depuis le début. Seulement, je me demandais comment l'interpréter. Est-ce que j'avais le droit d'intervenir davantage parce qu'on s'était rapprochés et qu'il me faisait plus confiance? Ou… est-ce qu'il voulait m'occuper parce qu'il ne savait plus comment se comporter avec moi?

Quelle que soit la raison de sa décision, je n'allais certainement pas laisser échapper cette occasion de lui prouver mes compétences professionnelles. Je hochai donc la tête.

— Bien entendu que je vais y arriver.

— Parfait. Tu peux entrer les données ici.

Il se pencha au-dessus de moi pour ouvrir un tableur sur son ordinateur portable et je sentis son après-rasage. Mon cœur s'emballa aussitôt, mais il recula et s'éloigna en direction de la porte.

— Je dois parler à Alex. Je reviens vite.

Je le suivis des yeux, puis reportai mon attention sur les chiffres du dossier. Comme j'étais devenue familière du projet immobilier à Hackney, il ne me fallut pas longtemps pour isoler les données pertinentes. Je me mis à développer les diagrammes, mais j'avais du mal à me concentrer. Heureusement, la discussion entre Jonathan et Alexander avait l'air de traîner en longueur.

Quand il revint après plus d'une heure, j'avais fini de travailler. Il se pencha de nouveau au-dessus de moi et consulta l'écran. Il était si près que mon cœur se remit à battre plus vite.

— Bon travail. C'est exactement le résultat que j'imaginais.

— Merci.

Mon regard croisa le sien et, l'espace d'un instant, le monde cessa de tourner. Je me perdis dans ces merveilleux yeux bleus, je contemplai les paillettes sombres qu'on ne distinguait que de près. Pourquoi fallait-il que tout soit si compliqué? Si ça n'avait tenu qu'à moi, ça aurait été très simple.

— Ne me regarde pas comme ça, Grace, reprit Jonathan.

Sa voix était sombre. C'était une mise en garde.

— Il vaut mieux que tu ne veuilles pas ce que tu veux en ce moment.

— Comment sais-tu ce que je veux? lançai-je, étonnée.

Les commissures de sa bouche se soulevèrent, dévoilant cette dent diablement sexy à laquelle il manquait un petit bout.

— Ça se voit. Mais je te le répète: c'était une exception, ça ne se reproduira pas.

— O.K.

Je pris une profonde inspiration et continuai à le fixer, sans savoir quoi ajouter. Je ne voulais pas le supplier si ça ne servait à rien, mais je ne pouvais pas nier que je désirais plus que tout qu'il fasse encore une exception pour moi. Au moins une fois.

— Et si je le veux quand même ?

— Grace, tu es…

Il s'écarta du bureau et en fit le tour, comme s'il devait de toute urgence mettre de la distance entre nous. Il y avait dans son regard de la colère, mais aussi une impuissance qui me toucha. Pour la première fois depuis que je le connaissais, Jonathan Huntington paraissait manquer d'assurance.

Il poussa un soupir proche de la plainte et secoua la tête.

— Tout ça n'était pas prévu, souffla-t-il, plus pour lui-même.

Je tendis l'oreille.

— Prévu ?

De quoi est-ce qu'il parlait ?

Il serra les poings et se tut si longtemps que je crus qu'il ne me répondrait pas. Lorsqu'il le fit, il y avait de la dureté dans ses yeux.

— J'ai déjà fait pour toi plus d'une exception, Grace, et je n'aurais pas dû. C'était… une erreur. Depuis le début. Simplement, je n'étais pas préparé à l'effet que tu aurais sur moi.

Mon cœur se mit à battre plus vite, d'émoi et d'excitation.

— Moi non plus. Je veux dire, je n'aurais pas non plus pensé que tu me ferais… autant d'effet.

Il éclata d'un rire sans joie.

— Grace, tu ne devrais pas me parler de l'effet que je te fais, tu devrais saisir ta chance et t'en aller.

Il serrait les dents.

— Retourne dans le service Investissements, avec Annie French, fais-y ton stage comme prévu et garde un bon souvenir de notre société quand tu seras rentrée à Chicago.

Ses mots m'effrayèrent. Il ne pouvait pas être sérieux, si?

— Parce que, si tu restes et que tu continues à me regarder comme ça… poursuivit-il, le regard brûlant. Et bien, tu auras ce que tu veux. Dans ce cas, il faut que tu saches précisément dans quoi tu t'engages.

Je soutins son regard, le cœur rempli d'espoir.

— Dans quoi je m'engage?

— Ce ne sera qu'une aventure, pas plus. C'est déjà une concession. Je ne t'appartiens pas, et je n'attends pas de toi que tu m'appartiennes. Ce sera juste du sexe. Beaucoup de sexe. Tant qu'on y trouvera tous les deux notre compte.

Il m'adressa un regard insistant.

— Je ne suis pas un prince de conte de fées, Grace. Avec moi, il n'y a pas de «ils vécurent heureux et eurent beaucoup d'enfants». Si tu attends ce genre de chose, tu seras blessée. Et je n'en tiendrai pas compte.

— Pourquoi crois-tu que j'attends ce genre de chose?

Il s'appuya des deux mains sur le bureau et se pencha en avant. Son visage était tout près du mien.

— Parce que tu es jeune et inexpérimentée, voilà pourquoi. Parce que tu me regardes avec tes grands yeux verts et que tu crois, confiante, que tout est comme tu voudrais que ce soit.

Il soupira de nouveau. Cette fois, on aurait vraiment dit une plainte.

— C'est précisément pour ça que j'ai autant de mal à te résister.

Je respirai son odeur merveilleusement masculine qui m'était devenue si familière. Je me sentais grisée par le fait que moi, l'insignifiante Grace Lawson, je possédais assez de pouvoir sur le séduisant Jonathan Huntington pour qu'il soit prêt à enfreindre ses règles. Une fois encore. Peut-être même très souvent. À cette idée, mon bas-ventre se contracta.

Il a tout à fait raison…

J'étais jeune et inexpérimentée – et folle amoureuse de lui. Je voulais aussi plus que du sexe. Je le voulais, lui. Je voulais apprendre à le connaître, je voulais tout savoir de lui. Je voulais découvrir pourquoi cet homme remarquable, charismatique, parfois incroyablement arrogant mais toujours terriblement attirant, ne laissait personne l'approcher vraiment.

Je le regardai, rayonnante de bonheur, même si une légère crainte serrait mon cœur.

— Alors, ne le fais pas, osai-je. Ne me résiste pas.

Il me scruta comme s'il cherchait quelque chose dans mes yeux. Puis il poussa un soupir, contrarié ou soulagé, j'aurais été incapable de le dire.

— Très bien. À partir d'aujourd'hui, nous allons élargir un peu le champ d'activité de ton stage.

Il pressa le bouton de l'interphone et un délicieux frisson me parcourut le dos.

— Catherine, annulez le rendez-vous avec les chefs de service. L'entretien après aussi. J'ai encore à faire ici.

Ses yeux reposaient sur moi tandis qu'il parlait et j'eus le souffle coupé en réalisant qu'il était sérieux. On allait encore le faire. Tout de suite.

Avant que je puisse dire quelque chose, Jonathan fit le tour du bureau et prit mes mains. Il me fit me lever et reculer jusqu'à ce que je sente dans mon dos la baie vitrée froide, puis il m'appuya contre la paroi, bras levés, le temps que j'adopte cette position. Ensuite, ses mains glissèrent le long de mon corps.

— J'ai même encore beaucoup à faire ici, murmura-t-il, une lueur prometteuse dans les yeux.

18

Il se pencha en avant et je sentis ses lèvres sur mon cou, puis la pointe de sa langue qui laissa une trace chaude et humide en descendant jusqu'à ma clavicule, tandis que ses mains se posaient sur ma poitrine.

— Jonathan… On ne peut quand même pas le faire ici. Ta secrétaire peut entrer n'importe quand.

— Tu veux ou pas, Grace ?

Il continua à embrasser mon cou tout en massant mes seins. Deux sensations si agréables et excitantes que je me laissai faire, les bras toujours plaqués contre la baie vitrée.

— Je veux, soufflai-je. Mais il faut vraiment qu'on le fasse ici ? Ce n'est pas… inhabituel ?

Il releva la tête et rit.

— Pas plus que ma table de cuisine ou mon plan de travail.

Sa voix chargée de désir m'enveloppait comme une caresse.

— J'y songe depuis que je t'ai aperçue dans cette robe. Et j'ai repensé à plusieurs reprises à samedi matin…

— Vraiment ? Quand ?

Ses mains descendirent le long de mon corps et se glissèrent sous ma robe. Je fermai les yeux. Ses doigts attrapèrent ma culotte. C'était un sentiment tellement grisant de me retrouver ici, sans défense, que je me sentis mouiller.

— Quand tu m'as empêché de travailler avec tes tentatives de flirt.

Il abaissa ma culotte et me l'enleva en s'accroupissant devant moi. Ensuite, il m'ôta mes chaussures à talon haut qu'il jeta de côté. Je le regardais faire, le souffle coupé, envahie par des frissons de désir. Il était sérieux. Il allait le faire. Ici.

— Je ne t'ai pas empêché de travailler, le contredis-je d'une voix tremblante. Tu ne m'as même pas prêté attention.

— Si je l'avais fait, tu te serais retrouvée ici beaucoup plus tôt.

Ses mains remontèrent le long de mes jambes tandis qu'il se redressait, et je pris une profonde inspiration lorsque ses doigts se posèrent sur mon mont-de-Vénus, se dirigeant avec assurance vers ma fente humide.

— Tu es prête à m'accueillir, dit-il avec un grognement de satisfaction. Bien.

J'étais à la fois effrayée et excitée qu'on soit aussi exposés. Le deuxième jour de mon stage, Catherine Shepard était entrée dans ce bureau après avoir frappé brièvement à la porte. J'aurais préféré le faire ailleurs. Dans la chambre d'à côté, par exemple. Mais ce danger avait aussi quelque chose de fascinant, et l'idée d'être surpris en pleine action me faisait pas mal d'effet. De toute façon, j'étais incapable de freiner Jonathan : j'étais comme de la cire entre ses mains.

Il enfonça deux doigts en moi, profondément, et me bâillonna avec un baiser vorace. Son pouce se posa sans hésiter sur mon clitoris et se mit à dessiner lentement des cercles autour. Des caresses si puissantes que mes jambes flanchèrent et que je me cramponnai à lui pour ne pas tomber. Lorsque je gémis, il abandonna mes lèvres.

— Tu commences à y prendre goût, Grace, non?

Il rit.

— Ça te plaît, l'idée que je te baise devant la fenêtre?

Ses doigts se mirent à aller et venir régulièrement en moi, j'en eus le souffle coupé.

— Je pourrais m'occuper de toi de deux façons, poursuivit-il, la voix rauque. Je pourrais te soulever. Tu passerais les jambes autour de ma taille et ma queue te besognerait, toujours plus vite, jusqu'à ce que tu cries en jouissant.

Ses doigts imitèrent les mouvements de son sexe et je gémis à nouveau.

— Ou alors, je te retourne.

Il se retira et joignit le geste à la parole. Je poussai un halètement effrayé en me retrouvant brusquement appuyée des deux mains à la vitre. J'eus l'impression de tomber dans le vide. Seul le verre me retenait encore – le verre et la main de Jonathan posée sur ma hanche, pendant que l'autre retroussait ma robe et que ses doigts me pénétraient, se mettaient à aller et venir à un rythme régulier. Une sensation dingue. Tout le corps me picotait et je sentis les premiers tremblements intérieurs, ces contractions annonçant la perte de contrôle.

Tout en bas, dans la rue longeant le bâtiment, je voyais des voitures et des piétons. Et puis, il y avait des gens qui travaillaient dans les tours de bureaux environnantes, même si aucune n'était aussi haute que celle de Huntington Ventures. Qu'on puisse peut-être nous voir dans cette position sans équivoque accrut encore mon plaisir.

— Je te retourne et je te baise par-derrière, et les gens dehors verront tes seins s'écraser contre la vitre à chaque coup. Ils verront ton visage se tordre quand tu jouiras, que tu sentiras que je viens à mon tour, bien profond.

Ses mots étaient comme une drogue qui se répandait dans mon corps et grisait mes sens. Je me frottais contre ses doigts experts en gémissant sans retenue.

— Ça t'excite, Grace? demanda-t-il en pressant la perle enflée entre mes jambes.

Une nouvelle vague de plaisir vint déferler sur moi.

— Oui, soufflai-je.

Complètement hors de moi, je remarquai avec un temps de retard qu'on frappait à la porte.

Jonathan, lui, réagit aussitôt.

Il se retira, rajusta ma robe et me retourna, me laissant pantelante et vacillante. Il n'eut pas le temps d'en faire plus : Catherine Shepard avait ouvert la porte et passait la tête dans l'embrasure.

— Pardon, fit-elle avant de reculer.

Il aurait vraiment fallu être demeuré pour ne pas remarquer qu'on était en train de faire une chose qui n'avait rien à voir avec des comptes rendus et des bilans commerciaux. Parce que, même si Jonathan ne me touchait plus à des endroits très intimes – ses réflexes étaient impressionnants –, on était toujours trop près l'un de l'autre, trop loin du bureau couvert de papiers pour pouvoir travailler sérieusement. Sans compter que mes chaussures et ma culotte traînaient devant nous. Heureusement, Catherine Shepard ne pouvait pas s'en apercevoir : mes affaires se trouvaient derrière le bureau. Ce qu'elle pouvait voir, par contre, c'étaient mes joues rougies par la honte et le plaisir.

En tout cas, son expression consternée valait presque la peine de vivre cette situation embarrassante.

— Je ne voulais pas déranger.

Sa voix avait un ton voilé. Choqué? Comme si elle s'était attendue à tout, sauf à nous surprendre dans une situation ambiguë.

— Ça vient d'arriver, expliqua-t-elle en levant l'enveloppe qu'elle tenait à la main.

Jonathan regarda par-dessus son épaule, le visage de marbre.

— Je regarderai ça plus tard.

Son ton indiquait très clairement qu'il trouvait l'intrusion de Catherine Shepard gênante. Il était très fort pour ça : il vous remettait à votre place d'une simple intonation.

Sa secrétaire le connaissait assez pour comprendre aussitôt.

— Bien sûr, répondit-elle avant de refermer la porte derrière elle.

Je restai immobile un moment, puis l'absurdité de la situation me fit glousser.

— Tu vois, je t'avais bien dit qu'elle pouvait entrer. C'était moins une !

Jonathan se retourna vers moi et me détailla, sourcils froncés. Puis il se pencha et ramassa ma culotte et mes chaussures. Visiblement, il ne trouvait pas ça drôle.

De sa main libre, il attrapa mon avant-bras, presque brutalement, et m'entraîna de l'autre côté du bureau, dans la chambre à coucher. Il ferma la porte à clé puis laissa tomber mes affaires et me poussa sur le lit, dos contre le matelas. Il resta planté devant moi. Son expression déterminée aurait dû me faire peur, mais elle m'excita. Je me relevai à moitié et m'appuyai sur mes coudes. Je savais que, dans cette position, le profond décolleté de ma robe dévoilait une grande partie de ma poitrine, mais ça ne me dérangeait pas. Au contraire.

— On ne le fait plus devant la fenêtre ? demandai-je d'un ton de regret.

— Si. On va le faire partout où on veut. Devant la fenêtre aussi. Mais seulement quand on ne risquera plus d'être dérangés.

— Je pensais que c'était ce que tu cherchais.

Il haussa les sourcils.

— Quoi ? Être surpris par ma secrétaire ? Non. Je n'avais pas… bien réfléchi.

Les choses ne se s'étaient pas déroulées comme Jonathan Huntington le voulait, et visiblement, ça ne lui convenait pas. Cette constatation me fit glousser une fois encore. L'excitation et le fait de me retrouver sur son lit, sans culotte, devaient me monter à la tête.

— Elle t'a déjà chopé?

— Grace, tu ne m'as pas écouté? Avant toi, je n'ai jamais eu de relations sexuelles avec des femmes qui travaillaient pour moi. Ni au bureau, ni chez moi. Parce que je sais comment ça se termine: avec des larmes et des exigences que je ne veux pas satisfaire.

Il secoua la tête comme si ça lui rappelait quelque chose, puis ajouta:

— Des exigences que je ne satisferai pas pour toi non plus, ne l'oublie pas.

Il me fixait, l'air sérieux, mais je n'avais pas envie d'y penser. Pas là. Je me demandais plutôt où et avec qui il le faisait, si aucune de ses employées n'entrait en ligne de compte.

— Mais tu as des relations sexuelles, non?

Une question que j'aurais pu m'épargner. Elle eut l'air de l'amuser parce qu'il sourit.

— Oui.

— Où ça?

Son sourire s'estompa, se fit moins franc.

— Ici, par exemple. Avec toi. Exceptionnellement.

Une réponse si évasive que ma gorge se noua. Avait-il déjà eu des relations sexuelles ici ou refusait-il d'évoquer le club qui me faisait tellement gamberger?

Maintenant que Jonathan semblait disposé à se laisser aller à une aventure avec moi, penser à ce mystérieux club était à la fois palpitant et effrayant. J'en savais si peu! Qu'allait-il chercher et trouver là-bas? Avec qui?

Il eut l'air de se rappeler quelque chose. Il se détourna et disparut dans le bureau. En revenant, il posa un paquet de préservatifs sur la table de chevet, puis se mit à déboutonner sa chemise.

— Déshabille-toi, m'ordonna-t-il. Lentement.

Je me redressai et m'agenouillai sur le lit. D'abord intimidée, je pris une profonde inspiration et dénouai le lien de ma robe portefeuille, avant de le laisser tomber. J'étais nue dessous, à l'exception d'un soutien-gorge noir bordé de dentelle.

Ça me faisait bizarre de me déshabiller devant lui, mais après tout, j'avais fait beaucoup d'autres trucs chez lui. En plus, ça avait un côté vicieux qui m'excitait et dévoilait une facette de ma personnalité que je ne connaissais pas encore. Comme au ralenti, j'avançai l'épaule et fis glisser le tissu jusqu'à ce qu'il tombe dans le pli de mon bras, puis je répétai ces gestes de l'autre côté. Finalement, j'ôtai complètement la robe et la jetai à côté du lit.

— C'est bien comme ça?

J'avais besoin de sa confirmation pour oser poursuivre.

Il hocha la tête.

— Continue.

Il avait déboutonné sa chemise. Debout près du lit, immobile, il me regardait avec cette lueur avide dans les yeux. L'excitation me submergea et je me mordis la lèvre inférieure. Ensuite, je passai les mains dans mon dos et dégrafai mon soutien-gorge, avant de l'enlever tout aussi lentement.

Mes mamelons étaient tellement durs et dressés que c'était presque douloureux. Un tremblement gagna tout mon corps. Quelles étaient ses intentions? Je n'en avais aucune idée et ça augmentait mon excitation dans les limites du supportable.

Il fit un pas vers le lit.

— Et maintenant, déshabille-moi, Grace, exigea-t-il d'une voix rauque.

J'avançai vers lui, impatiente, et posai les mains sur la ceinture de son jean noir. Je la détachai avec des doigts tremblants et j'ouvris sa braguette. Son sexe en érection se dressait fièrement dans ma direction, aussi impressionnant que deux jours plus tôt. Je le pris dans ma main, fascinée par la sensation de dureté extrême sous la peau soyeuse. Je levai les yeux vers Jonathan. Il me fixait, le regard brûlant.

— Prends-le dans ta bouche.

Son exigence fit battre mon cœur comme un forcené. Tout ça était si nouveau que je me sentais un peu dépassée. D'un autre côté, j'en avais déjà trop fait pour éprouver de la honte. Je voulais le goûter, et la perspective de cet acte intime au possible m'excitait énormément. J'ouvris la bouche et la refermai autour de son gland, je l'explorai doucement avec la langue. Je respirais son odeur boisée et fumée, je goûtais son essence.

Lorsque je me mis à l'aspirer prudemment, il gémit et bascula les hanches en avant, s'enfonça un peu plus dans ma bouche. Maintenant, il la remplissait complètement, il dilatait mes joues. À la pensée qu'il allait bientôt me dilater ailleurs, mon sexe se contracta délicieusement. Une nouvelle vague de chaleur monta en moi et je commençai à le sucer avec avidité, à dessiner des cercles autour de son membre avec ma langue.

— Oui, c'est bon comme ça, Grace, haleta-t-il au-dessus de moi.

Il posa ses mains à l'arrière de ma tête et se mit à aller et venir dans ma bouche à petits coups. Au début, je le laissai faire, submergée par cette expérience nouvelle, mais il finit par avoir un mouvement trop brusque et son gland heurta le fond de ma gorge. J'eus un haut-le-cœur; les larmes me montèrent aux yeux et je reculai aussitôt, le laissant glisser hors de ma bouche.

— Je suis désolée.

J'avais un peu peur de le décevoir, mais il était déjà en train d'enlever son pantalon. Il s'assit sur le lit, à côté de moi.

— Rien ne t'oblige à faire ce que tu n'as pas envie de faire. C'est une autre de mes règles.

Rassurant... en théorie.

Parce que j'étais à peu près certaine que Jonathan était prêt à faire un tas de choses. Il avait beaucoup plus d'expérience que moi et il possédait ce côté sombre dont j'ignorais la nature et qui m'effrayait un peu. Si je m'en remettais à lui, il me ferait frôler mes limites, et je n'avais aucune idée de ce qui m'y attendait.

Comprenant que j'étais tendue, il s'allongea et m'attira contre lui. Il avait toujours sa chemise, je la lui ôtai.

— Tu portes du gris depuis quand, au fait? lui demandai-je en passant la main avec délectation sur ses bras bien dessinés et son dos musclé. Tu es à court de chemises noires? Ou c'est le jour des exceptions?

Un léger sourire vint éclairer son visage.

— Tu voudrais savoir ce qui se passe quand je porte une chemise blanche?

Je gloussai.

— Tu en as une? Je pensais que tu ne portais que des vêtements sombres.

— Si vous avez encore le temps de réfléchir, Miss Lawson, fit-il en caressant mes seins et en frottant mes tétons dressés, c'est peut-être que le moment est venu de vous tenir en haleine.

— Oui, c'est assurément une bonne idée, milord, répondis-je avec une innocence surjouée.

Il éclata de rire et je me collai plus étroitement à lui.

Sa proximité était grisante et je savourais le contact de sa peau chaude contre la mienne, de ses muscles fermes et puissants. Je n'avais pas encore eu l'occasion de le toucher vraiment : je saisis ma chance. Mes mains se mirent à découvrir fébrilement son corps et j'embrassai le moindre centimètre à ma portée, ses épaules, son cou et enfin, sa bouche.

Il me laissa d'abord faire. Puis, tout d'un coup, il répondit à mon baiser avec une passion qui me submergea. Il me pressa tout contre lui et me retint comme s'il ne voulait plus jamais me laisser partir, puis, un instant plus tard, me lâcha brusquement. Mes mains étaient encore posées sur son torse et je sentis qu'il respirait laborieusement et que son cœur battait vite. Je trouvais enivrant de lire du désir dans les yeux de cet homme superbe. Un désir que je provoquais, moi.

Une fois de plus, il me surprit en ouvrant le tiroir de la table de chevet, pour en sortir un long tissu blanc. Un foulard en soie.

Ouh là.

J'étais à nouveau tiraillée entre crainte et fascination.

— Qu'est-ce que tu veux faire avec ça ? bafouillai-je, à bout de souffle.

Je le laissai quand même enrouler le foulard en soie autour de mon poignet gauche et le passer à travers les barreaux de la tête de lit, puis le faire ressortir de l'autre côté.

— Ça va te plaire, assura-t-il.

Je mordillai nerveusement ma lèvre inférieure en le regardant attacher l'autre extrémité du foulard à mon poignet droit. J'avais la bouche sèche.

— Tu me détacheras ?

Il sourit et me tira un peu vers le pied du lit, si bien que l'étoffe en soie se tendit, comme mes bras qui remontèrent. J'avais une légère marge de manœuvre : je pouvais me tourner, mais pas plus.

— Il suffira de le demander. Mais je pense qu'on a un peu de temps devant nous avant ça, s'amusa-t-il.

Par réflexe, je tirai sur mes liens pour essayer de me libérer, mais le foulard en soie se resserra encore plus autour de mes poignets. Je pris une inspiration saccadée : j'étais totalement à sa merci. Et puis, je ne pouvais plus le toucher. Dommage.

Le souffle coupé, je vis son regard brûlant se promener sur mon corps. Il s'agenouilla entre mes jambes et les écarta encore plus. Son doigt passa sur ma fente humide, fit le tour de ma petite perle. Je haletai, pressant mon sexe contre sa main.

Il la retira, à ma grande déception. Je poussai un grognement frustré et il rit. Puis il se pencha en avant et abaissa la tête entre mes jambes. Une seconde plus tard, je sentis son souffle sur mon mont-de-Vénus. Ses mains écartèrent encore mes jambes et sa langue chaude vint séparer mes lèvres, pénétra en moi puis lécha mon clitoris.

— Oh mon Dieu…

C'était une sensation si renversante que je tirai sur mes liens. J'avais envie de poser mes mains sur sa tête pour garder le contrôle. Mais c'était précisément ce qu'il voulait m'interdire de faire en m'attachant les poignets.

Sa langue inflexible stimulait mon clitoris et me pénétrait, à un rythme que je ne pouvais pas suivre.

— Jonathan, soupirai-je en me cambrant. S'il te plaît.

— Quoi, Grace ?

Sa voix profonde vibrait contre mon clitoris, une sensation trop légère pour me faire venir. J'essayai d'appuyer mon sexe contre ses lèvres mais il m'échappa, puis souffla doucement sur ma chair en feu.

— Qu'est-ce que je dois faire ?

Un frisson parcourut mon corps et je poussai un gémissement d'impuissance, incapable de trouver les bons mots.

— Tu sais que tu as incroyablement bon goût ? reprit-il, comme je ne répondais pas. Tu veux que je continue ?

Je hochai vigoureusement la tête.

Il fallait qu'il continue, qu'il fasse cesser cette tension, ces pulsations entre mes jambes. Je voulais le sentir, sentir sa langue, ses doigts, son sexe – je voulais avoir tout ce qu'il pouvait me donner. Mais il ne me laissa pas l'occasion de le lui dire : il abaissa ses lèvres chaudes et humides sur ma perle enflée, l'aspira et se mit à la sucer.

Aussitôt, des milliers de couleurs explosèrent derrière mes paupières, que j'avais instinctivement fermées. Sans prévenir, l'orgasme m'emporta et je criai. Ne pas pouvoir me dérober intensifiait mes sensations. Je me mis à sangloter et à tressaillir sans pouvoir me contrôler, pendant que les vagues de la jouissance déferlaient sur moi.

Alors que l'orgasme me quittait lentement, Jonathan attrapa le paquet sur la table de chevet et déroula un préservatif sur son membre. Ensuite, il releva mes jambes, les posa sur ses épaules et me pénétra d'une seule poussée. Dans cette position, je le sentis très profondément en moi et sa taille me coupa le souffle, une fois de plus. Mon sexe palpitait toujours et il ne lui laissa pas le temps de se faire à sa présence : il se mit à bouger à un rythme rapide, implacable, et je sentis aussitôt revenir cette tension insupportable annonçant le point culminant du plaisir.

— Aahh, Grace, ce que tu peux être étroite ! gémit-il.

Il posa la main sur mon clitoris et le caressa avec son pouce. Je frémis sous lui et éclatai de nouveau en un millier de morceaux, violemment.

Au lieu de me rejoindre, Jonathan se retira, me retourna et me fit mettre à genoux. Le foulard en soie noué autour de mes poignets était si souple que je pus accompagner ses mouvements. Épuisée, sans force, je gardai le haut du corps contre le matelas.

Il posa ses mains autour de mes hanches et me pénétra par-derrière. J'étais à vif, je n'en pouvais plus, mais il se remit à aller et venir en moi, en augmentant peu à peu l'allure.

— Viens encore pour moi, Grace, gronda-t-il d'une voix rude et âpre.

J'étais persuadée que ça n'était pas possible, mais son rythme irrésistible déclencha chez moi de nouveaux tremblements, toujours plus puissants, jusqu'à ce que mon bas-ventre se contracte et qu'un orgasme plus intense encore me déchire, secoue tout mon corps.

— Oui… gémit Jonathan.

Il vint à son tour. Je sentis les spasmes qui agitaient son membre et entretenaient mon plaisir, m'entraînant toujours plus loin.

Vidée, je me laissai tomber sur le côté. Il se retira et s'allongea à son tour, derrière moi, le souffle aussi lourd que le mien.

Il me fallut un long moment pour m'apaiser et avoir de nouveau les idées claires. Alors seulement, je me rappelai la situation délicate dans laquelle je me trouvais.

— Jonathan?

Il se redressa et se pencha au-dessus de moi.

J'indiquai, d'un geste démonstratif de la tête, les liens qui attachaient mes poignets et me maintenaient les bras en l'air.

— Détache-moi, lui demandai-je.

— Comme vous voudrez, Madame.

Il eut un large sourire et se mit immédiatement à dénouer le foulard. Je poussai un soupir intérieur.

— Tu fais ça souvent?

Une fois libre, je me frottai les poignets en grimaçant. J'avais tellement tiré sur mes liens qu'ils étaient un peu douloureux.

— Ça ne t'a pas plu? répliqua-t-il d'un air à la fois victorieux et décontracté.

— Si, avouai-je. Simplement, c'était tellement… surprenant.

Pour toi, mais pas pour lui.

Je le regardai se lever et se rendre dans la petite salle de bains attenante. Juste après, l'eau coula. Il devait l'avoir fait souvent, s'il gardait un foulard en soie dans le tiroir de sa table de chevet. Il ne l'avait pas mis là pour moi. *Je ne t'appartiens pas et je n'attends pas de toi que tu m'appartiennes*, m'avait-il bien dit. À cet instant, je compris réellement ce que ça impliquait, ce que je risquais en acceptant le jeu dangereux qu'il m'avait proposé. Est-ce que j'étais vraiment de taille à en suivre les règles? Ma gorge se serra à cette pensée.

Jonathan sortit de la salle de bains, s'assit sur le lit et me considéra avec une expression indéfinissable. Il ne devait avoir aucun problème avec sa nudité, il semblait complètement détendu – contrairement à moi. J'aurais apprécié qu'il revienne s'allonger près de moi, qu'il me prenne dans ses bras. J'aurais pensé que c'était ce qu'on faisait après le sexe, mais apparemment, ce n'était pas son genre.

Je n'avais malheureusement aucun moyen de comparaison, mais je trouvais inhabituelle son absence de gestes tendres. Le sexe avec lui était incroyablement bon, sauvage et passionné. Et très satisfaisant. Mais ensuite, il ne me caressait et ne m'embrassait pas. Je n'avais pas non plus le droit de me serrer contre lui. Et puis, quand je m'étais mise à explorer doucement son corps, un peu plus tôt, il m'avait attaché les mains.

Je me rappelai alors d'autres situations où j'avais pu me rapprocher de lui: pendant le trajet depuis l'aéroport, ou après le repas au restaurant, quand j'étais saoule. Chaque fois que je m'étais appuyée contre lui, il avait eu l'air tendu. En fait, il ne m'avait touchée tendrement qu'une seule fois. C'était mon premier jour dans son bureau et il m'avait massé les épaules, sans doute parce que je lui avais fait penser à sa sœur.

— Quel âge a ta sœur? demandai-je avec curiosité.

— Vingt-quatre ans.

Donc, six ans de moins que lui. Et deux ans de plus que moi.

— Qu'est-ce qu'elle fait à Rome?

Il se mit à regarder par la fenêtre. Un sourire flottait sur son visage. J'aurais aimé qu'il sourie comme ça en parlant de moi.

— Sarah a étudié l'histoire de l'art. En ce moment, elle travaille à sa thèse sur je ne sais quels chefs-d'œuvre anciens. Ne me demande pas les détails, je ne m'intéresse qu'à l'art moderne. Sarah, elle, raffole de ces croûtes. Et il y en a des tas à Rome.

— Elle est restée là-bas combien de temps?

— Trois mois, répondit-il.

Exactement la durée de mon stage.

Mon cœur se serra à l'idée que mon temps à Londres était limité.

— Beaucoup trop longtemps, ajouta-t-il dans un soupir.

— Tu l'aimes bien, hein?

— C'est ma sœur.

— Mais ton père est aussi ton père, et on dirait que tu ne l'apprécies pas particulièrement.

Il me fixa en plissant les yeux. Il avait de nouveau cette expression sinistre, comme chaque fois qu'il était question du comte de Lockwood.

— Il y a des raisons pour ça.

— Lesquelles?

— Grace, qu'est-ce que c'est? Un interrogatoire?

— Ça m'intéresse de savoir pourquoi vous avez une si mauvaise relation. Je veux dire, on aurait pu penser que vous seriez très proches, étant donné que vous vous êtes retrouvés seuls avec lui, Sarah et toi.

Depuis que j'avais remarqué la mauvaise opinion que Jonathan avait de son père, j'avais passé beaucoup de temps sur

Internet et fait des recherches sur son histoire familiale. J'étais tombée sur des photos du comte et de sa femme, une très jolie Irlandaise appelée Orla, dont Jonathan avait hérité les cheveux sombres et les yeux d'un bleu éclatant. Elle était morte accidentellement sur la propriété de la famille vingt ans plus tôt, et comme Jonathan et sa sœur étaient alors très jeunes et que le comte ne s'était jamais remarié, on aurait pu supposer que ce tragique événement avait soudé la famille. Ça ne semblait pas être le cas.

Jonathan eut un rire dur.

— Seuls, c'est le mot juste.

— Qu'est-ce que tu veux di…

Il me fit rouler sur moi-même, et je me retrouvai couchée sous lui.

— On peut changer de sujet, maintenant?

Il avait vraiment l'air furieux.

Je me mordis la lèvre inférieure en sentant son érection contre ma jambe.

Waouh! Il pourrait déjà recommencer?

— Je pourrai t'accompagner quand tu iras retrouver ta sœur?

— Pourquoi? demanda-t-il en fronçant les sourcils.

— J'aimerais bien faire sa connaissance. Si je peux.

Il réfléchit un long moment, puis finit par hocher la tête.

— D'accord. Je crois que vous vous comprendrez, reprit-il avec ce sourire que j'aurais aimé qu'il ait pour moi. Sarah est aussi… déterminée que toi.

Déterminée? Moi? Qu'est-ce qui lui faisait penser ça? J'étais de la cire entre ses mains, il pouvait faire de moi ce qu'il voulait. D'ailleurs, il devait avoir une idée derrière la tête, parce qu'il s'était remis à m'embrasser.

— Avant ça, on va aller voir cette fenêtre de plus près, fit-il contre mes lèvres.

L'excitation fit courir des picotements sur tout mon corps.

Brusquement, on frappa fort à la porte et je tressaillis, tout comme lui.

— Jonathan!

C'était la voix d'Alexander, qui nous parvenait un peu étouffée. Reprenant mes esprits, je me rappelai qu'on se trouvait toujours dans la chambre du bureau. Je voulus me redresser, mais Jonathan me retint, me plaqua contre le lit.

— Quoi? cria-t-il, mécontent.

— Il faut que je te parle. C'est urgent.

— Ça ne peut pas attendre?

— Non, insista son associé.

Jonathan me lâcha et se leva, attrapa son pantalon.

— Un moment! lança-t-il.

Puis il ajouta à mi-voix en me regardant:

— Il va me le payer... Rhabille-toi.

Une injonction totalement superflue: j'avais déjà bondi en bas du lit et me dirigeai vers la petite salle de bains. Je recoiffai mes cheveux emmêlés et me lavai comme je pouvais, le tout en un temps record. Mais ça ne servait à rien: avec mes lèvres gonflées, mes joues rougies et mes yeux brillants, j'avais toujours l'air d'une femme qui venait d'avoir un rapport sexuel fougueux. Je frémis à l'idée qu'Alexander allait tout de suite savoir ce que j'avais fait avec Jonathan. Mais il le savait probablement déjà, après tout: c'était le milieu de la journée et on était ensemble dans la chambre à coucher, pas dans le bureau. Le rouge de mes joues s'intensifia. Je me dépêchai de quitter la salle de bains et d'enfiler mes vêtements et mes chaussures. Jonathan était déjà prêt, debout près de la porte qu'il ouvrit. Je retournai dans le grand bureau à sa suite.

Accoudé au dossier du canapé, tout près de la porte, Alexander nous regardait avec un large sourire.

— Catherine n'a pas osé te déranger, annonça-t-il. Apparemment, elle avait l'impression que ça pourrait lui coûter sa place de mettre un pied dans le bureau. Et comme je n'avais plus aucune envie d'attendre que tu sortes enfin…

Il me considérait avec curiosité, une attention que je trouvai extrêmement gênante. Je me sentis devenir écarlate.

— Qu'est-ce qu'il y a de si important? demanda Jonathan d'un ton énervé.

— Sarah s'est manifestée tout à l'heure, expliqua Alexander dont le sourire se fit plus tendre. Elle avait déjà quitté l'aéroport avec ton père et elle voulait savoir si on pouvait déjeuner en ville à treize heures.

Jonathan s'apprêtait à répondre lorsque son portable se mit à sonner. Il se dirigea vers son bureau et je restai plantée devant Alexander, mal à l'aise sous son regard. Il ne disait rien, mais il me semblait qu'il ne tarderait pas à commenter le fait que Jonathan, dans la chambre avec moi, ne voulait pas être dérangé.

— Quoi?

La voix nerveuse de Jonathan m'arracha à mes pensées.

— Quand? Où?

Il écouta son interlocuteur et son visage se durcit.

— Comment va-t-elle?

Il tendit à nouveau l'oreille, l'air crispé.

— On est en route.

Il raccrocha et nous regarda.

— Qu'est-ce qui s'est passé? fit Alexander d'un ton inquiet.

Les lèvres de Jonathan, pressées, étaient incroyablement pâles.

— C'était mon père. Il y a eu un accident. Il faut tout de suite aller à l'hôpital.

19

Alexander blêmit à son tour.

— Et Sarah ? Elle est blessée ?

Jonathan hocha la tête et composa un numéro.

— Ils sont sur le point de l'opérer, ajouta-t-il en portant le portable à son oreille.

— C'est grave ? s'enquit aussitôt Alexander.

— Il n'a pas pu me le dire.

Je fixai Jonathan : les muscles de sa mâchoire travaillaient.

Alexander, lui, regardait dans le vide, visiblement choqué.

— Comment c'est arrivé ? trembla-t-il.

— Le chauffeur a perdu le contrôle de la voiture. Ils revenaient de l'aéroport, et une auto qui les dépassait leur a fait une queue de poisson. Le chauffeur a heurté la glissière de sécurité. Sarah et lui ont été blessés tous les deux, mais apparemment, c'est Sarah qui a été la plus touchée. On les a...

Il leva la main, son correspondant devait avoir décroché.

— Steven, il me faut la limousine. Tout de suite, ordonna-t-il.

Il allait couper la communication, mais manifestement, Steven avait quelque chose à lui dire. Il interrompit donc son mouvement et pressa le portable contre son oreille. L'air tendu, il fronça les sourcils.

Soudain, il me regarda, puis il remercia Steven et répéta qu'il devait venir sur-le-champ. Il raccrocha brusquement, glissa le portable dans la poche de sa chemise et nous rejoignit.

— On les a emmenés tous les deux au *King Edward VII's Hospital*, reprit-il à notre intention.

— Et ton père? l'interrogeai-je. Il est blessé, lui aussi?

Il se figea.

— Il allait assez bien pour me téléphoner. Alors, probablement pas.

La colère dans sa voix était évidente. On aurait presque dit qu'il reprochait ce malheur à son père.

— Hunter, l'accident n'était pas sa faute, intervint Alexander en regardant Jonathan d'une façon curieusement insistante. Il n'y pouvait rien.

Jonathan se contenta de pousser un grognement et se dirigea vers la porte à grands pas. Alexander le suivit et j'attrapai par réflexe mon sac à main, toujours posé sur la table devant le canapé. Mais alors que je m'apprêtais à les suivre, je m'arrêtai net, indécise. Jonathan avait accepté que je voie Sarah et j'avais envie d'être à ses côtés, encore plus après ce coup de fil, mais la situation était complètement inattendue et j'avais peur de déranger ou d'être un poids pour lui.

Jonathan dut remarquer que je restais en arrière et se retourna. Il parut réfléchir l'espace d'un instant, puis tendit la main vers moi et me fit signe d'approcher. Un geste impératif.

— Viens. Vite.

Il attendit que je le rejoigne, puis me poussa devant lui.

Catherine Shepard, assise à son poste, me regardait avec un curieux mélange d'hostilité et de curiosité qui me rappela ce qui s'était passé un peu plus tôt dans le bureau. J'avais du mal à me remettre de cette douche écossaise des sentiments, de mon étreinte torride avec Jonathan au choc de l'accident de sa sœur.

Brusquement, je me demandai si Catherine Shepard se doutait vraiment de ce qu'il y avait entre Jonathan et moi. Si oui, la situation était-elle grave ?

Je n'eus pas le temps d'y réfléchir, parce que Jonathan me pressa d'avancer. Une chose au moins était claire : il voulait vraiment que je les accompagne.

Dans l'ascenseur, la nervosité des deux hommes était palpable.

— Ton père n'a pas dit ce que ta sœur avait comme blessures ? demandai-je à Jonathan.

Il prit une profonde inspiration, comme pour se ressaisir avant de répondre.

— Il a dit que sa jambe était coincée et qu'elle avait beaucoup saigné. Mais elle était consciente.

— Sa vie ne semble pas en danger, affirmai-je pour le tranquilliser.

Une piètre tentative, à en croire son expression.

— Le *King Edward VII's Hospital* a une excellente réputation, renchérit Alexander.

Il avait l'air tout aussi tendu que Jonathan, mais semblait préférer faire face au stress en parlant.

— C'est une clinique à Marylebone, une des plus réputées de Londres, précisa-t-il à mon intention. Le prince Philip en personne y a été soigné. Ils vont faire tout ce qu'ils peuvent pour Sarah.

On aurait dit une incantation.

Dès que les portes de la cabine s'ouvrirent, les deux hommes se précipitèrent dans le hall. J'avais du mal à suivre leur allure. Dehors, la limousine attendait déjà.

Un peu plus tard, alors que la voiture traversait la ville à toute vitesse, Jonathan essaya de joindre son père mais il tombait chaque fois sur la messagerie. Il contacta ensuite la clinique. Après une très longue négociation avec la réceptionniste, il apprit seulement qu'une Sarah Huntington avait été admise et qu'on était en train de la soigner.

— Et merde ! s'exclama-t-il en raccrochant.

Un juron qui prouvait, plus clairement que tout le reste, à quel point il était bouleversé. Ça lui ressemblait si peu…

— Ce n'est sûrement pas si grave que ça, tentai-je.

Il me regarda, et je sus que c'était grave pour lui. Très grave. C'était la première fois que je voyais dans ses yeux de la peur à l'état brut.

Mon cœur se serra. J'aurais aimé le toucher et le consoler mais je n'osai pas, à cause d'Alexander, assis en face de nous. Il était lui aussi perdu dans ses pensées et regardait souvent par la vitre, mais de temps en temps, il nous considérait avec une expression songeuse.

En plus, je n'étais pas sûre que Jonathan aurait accepté que je me rapproche : l'air fermé et extrêmement buté, il fixait le vide, droit devant lui.

Plus personne ne dit rien jusqu'à ce que nous arrivions dans Beaumont Street, devant la clinique. C'était un grand bâtiment d'une sobriété surprenante. Les murs du rez-de-chaussée, blancs, contrastaient avec la façade en brique rouge des étages, percés de nombreuses rangées de fenêtres. Avec le mât surplombant l'entrée flanquée de buis, on aurait presque dit un hôtel.

Même en entrant, je n'eus pas du tout l'impression de me retrouver dans un hôpital. Tout m'évoquait plutôt une élégante demeure. Derrière la réception, je remarquai une grande cheminée ancienne qui ne devait plus servir. Au-dessus, les vitraux colorés me firent immédiatement penser à l'intérieur d'une église. On ne nous conduisit pas non plus dans une salle d'attente froide, mais dans la « bibliothèque », une pièce accueillante avec de confortables canapés rouges et des vitrines en bois ciré. Presque aussitôt, un médecin aux cheveux poivre et sel vint nous y retrouver. Le badge fixé à sa blouse indiquait *Docteur Mary Joncus.* Elle devait avoir dans les cinquante-cinq ans.

— Comment va ma sœur? demanda Jonathan sans préambule, après qu'elle nous eut salués.

— Elle souffre d'une fracture de la jambe et de quelques contusions. Par ailleurs, elle a perdu beaucoup de sang, à la suite d'une entaille. Heureusement, nous avons pu la stabiliser rapidement. Une courte opération a néanmoins été nécessaire pour soigner sa jambe. Elle est maintenant en observation aux soins intensifs.

— Aux soins intensifs? s'inquiéta Jonathan qui pâlit aussitôt.

— Oui, mais c'est la routine. Compte tenu des circonstances, elle va bien.

Jonathan se passa la main dans les cheveux et souffla bruyamment. Alexander aussi donnait l'impression qu'on venait de lui ôter un poids du cœur. L'espace d'un instant, sans la connaître, j'enviai Sarah Huntington d'avoir deux hommes qui se faisaient autant de souci pour elle, deux hommes qui en imposaient.

— Et Hastings… je veux dire, M. Hastings? Le chauffeur de mon père? reprit Jonathan.

— La ceinture de sécurité a provoqué une contusion à l'épaule et on suspecte une commotion cérébrale. Il doit aussi rester une nuit en observation, mais il va bien pour l'instant.

— Et Lord Lockwood? intervint Alexander.

Le docteur Joncus eut l'air un peu irritée que ce ne soit pas Jonathan qui ait posé cette question, mais elle répondit sur le même ton calme et professionnel:

— Il a subi un léger choc mais ne souffre d'aucune blessure. Il est aux soins intensifs avec Lady Sarah. Je vais vous envoyer une infirmière qui vous accompagnera en haut.

— D'accord, merci, souffla Alexander.

Le médecin prit congé. Jonathan la suivit du regard, l'air impatient.

— Pourquoi est-ce qu'on ne peut pas aller la voir tout de suite?

— Patience, Hunter, il doit bien y avoir une raison, le rassura Alexander.

— Monsieur Huntington?

Steven venait d'apparaître dans l'embrasure de la porte, un magazine roulé dans la main.

Jonathan avait l'air de savoir ce que son chauffeur lui voulait.

— Excusez-moi.

Il entraîna Steven dans le couloir, devant l'entrée, et je restai dans l'élégante salle d'attente avec Alexander.

Comme je me trouvais tout près de la porte, je vis Steven montrer la revue à son patron. Impossible de savoir de quoi il s'agissait: Jonathan me tournait le dos. Les deux hommes s'entretinrent un moment, puis le chauffeur hocha la tête. Soudain, je sentis une main sur mon bras et sursautai.

Alexander se tenait à côté de moi et m'observait avec un léger sourire. Je compris aussitôt qu'il allait aborder le sujet dont j'aurais préféré ne pas parler avec lui.

— Je sais que ça ne me regarde pas, Grace, mais je me demande à quel genre d'expérience Jonathan se livre avec vous?

Je rougis, puis esquivai:

— Je ne vois pas ce que vous voulez dire.

— Si, je pense que vous le voyez très bien. Avant que vous ne vous vexiez, j'ajoute que je me réjouirais que les choses soient ce à quoi elles ressemblent.

— Et à quoi ressemblent-elles? demandai-je, tiraillée entre embarras et curiosité.

— On dirait qu'il y a enfin une femme dans la vie de mon ami.

Il jeta un coup d'œil sceptique dans le couloir, où Jonathan parlait toujours avec Steven.

— Même si c'est à peine croyable.

Je soupirai en entendant ça.

— Et maintenant, vous allez me mettre en garde, je suppose?

Alexander eut l'air décontenancé.

— Non, ce n'était pas mon intention, sourit-il.

Puis il redevint sérieux.

— Pour autant, un petit avertissement serait peut-être approprié. Jonathan n'est pas facile, Grace. Il ne l'a jamais été. Il est très compliqué de l'approcher. J'ai beau le connaître depuis très longtemps, il y a des choses dont il ne parle pas, même avec moi.

Il se gratta le front, pensif.

— Une femme à ses côtés… ça n'a jamais existé, pour ainsi dire.

Je le regardai, de plus en plus troublée.

— Je ne suis quand même pas la première femme avec qui il…

Incapable d'achever ma phrase, je sentis le rouge de mes joues s'intensifier.

— Si?

Alexander rit, visiblement amusé.

— Non. J'ai peur qu'il n'y ait dans sa vie beaucoup de femmes de ce genre, Grace. Mais aucune qui ait partagé son quotidien. Qu'il ait emmenée partout, même ici.

Mon cœur se mit à battre plus vite, rempli d'espoir.

— Qu'est-ce que ça veut dire?

Il n'eut pas l'occasion de me répondre, parce que Jonathan revenait.

Tour à tour, celui-ci nous regarda, sourcils froncés.

— Que voulait Steven? lança Alexander.

— Il a pris des nouvelles de Sarah. Et on devait... discuter.

Je connaissais désormais assez bien Jonathan pour comprendre qu'il n'en dirait pas plus, même si l'un de nous insistait. De toute façon, l'infirmière qui devait nous conduire aux soins intensifs venait d'arriver. C'était une femme visiblement sympathique qui s'appelait, d'après son badge, Carole Morgan.

Les couloirs que nous empruntions, propres et calmes, dégageaient une impression de luxe – rien à voir avec les hôpitaux qu'il y avait chez moi. Arrivée au sas précédant les soins intensifs, l'infirmière nous tendit à chacun une blouse verte avec des manches longues et des liens à nouer dans le dos. On aurait dit une camisole de force. Jonathan et Alexander enfilèrent aussitôt la leur et se hâtèrent de rejoindre la chambre que leur indiquait l'infirmière. Quant à moi, j'hésitai.

— Je préfère attendre ici, déclarai-je finalement à l'infirmière. Ça va faire trop de visiteurs pour Miss Huntington.

C'était un prétexte. Brusquement, je me sentais mal à l'aise à l'idée de me retrouver face à la sœur – et au père – de Jonathan. Après tout, ni l'un ni l'autre ne me connaissaient. Ils allaient se demander ce que je fabriquais ici. Je ne connaissais pas la réponse moi-même.

L'infirmière me prit la blouse des mains mais au lieu de la remettre sur la pile, elle me la présenta et m'aida à l'enfiler, nouant les liens à l'arrière.

— Vous pouvez entrer, ça ne pose pas problème, m'assura-t-elle.

— Mais je pensais... Autant de gens ont vraiment le droit de se retrouver en même temps aux soins intensifs?

Le comte, Jonathan et Alexander étaient déjà au chevet de Sarah. Avec moi, ça ferait quatre visiteurs d'un coup.

— Ça dépend, sourit l'infirmière. Ce n'est pas possible quand les patients sont dans un état critique, mais ce n'est pas le cas de Lady Sarah.

Remarquant que j'étais toujours sceptique, elle se pencha en avant.

— Il faut savoir que les soins intensifs viennent d'être agrandis grâce aux dons que nous recevons régulièrement de Lord Lockwood. Dans ce contexte, vous comprendrez que ça ne pose pas problème qu'il y ait plusieurs visiteurs en même temps dans la chambre, ajouta-t-elle d'un air entendu.

Bien sûr… Ils faisaient une exception pour le comte et sa famille, parce qu'il soutenait financièrement la clinique. Il avait donc toujours ce qu'il voulait sans demander – exactement comme son fils.

— La chambre de Lady Sarah est par là, répéta l'infirmière.

Elle indiquait la chambre dans laquelle Jonathan et Alexander étaient entrés. J'hésitai encore, puis ma curiosité l'emporta sur ma timidité et j'entrouvris la porte. Je jetai un coup d'œil prudent à l'intérieur.

C'était une chambre de dimensions raisonnables, à l'aménagement très moderne. Rénovée récemment, de toute évidence. Assis au bord du large lit, le seul de la pièce, Jonathan tenait la main de la jeune femme qui y était allongée. Aux mains et à la poitrine de celle-ci étaient fixés des tuyaux et des sondes, reliés par de longs câbles à un mur de moniteurs aux bips inquiétants, derrière le lit.

Sarah Huntington était sans aucun doute possible la sœur de Jonathan. Elle était plus gracile et beaucoup plus menue, mais très jolie également. Ses yeux avaient le même bleu éclatant que les siens et ses cheveux courts étaient aussi sombres. Ils encadraient son visage pâle. Profondément enfoncé dans les oreillers, celui-ci portait les marques de l'épreuve qu'elle venait de traverser. Malgré tout, elle souriait à Jonathan et à Alexander qui se tenait debout de l'autre côté du lit. Il n'y avait qu'eux trois dans la chambre : aucune trace du père de Jonathan et Sarah.

— Tu as mal?

Jonathan me tournait le dos. Je ne pouvais pas voir son visage mais j'entendais la tendresse dans sa voix. Il ne cessait de caresser du pouce la main droite de Sarah.

Sa sœur secoua la tête.

— Non. Je me sens juste un peu… attachée, soupira-t-elle en montrant le plâtre qui entourait sa jambe gauche. J'ai peur de ne pas en être débarrassée avant un moment. Le médecin pense que je ne sortirai d'ici que dans quelques semaines.

— On veillera à ce que tu ne t'ennuies pas, lui assura Alexander.

Sarah lui sourit, puis elle me remarqua.

— Bonjour, fit-elle d'un ton surpris mais aimable.

Je répondis à son salut avec embarras. Je ne savais pas comment me présenter mais Jonathan, qui s'était retourné vers moi, s'en chargea.

— Sarah, c'est Grace. Elle… travaille pour moi.

Je remarquai son expression tendue et sentis la déception me submerger. Mais à quoi m'attendais-je? À ce qu'il me présente comme sa nouvelle petite amie? Il ne voulait avoir de relation avec personne, il l'avait bien souligné. Une boule se forma dans ma gorge. Intimidée, j'entrai dans la pièce et m'arrêtai au pied du lit.

Les yeux de Sarah allaient et venaient entre Jonathan et moi avec une lueur amusée.

— Enchantée, Grace. Même si j'aurais préféré qu'on fasse connaissance dans des circonstances un peu plus agréables, dit-elle en indiquant sa jambe plâtrée.

Elle parlait comme si elle savait qui j'étais. Impossible! Sauf si Jonathan lui avait parlé de moi? À cet instant, Sarah et Alexander échangèrent un sourire et je compris qui l'avait mise au courant.

Ces deux-là n'étaient pas ensemble mais étaient très proches. Je repensai aux remarques moqueuses que Jonathan faisait toujours quand Alexander parlait de Sarah. Manifestement, il partait du principe que sa sœur ne s'intéressait pas du tout à son associé. À mon avis, il se trompait.

— Comment est-ce que ça a pu arriver? s'inquiéta Jonathan.

Il était clairement contrit, comme s'il pensait qu'il aurait pu éviter l'accident.

— J'aurais dû passer te prendre, comme c'était prévu au début.

Sarah posa sa main sur la sienne, la serra et le regarda de façon pressante.

— Personne ne pouvait s'en douter, Jon. Hastings n'avait pas la moindre chance. La voiture qui nous a fait une queue de poisson a surgi de nulle part. Il a eu des réflexes incroyables, sinon les choses auraient fini encore plus mal. J'espère qu'il va bien. Dad est parti le voir.

Jonathan secoua la tête.

— Pourquoi avoir demandé à Père d'aller te chercher? J'aurais pu annuler mes rendez-vous. J'aurais…

— Il me l'avait proposé et j'avais l'impression que c'était très important pour lui, l'interrompit-elle. Tu sais bien à quel point il va mal à cette période de l'année.

Jonathan eut un grognement méprisant. Manifestement, il voyait les choses autrement.

— Mummy lui manque toujours, Jon. Même après toutes ces années.

— Non, c'est faux! répliqua-t-il brusquement. Il ne souffre pas, Sarah. Ce sont toujours les autres qui souffrent.

Il désigna son plâtre du menton.

— Pourquoi n'est-ce pas lui qui est couché ici, à avoir mal? Il l'aurait mérité.

Il avait presque craché les derniers mots.

— Arrête, le coupa Sarah dont le visage était devenu sérieux. C'est totalement injuste. Il n'est pour rien dans l'accident, et tu le sais bien.

Jonathan secoua de nouveau la tête, ce qui parut énerver Sarah encore plus.

— Pourquoi es-tu si buté quand il s'agit de lui? demanda-t-elle sur un ton de reproche, en enlevant sa main de la sienne. J'aimerais que vous puissiez vous…

À cet instant, la porte s'ouvrit et un homme pénétra dans la chambre. En apercevant tous les visiteurs qui s'y trouvaient, il s'arrêta net.

Il était plutôt grand et avait dans les soixante ans. Malgré son âge, il se tenait très droit. Sous sa blouse verte, on ne voyait dépasser qu'un élégant pantalon brun et des chaussures cirées. De manière générale, il avait l'air très soigné. Ses cheveux mêlés de blanc, qui avaient dû être clairs, étaient strictement peignés en arrière, et il était rasé de près. Seul son visage détonnait avec le reste de son apparence. Il était parcouru d'un nombre de rides impressionnant et des plis amers encadraient ses lèvres, qui m'évoquaient vaguement celles de Jonathan.

— Dad! s'exclama Sarah.

Même sans son intervention, j'aurais compris que c'était Arthur Robert Charles Hugo, comte de Lockwood, qui venait d'entrer dans la pièce. J'avais vu sa photo sur Internet, même s'il était plus impressionnant en vrai – exactement comme son fils.

Il adressa un signe de tête à Jonathan et Alexander, puis son regard s'attarda un long moment sur moi. Ses yeux gris me détaillèrent comme s'ils voulaient me transpercer. Une sensation très désagréable. Sa simple présence avait changé l'atmosphère : d'un seul coup, elle était devenue plus fraîche, plus tendue.

— Comment va Hastings ? s'enquit Sarah.

Elle aussi devait l'avoir senti, mais visiblement, elle avait décidé de l'ignorer.

— Bien pour l'instant, répondit brièvement le comte.

Une voix au timbre agréable. Ses yeux prirent une expression agitée en se posant à nouveau sur moi.

— Puis-je demander qui vous êtes ?

Il avait prononcé ces mots d'un ton si sévère que je déglutis nerveusement et me redressai instinctivement.

— Je suis Grace Lawson.

J'évitai juste à temps d'ajouter un « milord ». Jonathan n'aurait probablement pas apprécié la formule.

Justement, il se leva.

— Grace travaille pour moi.

Apparemment, le comte ne jugeait pas utile de me rendre la politesse en me disant qui il était. Et Jonathan ne me le présenta pas non plus. Les deux hommes devaient partir du principe que je savais qui j'avais en face de moi. Ou alors, ils avaient tout bonnement oublié. En observant Jonathan, je penchai pour la seconde hypothèse : les muscles de sa nuque étaient raidis et il regardait son père comme s'il s'attendait à être attaqué.

— Ah !

Le comte me détailla à nouveau, puis se tourna vers son fils.

— Puis-je te parler ?

Ce n'était pas réellement une question, il avait prononcé ces paroles sur le ton de commandement qu'employait aussi

Jonathan. Celui-ci n'eut pas l'air d'apprécier: une lueur froide apparut dans ses yeux.

— Je suis venu voir Sarah. S'il faut vraiment qu'on parle, faisons-le ici.

— Comme tu voudras, gronda son père, manifestement furieux. Richard était chez moi hier. Il m'a raconté qu'il avait dîné avec toi. Tu étais en compagnie d'une jeune dame fortement alcoolisée qui paraissait tenir beaucoup à toi.

Le comte me regarda d'une façon telle que j'en oubliai de respirer.

— Et? demanda Jonathan, imperturbable.

— Je n'arrivais pas à y croire, reprit son père. Mais aujourd'hui, à l'aéroport, j'ai découvert ta photo sur un de ces infâmes magazines à sensation… bras dessus, bras dessous avec une jeune femme correspondant à la description de Richard. Et voilà que tu amènes *cette* jeune femme au chevet de ta sœur.

Je sentis le sang qui avait envahi mes joues quitter brutalement mon crâne. De quelle photo parlait-il? Il y avait une photo de nous deux?

Le comte fixait Jonathan.

— Aurais-tu une explication pour moi?

20

Les deux hommes s'affrontèrent du regard un temps infini.

— Non, je n'ai aucune explication à te donner, expédia Jonathan, l'air furieux et la voix dangereusement calme. Ça ne te regarde pas.

— Quelle photo? s'enquit Sarah.

Son père et son frère, tendus l'un vers l'autre, ne lui prêtèrent pas attention.

— S'il y a une femme dans ta vie, cela me regarde, au contraire. Selon Richard, tu étais très proche de Miss Lawson.

Jonathan tourna rapidement la tête vers moi. Le bref regard qu'il m'adressa me donna des sueurs froides et chaudes. Comment savoir si la colère dans ses yeux valait pour son père ou pour moi?

Qu'il soit question de moi, et dans cette chambre d'hôpital qui plus est, me dépassait complètement. J'aurais voulu me défendre, mais je ne savais pas quoi dire. Rien ne me venait. Je repensai à mon comportement au restaurant et ma mauvaise conscience refit surface. Est-ce qu'une revue avait vraiment publié une photo de lui et moi? Si c'était le cas, je n'osais pas imaginer les conséquences pour moi.

— Je n'ai aucun compte à vous rendre, ni à toi, ni à Richard, fit Jonathan.

— Oh que si, le contredit aussitôt son père. Tu es mon héritier, Jonathan, le prochain comte de Lockwood. Tu connais l'importance d'une union.

— Oui, je la connais, crois-moi, assura Jonathan en faisant un pas vers son père. Mais ça m'est égal que la lignée des Lockwood s'éteigne avec toi. Ça m'irait très bien que tu en sois le dernier vrai représentant. Je trouverais ça tout à fait approprié.

Les lèvres du comte étaient devenues blanches.

— Jonathan ! intervint Alexander.

Il s'était placé juste à côté du lit de Sarah, comme pour la protéger. Mais Jonathan et son père ne lui accordèrent pas un regard.

— Mon fils, reprit le comte d'une voix lasse, le jour viendra où tu reconnaîtras, toi aussi, qu'il y a dans la vie des obligations auxquelles nous devons consentir. Nous n'avons pas toujours le choix.

— Non, je sais, acquiesça Jonathan, le visage déformé par la colère. Mère, pas exemple, n'a pas eu le choix.

Le comte tressaillit aux mots de Jonathan. Son visage se ferma.

— J'aurais dû penser qu'il n'y avait pas moyen de discuter avec toi.

— Tu aurais mieux fait de ne pas aborder le sujet, alors, lui asséna Jonathan. Je décide seul des obligations auxquelles je consens… Père.

Il avait prononcé ce dernier mot avec mépris.

— Dans ces conditions, que fait ici Miss Lawson ? demanda le comte en me désignant. Pourquoi emmener cette jeune femme, si elle ne représente rien pour toi ?

— Arrêtez ! s'écria Sarah. Vous ne pouvez pas éviter de vous disputer quand vous vous retrouvez ensemble, pour une fois ?

Encore plus pâle que tout à l'heure, elle regardait tour à tour son père et son frère, d'un air malheureux. Au-dessus de sa tête, l'affichage d'un moniteur clignotait.

— Nom de Dieu ! s'emporta Alexander. Vous ne voyez pas que vous la stressez ?

Les deux hommes sursautèrent et se tournèrent vers Sarah. Jonathan sembla soudain coupable, comme s'il avait oublié qu'il se trouvait dans la chambre d'hôpital de sa sœur. Le comte, lui, paraissait toujours bouleversé. Visiblement, il avait du mal à se ressaisir.

L'infirmière entra, le visage grave, et écarta les hommes du lit d'un geste déterminé. Puis elle contrôla les sondes et les moniteurs.

— La patiente a besoin de calme, maintenant. Il vaudrait peut-être mieux que vous partiez, annonça-t-elle d'un ton amical mais résolu. Vous pourrez revenir quand Lady Sarah aura quitté les soins intensifs.

— Non, je voudrais qu'ils restent, protesta Sarah.

L'infirmière resta inflexible.

— Vous devez dormir, Lady Sarah. La perte de sang vous a affaiblie.

Jonathan appuya sa décision.

— Repose-toi, Sarah. On reviendra plus tard.

Manifestement, la perspective de revoir son père ne lui plaisait pas, mais il réussit quand même à sourire à sa sœur.

On se dirigeait tous les quatre vers la porte lorsque Sarah nous rappela.

— Qu'Alexander reste, au moins, insista-t-elle en le regardant. S'il vous plaît…

Jonathan et son ami échangèrent un regard étonné, puis Alexander hocha la tête.

— Bien sûr. Si c'est ce que tu veux.

Sarah eut un sourire rayonnant. Alexander retourna près du lit et s'assit à la place qu'avait occupée Jonathan.

En sortant, je jetai un coup d'œil en arrière : Alexander prenait la main de Sarah, et celle-ci fermait doucement les yeux. Puis la porte se referma et je me retrouvai dans le couloir avec Jonathan et le comte.

L'infirmière nous aida à ôter nos blouses vertes, puis je quittai les soins intensifs à la suite des deux hommes. Personne ne disait mot.

Jonathan et son père avaient apparemment décidé de ne pas poursuivre leur discussion. Pas tant que nous serions dans l'enceinte de la clinique, en tout cas. De mon côté, j'avais du mal à réfréner ma curiosité.

Une fois en bas, dans l'entrée, le comte se dirigea vers la réceptionniste. Je saisis l'occasion pour entraîner Jonathan dehors, sur le trottoir.

— De quelle photo parlait ton père? lui demandai-je sur un ton pressant.

Il eut une grimace de mécontentement.

— Vendredi soir, quand on était devant le restaurant, un paparazzi a dû nous photographier. Le cliché est paru aujourd'hui à la une du *Hello !* avec un commentaire selon lequel j'aurais trouvé un nouvel amour. Bla-bla-bla… La routine.

Il soupira.

— J'imagine que *OK !* va le publier à son tour demain, et il doit aussi circuler sur Internet à l'heure qu'il est.

Ces révélations me donnèrent le vertige.

— Quoi? Mais c'est… Tu le sais depuis quand?

Il se passa la main dans les cheveux.

— Steven me l'a appris quand je l'ai appelé pour qu'il vienne avec la limousine. Apparemment, une des employées a découvert la photo et lui en a parlé. Il m'en a acheté un exemplaire après nous avoir déposés ici.

C'était donc ce magazine que le chauffeur lui avait montré dans le couloir…

— Pourquoi ne pas me l'avoir dit tout de suite?

Jonathan haussa les épaules.

— Je voulais attendre qu'on soit seuls.

Lentement, très lentement, mon cerveau se mit à traiter ces informations explosives.

— Une photo de nous deux à la une d'un journal à potins?

Je le fixai, consternée. Comment pouvait-il rester aussi calme?

— Et maintenant?

Il n'eut pas le temps de me répondre : la porte d'entrée de la clinique s'ouvrit et le comte en sortit.

J'avais l'opportunité de mieux détailler le père de Jonathan. Il avait l'air incroyablement anglais, avec son pantalon brun et son pull en V ouvert sur sa chemise à carreaux. Par-dessus, il portait un veston en tweed brun bien trop chaud pour cette journée de mai ensoleillée – un anticyclone installé au-dessus de Londres depuis deux semaines nous procurait un temps printanier assez inhabituel.

Le comte passa un doigt dans le col de sa chemise et tira un peu dessus. Impossible de savoir s'il transpirait ou s'il se sentait mal à l'aise sous le regard critique de son fils. Il se racla la gorge.

— J'ai fait appeler un taxi, annonça-t-il.

On comprenait en le regardant qu'il n'était pas habitué à ce type de transport, mais sa voiture était hors d'état de fonctionner et son chauffeur à l'hôpital avec une commotion cérébrale.

Apparemment, il ne lui serait pas venu à l'idée de demander à Jonathan de le raccompagner, et Jonathan ne le lui proposa pas non plus. Au contraire, il en profita pour sortir son portable d'un geste démonstratif et demander à Steven de venir nous chercher. Une fois de plus, je me demandai pourquoi les deux hommes avaient une relation aussi houleuse.

Jonathan s'éloigna de quelques pas pour téléphoner tranquillement et le comte en profita pour m'adresser la parole.

— D'où venez-vous, Miss Lawson?

Il n'avait plus l'air aussi hostile que dans la chambre de Sarah, il me considérait plutôt avec intérêt.

— De Chicago.

Légèrement sur mes gardes, je jetai un coup d'œil à Jonathan, qui nous observait attentivement tout en parlant dans son portable. Aussitôt, mon cœur se mit à battre plus vite et j'eus des papillons dans le ventre.

Le comte hocha la tête, perdu dans ses pensées.

— Une Américaine, fit-il, plus pour lui-même.

J'aurais été incapable de deviner si c'était un bon ou un mauvais point.

— Et vous travaillez pour mon fils?

— Je fais un stage de trois mois chez Huntington Ventures.

Cette information parut irriter le comte.

— Trois mois seulement? Pas plus? Que faites-vous, à part cela?

— J'aurai bientôt fini mes études de sciences économiques.

Jonathan nous rejoignit. Il se plaça entre son père et moi, comme pour me protéger. Une attitude qui n'échappa pas au comte mais qui, curieusement, eut l'air de le réjouir.

— Une étudiante. Ah! fit-il avec un regard en direction de son fils. Peut-on connaître votre âge?

— Vingt-deux ans, répondis-je après avoir dégluti nerveusement.

Je commençais à trouver ses questions inquiétantes. S'il les posait pour découvrir si j'avais l'étoffe de devenir la femme qui se tiendrait aux côtés de son fils, je venais probablement de rater en beauté l'examen de passage. J'avais si peu de chose en commun avec Jonathan. À tous points de vue. Je m'étonnais que ça n'ait pas l'air de déranger le comte plus que ça : il continuait à m'observer avec le même intérêt. Est-ce qu'il était aveugle ? Est-ce que n'importe quelle femme lui convenait pour Jonathan ?

D'autres questions semblaient lui brûler les lèvres, mais la limousine noire tournait déjà dans la rue, puis s'arrêta à notre niveau.

— À plus tard, père, fit brusquement Jonathan tout en me tenant la portière.

— Au revoir, ajoutai-je avant de monter.

Le comte me salua à son tour, puis Jonathan s'assit à côté de moi et claqua la portière.

La limousine démarra aussitôt. La vitre de séparation teintée s'abaissa avec un bourdonnement et Steven jeta un coup d'œil par-dessus son épaule.

— Où allons-nous, Sir ?

Jonathan fit un geste impatient de la main.

— Roulez simplement au hasard. Je dois discuter avec Grace.

Le colosse blond hocha la tête et fit remonter la vitre. Je me retournai. Sur le trottoir, le comte avait l'air plus voûté tout d'un coup, comme si ses épaules s'étaient affaissées vers l'avant.

On dirait qu'il est perdu.

Je préférai garder cette réflexion pour moi : Jonathan n'y serait certainement pas réceptif.

— Tiens.

Quelque chose tomba sur mes genoux. Un magazine.

J'examinai un moment la couverture, puis mon cœur manqua un battement lorsque mon regard tomba sur *la* photo. Elle n'était pas immense, d'accord (c'était une des plus petites, tout en bas), mais ses dimensions n'en restaient pas moins effrayantes. Elle était de mauvaise qualité et pixellisée : elle avait donc été prise de très loin. Malgré tout, on y reconnaissait bien Jonathan. Jonathan, et moi.

On était devant le restaurant où l'on avait dîné avec l'affreux Richard. Collée à Jonathan, j'avais passé les bras autour de son torse et fermé les yeux. Son bras était posé sur mes épaules et il avait la tête penchée. Une attitude très tendre en apparence, comme celle que pourrait avoir un couple… Ce que confirmait la légende : « Hunter amoureux ? ». Mon cœur s'emballa et je sentis une vague de chaleur se répandre en moi.

Je feuilletai nerveusement la revue pour trouver l'article correspondant. Il n'était pas long, on y retrouvait juste le cliché de couverture et un petit portrait de Jonathan. Le texte indiquait qu'une beauté inconnue avait été aperçue à ses côtés et que la photo prouvait que ses jours de « parti parmi les plus convoités d'Angleterre, voire d'Europe » étaient peut-être comptés. Il n'y avait rien de concret, seulement une allusion à l'ancienne frilosité sentimentale de Jonathan, et pas de nom.

Je fus d'abord soulagée, jusqu'à ce que je réalise que ce n'était qu'une question de temps avant que tout notre entourage sache que c'était moi, sur le cliché. Parce que, même si on ne distinguait pas bien mes traits, mes cheveux roux me trahissaient. Catherine Shepard ferait aussitôt le rapprochement, exactement comme beaucoup d'autres employés de Huntington Ventures. Exactement comme… Annie.

Je plaquai ma main contre ma bouche et levai les yeux, effrayée. Mon regard rencontra celui de Jonathan, scrutateur. Il avait l'air d'observer très attentivement ma réaction.

Alors seulement, je me rappelai qu'il était au courant de l'article avant qu'on parte pour l'hôpital. Voilà pourquoi il voulait m'emmener – ce n'était pas parce qu'il tenait à tout prix à ce que je l'accompagne. Je sentis la déception monter en moi.

— Qu'est-ce qu'on fait maintenant? demandai-je d'une voix faible.

Il haussa les épaules.

— On ne peut rien faire du tout contre la photo. Mais ça complique les choses.

— Comment ça?

— Tu as une idée de ce qui va se passer?

Sa question pressante m'irrita.

— Non, répondis-je d'un air de défi. Je ne m'étais jamais retrouvée en couverture d'un magazine.

Il ignora mon ton exaspéré.

— Ces journaleux sont des charognards, Grace. Ils tournent autour de toi. C'est agaçant, mais on peut encore les supporter tant qu'ils ne sont pas trop nombreux. Par contre, dès qu'ils reniflent le sang, ils se ruent sur toi en meute et ils ne te lâchent plus.

— Tu as peur qu'ils fassent ça?

Il secoua la tête avec une certaine résignation.

— Non seulement j'en ai peur, mais je sais qu'ils vont le faire. Ce n'est pas la première fois que ça m'arrive. Il suffit qu'un mannequin s'accroche à mon bras pendant un quelconque événement, et les gros titres annoncent mes fiançailles imminentes. C'est pour cela que j'évite autant que possible ce genre de chose.

Je poussai un soupir intérieur. Et moi, comme une grosse cruche, je l'enlaçais au beau milieu de la rue, où tout le monde pouvait nous voir.

Super idée, Grace! Bien joué, fantastique!

— Mais… je ne suis pas mannequin, avançai-je.

Je me demandais s'il trouvait gênant de s'être fait pincer avec moi. Je repensai aux deux créatures qui se trouvaient avec lui sur la photo que j'avais regardée avec Hope. Comparée à elles, j'étais vraiment transparente. Une caractéristique qui devait avoir ses avantages.

— Donc, je ne suis pas si intéressante que ça pour eux.

Il me regarda avec un air amusé. Un peu peiné, aussi.

— Au contraire. C'est bien le problème.

Ma gorge se noua encore plus.

— Quoi?

— C'est bien ce qui te rend particulièrement intéressante. Une jeune Américaine inconnue, qui travaille pour moi et avec qui il se passe vraiment quelque chose. Tu ne saisis pas? Jusqu'à présent, il n'y avait rien eu entre moi et les femmes avec qui j'avais une prétendue liaison. Mais avec toi…

Il n'acheva pas sa phrase.

— C'est du pain bénit pour eux, reprit-il. Pour mon père aussi, malheureusement… Je ne sais pas ce qui est le pire.

Là, je n'arrivais plus à le suivre.

— Les paparazzi ne savent même pas qui je suis!

Il poussa un grognement.

— Ils ne le savent *pas encore*, Grace. À ton avis, combien de temps faudra-t-il avant que quelqu'un de la boîte donne un tuyau à la presse? Ils découvriront vite ton nom. Après, on n'aura plus qu'à espérer que d'autres histoires fassent diversion, sinon tu seras poursuivie par plus d'un paparazzi. Demain au plus tard, l'affaire sera le sujet de discussion numéro un chez Huntington Ventures, tu peux me croire.

La nausée m'envahit et je me tournai vers la vitre, angoissée. Jonathan devait savoir de quoi il parlait. Donc, les choses allaient très probablement se dérouler comme il venait de les décrire, même si j'avais énormément de mal à me l'imaginer.

Un sentiment d'impuissance se répandit en moi. C'était sans doute aussi pour ça qu'Annie m'avait mise en garde et prévenue que Jonathan Huntington était une trop grosse pointure pour moi.

Que faire? Mon premier réflexe aurait été de fuir. Il me suffirait de rentrer chez moi par le prochain vol, de me faire discrète et d'espérer que la presse anglaise m'oublie. Mais presque aussitôt, je compris que c'était impossible. Ma fierté ne le supporterait pas. Après tout, je n'avais pas usurpé ce stage – je l'avais décroché parce que je le méritais. Partir, ce serait avouer que j'avais commis une faute. Ce qui n'était pas le cas. J'étais tombée amoureuse du boss, O.K. Mais pouvait-on me le reprocher? Tout ça était si compliqué, si inquiétant que des larmes de désespoir me montèrent aux yeux.

— Grace?

La main de Jonathan vint envelopper la mienne et je me tournai vers lui. Remarquant mon émotion, il me prit dans ses bras, me serra contre lui. J'avais la gorge si nouée que je pouvais à peine avaler ma salive.

— J'aimerais pouvoir faire marche arrière, que cette photo n'ait jamais existé, murmurai-je contre son épaule.

Je ne voulais surtout pas devenir le sujet de discussion numéro un chez Huntington Ventures. Ni être poursuivie par des paparazzi sur le chemin du boulot. À l'idée de la réaction d'Annie – et de Marcus –, un frisson me parcourut le dos. Comment avais-je pu me laisser aller comme ça?

— J'aimerais aussi, murmura Jonathan.

La sensation de ses lèvres contre ma joue me coupa le souffle.

— Je finirai bien par trouver quelque chose, assura-t-il.

Sa proximité me réconfortait, tout comme ses mots. L'espace d'un moment, je cédai à l'illusion que tout allait rentrer dans l'ordre. Je voulais oublier ce qui m'attendait dehors.

Ses lèvres touchèrent les miennes et il se mit à m'embrasser. J'explosai. Il avait si bon goût, un goût si familier... Mon corps se rappelait ce que ça faisait de se livrer totalement à lui, il voulait ce plaisir que lui seul pouvait m'offrir. Soudain, plus rien d'autre ne compta. L'excitation m'envahit avec une telle violence que je me mis à trembler. J'enfouis mes mains dans ses cheveux, je l'attirai contre moi. Je voulais que rien ne nous sépare.

Son baiser se fit plus profond, déclenchant une réaction en chaîne qui me coupa le souffle. Plus je le touchais et le goûtais, plus je brûlais du désir d'être encore plus près de lui. Apparemment, il lui arrivait la même chose. Ses lèvres dévoraient ma bouche et ses doigts se promenaient partout sur mon corps. Je me cramponnais à lui comme une noyée, perdue sans ses caresses.

Ses mains se glissèrent sous ma robe et pétrirent mes fesses, caressèrent mes cuisses. Je sentais son érection entre mes jambes et commençai à me frotter contre lui, à l'exciter jusqu'à ce qu'il libère mes lèvres pour pousser un gémissement de plaisir.

Ses mains vinrent enserrer mes seins lourds. Il baissa la tête et embrassa leur naissance. J'attendais qu'il écarte le tissu de mon décolleté et poussai un halètement lorsqu'il libéra ma poitrine de mon soutien-gorge.

— Tes seins sont si beaux, fit-il d'une voix rauque.

Il enfouit le visage entre eux, tandis que ses doigts tiraient sur mes mamelons dressés. Sentant que je frissonnais, il releva la tête et sourit.

— Et si sensibles, ajouta-t-il.

Il se pencha en avant, ses lèvres chaudes se refermant autour d'une des pointes durcies.

Il se mit à la sucer et je sentis mon bas-ventre se tendre. Oubliant tout, je poussai un gémissement bruyant. La tête renversée en arrière, je le tenais serré contre moi pour qu'il n'arrête pas. Visiblement, il n'en avait pas l'intention : sa langue se mit à dessiner des cercles autour de mon téton. Il continuait à le sucer, impitoyable.

Lorsque sa main remonta vers l'intérieur de mes cuisses, je soulevai instinctivement les fesses pour qu'il ait accès au centre de mon plaisir. Sans cesser de sucer et de lécher mes seins, il écarta le tissu de ma culotte et introduisit deux doigts à la fois dans ma fente humide. Je m'empalai sur sa main avec un soupir. Ses doigts commencèrent à aller et venir en moi et je me mis à me balancer pour aller à leur rencontre, à me frotter contre lui.

Une sensation dingue… Sans même toucher mon clitoris, il me stimulait d'une façon incroyable en aspirant mes mamelons au même rythme lent et obsédant que ses doigts, un rythme que je suivais malgré moi.

Tout en me retenant à ses épaules, je bougeais les hanches de plus en plus frénétiquement et il augmenta la cadence de ses doigts. Mes tétons étaient si irrités qu'ils me faisaient mal, j'avais peur de ne plus pouvoir le supporter. À bout de souffle, je le lui avouai. Au lieu de s'arrêter, il se mit à les mordiller.

— Jonathan…

Devant mon gémissement impuissant, il releva la tête et sourit. Je plongeai dans ses magnifiques yeux bleus.

— Ça te plaît, non ? susurra-t-il en continuant à aller et venir en moi.

Sa voix vibrait de désir.

— Et ton feu me plaît, Grace, fit-il en embrassant mon cou, l'arrière de mes oreilles. Brûle pour moi, ma jolie.

Il abaissa de nouveau la tête et se remit à aspirer mes mamelons brûlants, tout en pressant le pouce contre mon clitoris et en le massant. La tension dans mon bas-ventre céda brusquement la place à un puissant orgasme dont la violence me surprit. Des tremblements incontrôlés me saisirent tandis que mon sexe se contractait convulsivement autour des doigts de Jonathan. De longues vagues chaudes de jouissance me traversaient. Je geignais faiblement. Finalement, je m'affaissai en avant et posai le front contre son épaule.

Une fois capable de respirer plus calmement, je sentis qu'il se retirait et mes doigts se dirigèrent instinctivement vers la ceinture de son pantalon. Je tenais à lui rendre la pareille, mais il me retint.

— Non, Grace. Plus tard.

Il me fit descendre de ses genoux et asseoir à côté de lui. L'esprit encore embrumé, je le vis sortir un mouchoir en tissu blanc d'un compartiment près de la portière et s'essuyer la main. Puis, il rajusta avec adresse mon soutien-gorge et ma robe.

— On ne va pas plus loin? demandai-je, irritée.

Il se carra dans la banquette.

— Je n'ai pas de préservatifs dans cette foutue voiture. De toute façon, je ne pense pas que ce serait une bonne idée de sortir débraillés comme ça. Il faut s'attendre à ce que des paparazzi nous guettent.

Bien sûr…

Je réintégrai aussitôt la réalité, consternée.

Il pressa le bouton de l'interphone.

— À la maison, Steven, ordonna-t-il brièvement.

— À la maison?

Mon cœur battait toujours la chamade, mais sa réflexion m'avait fait revenir sur terre sans ménagement. Adieu les rêves, retour aux faits.

Il hocha la tête.

— Il vaut mieux que tu viennes chez moi, le temps qu'on constate les dégâts causés par l'article. Ensuite, on verra.

Il avait l'air calme, maître de lui-même. Rien à voir avec la dispute qu'il avait eue avec son père dans la chambre de Sarah, ou avec le baiser passionné qu'il m'avait donné. Une sensation de froid m'étreignit et je m'écartai un peu de lui.

— Mais qu'est-ce qu'on peut faire?

Il haussa les épaules.

— Pas grand-chose. Attendre que ça passe.

Ma gorge se noua. *Attendre que ça passe.* Exactement. Parce que ça serait fini un jour. Peut-être même très vite.

Cette réalité que j'avais refoulée avec succès me submergea d'effroi : ma relation avec Jonathan était sans espoir.

Rien n'avait changé, même si j'avais eu envie de croire le contraire. Je n'étais rien de plus qu'un interlude, aussi vite oublié que ces mannequins qu'il croisait à des réceptions ou des soirées. Une rencontre parmi tant d'autres, qui resterait sans conséquence.

Sans conséquence pour lui, mais pas pour moi. C'étaient ces femmes qui étaient poursuivies par la rumeur. Il pouvait se permettre qu'on parle de lui dans la presse de temps en temps : en fin de compte, ça glissait sur lui. Il était riche et indépendant, il ne cherchait pas à nouer de relation, donc tout ça l'énervait un peu, au pire. Moi, au contraire, je risquais de tout perdre – pas seulement mon cœur.

Alors seulement, je pris toute la mesure de cette affaire : ma place de stagiaire était en danger, tout comme ma réputation dans le secteur. Et si mes professeurs en avaient vent aux États-

Unis? Est-ce qu'ils me prendraient encore au sérieux? Est-ce que quelqu'un me prenait encore au sérieux, ou est-ce que j'étais déjà étiquetée «traînée» ?

Je ne pouvais même pas le reprocher à Jonathan: il m'avait clairement annoncé ce dans quoi je m'embarquais. Pour autant, le prix que je devais payer maintenant m'apparaissait trop élevé.

Je secouai la tête avec détermination. J'avais besoin de temps pour réfléchir. Et ce qu'on venait de faire dans la limousine apportait la preuve éclatante que je ne pouvais pas réfléchir quand Jonathan était près de moi.

— Non, déclarai-je d'une voix ferme. Je voudrais rentrer chez moi.

Jonathan m'adressa un regard stupéfait.

— Ne sois pas stupide, Grace. Ce n'est pas une bonne idée. Les photographes t'y attendent peut-être déjà. Je vais régler ça, et en attendant, tu restes chez moi.

Ah! Ce n'est pas nous qui allons régler ça, mais toi. Probablement de manière à t'en tirer à bon compte. L'avenir de la stagiaire, qui s'y intéresse?

— Et moi, je vais en retirer quelque chose? m'emportai-je.

Je sentais la colère monter en moi.

— Ou c'est moi seule qui vais payer les pots cassés?

Son regard se durcit et il me détailla un moment en silence. Visiblement, mon refus ne lui convenait pas du tout.

— Je ne te comprends pas, Grace. Qu'est-ce que tu attends de moi?

Rien. Je ne peux rien attendre de toi. On n'est pas dans un conte de fées.

— Cette situation est difficile pour moi aussi, fit-il, comme je ne réagissais pas.

— Mais pas aussi difficile que pour moi.

J'avais du mal à retenir les larmes qui me montaient aux yeux.

Il ne voulait pas le voir ou il ne pouvait pas le voir? Je me sentis brusquement très bête et très naïve. Une impression que j'avais souvent en sa présence.

— J'aurais aimé que tu ne me demandes jamais de travailler pour toi, repris-je en appuyant sur le bouton de l'interphone. Steven, vous pouvez vous arrêter?

La limousine ralentit aussitôt et se parqua le long d'un trottoir. J'ouvris ma portière.

— Qu'est-ce que tu fais? demanda Jonathan d'un ton tranchant.

— Je descends ici.

— Grace, sois raisonnable, enfin. Tu ne peux pas fuir cette histoire.

— Je n'en ai pas l'intention. Mais je pense qu'il vaut mieux qu'on ne soit plus vus ensemble, pour commencer.

Je pris une profonde inspiration.

— Donc, à partir de demain, je retournerai travailler dans le service Investissements.

— Ça n'y changera rien, Grace. Il est trop tard pour ça.

Il a raison. Il est trop tard depuis longtemps. J'aurais dû tirer la sonnette d'alarme beaucoup plus tôt.

Je descendis de voiture avant que Jonathan puisse m'en empêcher et me retournai. Son expression était tendue, ses lèvres serrées : il désapprouvait totalement ma réaction.

— Si tu t'en vas maintenant, tu pourrais faire une expérience très désagréable, menaça-t-il.

Sa voix dangereusement calme me mit encore plus en colère.

— C'est déjà le cas, sifflai-je en claquant la portière.

Un instant plus tard, la limousine noire repartait, me laissant seule sur le trottoir. Tremblante, bouleversée et bien plus malheureuse que je n'osais me l'avouer.

21

Après la confortable sécurité de la limousine, à laquelle je m'étais très vite habituée, la ville autour de moi m'apparut étrangère, l'atmosphère suffocante. J'étais en pleine confusion.

Je n'avais aucune idée de l'endroit où je me trouvais et il me fallut un moment pour m'orienter. Heureusement, les Londoniens ont l'habitude d'être abordés par des touristes égarés. C'est comme ça que j'appris que j'étais tout près de *Victoria Embankments* et du *Blackfriars Bridge*, pas si loin que ça du mur de Londres que je longeais avec Annie pour rejoindre le bâtiment de Huntington Ventures.

Avant toute chose, j'entrai dans un *Starbucks* et achetai un grand cappuccino glacé. Le gobelet était agréablement froid et je le pressai avec soulagement contre mes joues brûlantes, tout en réfléchissant à ce que j'allais faire.

Je consultai ma montre. Il allait seulement être quatorze heures, mais les événements s'étaient tellement bousculés que j'aurais juré qu'il était beaucoup plus tard. Théoriquement, il aurait fallu que je retourne travailler. Puisque Jonathan ne serait pas là – il retournerait certainement voir sa sœur à la clinique –, je pourrais me présenter directement au service Investissements, comme je le lui avais annoncé. Seulement, j'étais encore trop démontée, il fallait d'abord que je me reprenne. Je décidai donc de retourner à la maison.

Dans le métro, je trouvai assez rapidement la bonne ligne. Et une demi-heure plus tard, j'étais devant l'immeuble d'Islington. Mais, avant d'entrer, je regardai autour de moi, un peu nerveuse. La rue était paisible, pas de photographes pour me guetter derrière un mur ou assiéger l'entrée. Je poussai un soupir de soulagement et fouillai nerveusement dans mon sac pour trouver ma clé.

Intéressante, moi ? Tu parles !

Dans l'appartement aussi, tout était tranquille. J'étais seule. Ian travaillait dans son studio de tatouage et Annie était encore au bureau, bien sûr, mais Marcus aurait pu être là. Son absence me soulagea. J'avais bien besoin d'un peu de calme.

Pour commencer, j'entrai dans la salle de bains. J'avais envie de prendre une douche, mais le vieux pommeau était inutilisable, l'eau s'en écoulait goutte à goutte. Je remplis donc la baignoire ancienne et y versai généreusement le bain moussant d'Annie, en espérant qu'elle me le pardonnerait. Après tout, c'était une urgence.

Quel bonheur d'entrer dans l'eau chaude et de se laisser glisser dans la mousse parfumée ! Je sentis mes muscles se détendre et fermai les yeux un moment pour savourer ma tranquillité. Malheureusement, cet état de béatitude ne dura pas longtemps : en touchant sans le vouloir un de mes mamelons, je remarquai à quel point il était encore sensible. Aussitôt, je revis ce que nous avions fait dans la limousine, Jonathan et moi – ou plutôt, ce qu'il m'avait fait. Son image s'imposa dans mon crâne. Impossible de la chasser.

Mes pensées se remirent à tourner en rond. La situation me semblait sans issue, insoluble. Enfin… si, il y avait bien une solution. Simplement, elle ne me plaisait pas. Parce que, si je voulais sortir indemne de cette affaire et préserver mon avenir professionnel, il fallait que je prenne mes distances avec Jonathan. Or je n'en avais pas envie. Il me manquait déjà, je voulais aller le retrouver. C'était l'homme le plus fascinant que j'aie jamais rencontré et je pourrais devenir accro à sa présence. C'était peut-être déjà le cas, quand on réfléchissait à la facilité avec laquelle je pouvais avoir une relation sexuelle avec lui dans les endroits les plus improbables – d'ailleurs, le simple fait d'y repenser suffisait à m'exciter.

Seulement, c'était pour moi plus que du sexe. S'il n'envisageait vraiment pas un avenir commun, s'il ne pouvait pas aimer ou s'il ne m'aimait pas, moi, il valait peut-être mieux que je m'en aille maintenant, avant qu'il me fasse vraiment souffrir.

Trop agitée pour pouvoir profiter de mon bain, je me lavai rapidement les cheveux et sortis de la baignoire. J'enroulai une serviette autour de ma tête et me séchai. Comme j'étais seule, je comptais me rendre dans ma chambre nue pour m'y habiller, mais en posant la main sur la poignée, j'entendis la porte de l'appartement s'ouvrir et quelqu'un entrer. Ça devait être Marcus.

Je soupirai et nouai un drap de bain autour de ma poitrine, avant de redresser mon turban. Mais en sortant dans le couloir, je me retrouvai devant Annie, pas Marcus. Elle avait l'air aussi surprise que moi.

— Qu'est-ce que tu fais ici? lançai-je.

Si je me réjouissais de la voir, je ne comprenais pas ce qu'elle faisait si tôt à la maison.

— Je pourrais te poser la même question, répondit-elle avec un faible sourire.

Alors seulement, j'aperçus le magazine qu'elle tenait roulé dans sa main. C'était le *Hello !* Ma gorge se noua. Annie remarqua mon coup d'œil et m'adressa un regard entendu avant d'aller dans la cuisine. Je la suivis en hésitant.

— Je suis rentrée parce que je ne me sentais pas bien, expliqua-t-elle en remplissant la bouilloire et en la posant sur la gazinière. Je crois que je vais tomber malade.

Je me souvenais maintenant qu'au petit déjeuner elle s'était plainte d'avoir mal au crâne.

— Tu veux aussi du thé? demanda-t-elle en regardant pardessus son épaule.

Je hochai la tête et sortis deux mugs du placard.

— Je m'en occupe.

Annie me laissa préparer le thé, reconnaissante. Elle fit dissoudre un sachet d'aspirine dans un verre d'eau et s'assit. Lorsque je m'approchai avec les deux mugs fumants, elle prit la revue qu'elle avait posée sur le banc et la plaça au beau milieu de la table. D'un index accusateur, elle désigna *la* photo.

— Grace, je crois que tu m'as caché quelque chose, non?

Même si je savais que ce moment viendrait, je rougis.

— Je voulais te le dire, je t'assure. Mais je ne savais pas comment. Tout est si... compliqué. En plus, tu m'as toujours mise en garde contre lui.

— Mais ça n'a servi à rien, non? fit-elle en haussant les sourcils. Tu es quand même tombée amoureuse de lui.

Je hochai la tête, malheureuse. Pas la peine de nier les faits. Annie ne s'emporta pas, au contraire. Elle me regardait même avec compréhension.

— Bon, et maintenant, je veux savoir ce qui s'est passé. Depuis le début.

Je m'empressai de tout lui raconter, depuis le premier moment à l'aéroport jusqu'à notre dispute dans la limousine. Une fois lancée, je ne pouvais plus m'arrêter, même si j'omis certains détails. Plus je parlais, plus il m'apparaissait évident qu'Annie avait toujours eu raison de m'avertir. Jonathan était dangereux pour ma tranquillité d'esprit. Parce que, même si j'étais bien la première employée avec qui il avait eu des relations sexuelles, il n'était pas prêt à s'autoriser des sentiments ou une quelconque forme de proximité.

— Qu'est-ce que je dois faire, à ton avis? demandai-je, perplexe, après avoir achevé mon récit.

Annie remua longuement son thé, pensive.

— Une situation drôlement embrouillée, lâcha-t-elle finalement.

Son ton indiquait clairement que c'était un euphémisme. Elle leva les yeux et pinça les lèvres.

— J'aurais aimé que tu m'écoutes.

Je poussai un profond soupir et m'adossai à ma chaise.

— J'aurais aimé, moi aussi, tu peux me croire. Mais on ne peut plus rien y changer.

— Si, Grace, les choses peuvent encore changer. Il suffit que tu le veuilles. Reste à l'écart de Jonathan Huntington. Il n'est pas bon pour toi.

Elle avait prononcé ces derniers mots avec une ardeur qui m'effraya.

— Ce n'est pas un monstre, Annie.

— Non, je sais, concéda-t-elle avec un faible sourire. C'est un boss génial, vraiment… mais dans ses relations avec les femmes, il peut faire preuve d'un incroyable manque de scrupules.

— Qu'est-ce que tu veux dire?

— Je t'ai parlé de ce club, non?

Je hochai la tête, la gorge serrée. Pour le moment, je préférai repousser l'idée que Jonathan s'y rendait… qu'il y était peut-être allé directement après mon départ.

— Qu'est-ce qu'il y a, avec ce club?

Annie hésita, puis poursuivit :

— Cette histoire avec Claire… Je ne t'ai pas tout raconté. Claire était vraiment très amoureuse de lui et je pense qu'il le savait. C'était évident, mais il l'a quand même ignoré. Quand elle a compris qu'il allait très souvent dans ce club, elle a essayé d'y entrer. Elle était complètement obsédée par l'idée que c'était pour elle le seul moyen de mieux le connaître. Mais le simple mortel ne pénètre pas là-dedans comme ça, c'est un établissement très sélect. Elle a fait tout un cinéma, mais ça n'a servi à rien. Le lendemain, Jonathan l'a fait appeler dans son bureau. Quand elle est revenue, elle était livide. Elle a refusé de parler de ce qui venait de se passer entre eux. Après ça, elle a donné sa démission et elle est repartie à Édimbourg du jour au lendemain.

Annie me regardait, l'air presque suppliant.

— Grace, tu comprends ? Vu de l'extérieur, c'est un type génial, pas de problème, mais je crois que vous sous-estimez toutes ses mauvais côtés. Du coup, je trouve plutôt inquiétant qu'il s'intéresse autant à toi. Tu n'as peut-être pas envie de découvrir l'homme qu'il est en réalité.

Elle soupira.

— Bref, il vaudrait probablement mieux que tu renonces à ton stage.

— Renoncer ? Mais ça ne fait même pas trois semaines que je suis ici ! protestai-je.

— Toute la boîte parle de toi.

Elle avait prononcé cette dernière phrase à voix basse, comme si elle avait du mal à me l'avouer. Je réalisai qu'elle confirmait ce que Jonathan avait prédit, et le rythme de mon cœur se précipita.

— À cause de l'histoire publiée par ce journal à potins ?

Elle secoua la tête à contrecœur.

— C'était juste le bouquet, en quelque sorte. Ça bavardait déjà avant.

Cette révélation me choqua.

— Pourquoi ne m'as-tu rien dit? demandai-je sur un ton de reproche.

— Je ne voulais pas semer le doute dans ton esprit, déclara Annie en posant sa main sur la mienne. Je t'aime bien, Grace. De toute façon, ils ont arrêté d'évoquer le sujet devant moi quand ils ont compris que j'étais de ton côté. Mais je te le répète depuis le début : Jonathan Huntington n'avait jamais fait venir une stagiaire dans son propre bureau. Les gens en ont parlé, forcément, c'était tellement inhabituel. Le genre de chose qui attire l'attention. Et puis, il y a dans la société plein de femmes qui craquent pour le boss mais se sont faites à l'idée qu'il est inaccessible. Elles étaient drôlement dégoûtées que tu reçoives un pareil traitement de faveur. Et maintenant, on peut voir à la une du *Hello !* qu'apparemment tu lui as mis le grappin dessus alors que c'était réputé impossible... Un vrai choc pour elles, tu peux me croire.

— Je ne lui ai pas mis le grappin dessus, protestai-je.

— Les détails n'ont aucune importance. Pour elles, il suffit que tu aies réussi à l'approcher autant. Tu te rappelles Caroline, à l'accueil? Je ne savais pas qu'elle faisait partie des fans de Jonathan Huntington, mais je peux te dire qu'elle était très curieuse de savoir ce qui se passait entre lui et toi. Et aujourd'hui, ils se sont déchaînés dans tout le bâtiment. Tu peux t'estimer heureuse d'avoir été absente.

Une sensation de froid m'envahit lorsque je pris conscience de ma naïveté. J'étais tellement obnubilée par Jonathan et mes sentiments pour lui que j'en étais devenue aveugle. Annie ne voulait pas me blesser, et c'est pour ça qu'elle m'avait mise en garde contre Jonathan sans évoquer les bruits qui couraient chez Huntington Ventures.

Par contre, j'avais bien remarqué les coups d'œil malveillants que Catherine Shepard me jetait souvent. J'avais aussi remarqué que certains employés me suivaient du regard dans les couloirs. Simplement, il ne m'était pas venu à l'idée que j'étais assez intéressante pour qu'on parle de moi. Cette affaire risquait d'échapper complètement à mon contrôle.

— Mais… si je ne vais plus au boulot, ça donnera l'impression que je me dérobe. Non, ce stage est une chance inouïe pour moi, Annie. Je ne peux pas abandonner comme ça.

— Tu aurais peut-être pu y réfléchir, avant d'entamer quelque chose avec Jonathan Huntington, soupira-t-elle.

— Ça n'a rien à voir, me lamentai-je.

— J'ai peur que ça soit égal aux gens. Ils ne verront que ce qu'ils veulent voir. La plupart, en tout cas.

Elle me regarda d'un air compatissant.

— Donc, si tu veux vraiment y retourner, il te faudra des nerfs solides.

Elle a raison.

Désespérée, je sentis des larmes d'impuissance me brûler les yeux. On avait si vite fait de s'attirer la réputation d'une salope…

— Je serai avec toi, me consola Annie. Je ferai en sorte qu'ils te laissent tranquille.

Je lui souris avec reconnaissance, puis j'entendis une clé tourner dans la serrure de l'entrée. Quelqu'un entra dans l'appartement d'un pas lourd. Quelques secondes plus tard, Marcus poussait la porte de la cuisine. Il portait un survêtement et il était couvert de sueur ; il avait dû sortir faire un jogging.

— Hé, Marcus ! s'exclama Annie.

Il répondit à son salut avec irritation et nous considéra, sourcils froncés. Visiblement, il ne s'attendait pas à nous trouver là. Puis son regard tomba sur le *Hello !*

Juste à temps, je parvins à réprimer le réflexe de plaquer la main dessus. Un réflexe inutile : vu son air sombre, Marcus devait savoir ce qu'il y avait en couverture.

— Alors comme ça, Jonathan Huntington t'a juste ramenée à la maison, hein? demanda-t-il d'une voix coupante.

Je repensai à cette soirée, deux semaines plus tôt, où j'avais oublié ma clé et où Marcus nous avait trouvés sur le pas de la porte, Jonathan et moi.

Même si je n'avais pas de comptes à lui rendre, je rougis, incapable de répondre.

— J'imagine que tu sais ce que tu fais, reprit-il d'un ton méprisant.

Il tourna les talons et disparut en direction de la salle de bains sans ajouter un mot. Quelques secondes plus tard, l'eau se mit à couler.

— Aïe, fit Annie.

Remarquant à quel point la réaction de Marcus me touchait, elle me sourit d'un air encourageant.

— On dirait que quelqu'un est drôlement jaloux.

— Je n'y peux rien, Annie. Je n'ai pas choisi de tomber amoureuse de Jonathan.

— Je sais, ça ne se commande pas. Mais maintenant, il faut qu'on réussisse à te sortir de là indemne.

Plus tard, allongée dans mon lit à fixer le plafond, j'entendais encore ses mots résonner dans mon crâne. Si j'avais espéré y voir plus clair en étant loin de Jonathan, je m'étais fourré le doigt dans l'œil. Au contraire, j'étais encore plus troublée qu'avant. En plus, il me manquait, même si je détestais me l'avouer. Terriblement. Je le voyais dès que je fermais les yeux, je voyais ses yeux bleus dans lesquels on pouvait se perdre, et puis je sentais ses doigts sur ma peau, capables de m'enflammer si vite. J'entendais sa voix profonde qui pouvait se faire aussi douce qu'une caresse. Je ne savais vraiment pas comment m'en sortir.

Par contre, une chose était sûre : je ne fuirais pas. Les choses ne pouvaient pas être pires – voilà comment je me consolai, avant de sombrer enfin dans un sommeil agité.

*

Pourtant, le lendemain matin, les choses empirèrent. Annie s'était réveillée avec de la fièvre et un gros mal de gorge. Elle devait rester au lit et ne pourrait pas m'accompagner au bureau comme prévu. Quant à Marcus, il ne s'était pas calmé. Quand il finit par sortir de sa chambre et que je le croisai dans le couloir, il répondit à mon « Bonjour » d'un air buté avant de disparaître dans la salle de bains. Ian n'avait pas non plus le temps de bavarder avec moi autour du petit déjeuner, ce qui m'aurait changé les idées : il était trop occupé à préparer du thé pour Annie et à lui donner des médicaments avant de partir travailler. Je restai donc seule avec ma peur.

Devant le miroir de ma chambre, je me demandai longuement ce que j'allais mettre, puis me décidai pour la robe vintage brune qu'Annie m'avait trouvée. Associée aux bottes chic à talon haut, elle me donnait très belle allure, sans être aussi osée que la noire que je portais la veille. Je me sentais bien dedans et ça ne pouvait pas faire de mal, mais ça ne changeait rien au fait que j'étais affreusement nerveuse.

— Bonne chance, marmonna Annie lorsque je vins lui dire au revoir.

Ses yeux brillaient de fièvre et elle pouvait à peine parler. Elle avait l'air si mal que je m'en voulus de l'avoir maudite intérieurement quand elle m'avait annoncé qu'elle ne pourrait pas venir travailler avec moi.

Une fois en bas, devant la porte d'entrée, j'inspectai les alentours pour repérer d'éventuels paparazzi aux aguets, mais tout était paisible. Je sentis l'espoir renaître.

Jonathan a peut-être exagéré, finalement. Peut-être que la presse ne me trouve pas aussi intéressante qu'il le pensait.

Mon trajet en métro jusqu'à la City se déroula normalement, mais en arrivant devant le bâtiment de Huntington Ventures, je vis plusieurs photographes attendre devant l'entrée. Dès qu'ils m'aperçurent, ils se mirent en mouvement et m'encerclèrent avant que je puisse entrer dans le hall. Leurs flashs m'éblouissaient et je cachai mon visage derrière mes mains.

— Miss Lawson, quand allez-vous épouser Lord Huntington? lança l'un d'eux.

— Êtes-vous très amoureuse de lui? renchérit un autre.

— Qu'est-ce que ça fait d'avoir une liaison avec un des partis les plus convoités d'Europe?

Ils me harcelaient de questions en faisant cliqueter leurs appareils. Je secouai la porte d'entrée, mais elle paraissait bloquée.

Un instant plus tard, elle s'ouvrit brusquement. Quelqu'un m'attrapa par le bras et m'entraîna dans le hall, nettement plus calme. Visiblement, la porte vitrée faisait office de barrière naturelle, parce que la meute ne me suivit pas à l'intérieur. Ce qui ne l'empêcha pas de continuer à me mitrailler.

L'homme qui m'avait attrapée par le bras, un type balèze portant un uniforme bleu semblable à celui des policiers américains, continua à me pousser dans le hall pendant que son collègue, resté près de la porte, repoussait les photographes.

— Tout va bien, Miss? s'enquit le premier homme.

Il s'était placé de manière à me protéger des regards de la presse avec sa large carrure.

— Oui, merci beaucoup, répondis-je, toujours angoissée.

— Pas de souci, commenta-t-il, ils ne passeront pas. On a reçu l'ordre de ne laisser entrer aucun photographe.

Je hochai la tête, reconnaissante. J'essayais de me ressaisir. Jonathan n'avait pas exagéré, c'était même pire. Comme je n'avais aucune idée de ce que je devais faire, je me tournai vers le comptoir d'accueil… et croisai le regard de la blonde Caroline, qui me détaillait froidement de la tête aux pieds.

— Il n'y a jamais eu autant de tapage ici.

Impossible d'ignorer le reproche dans sa voix.

— Heureusement, reprit-elle, monsieur Huntington l'avait anticipé. Il a prévenu le service de sécurité, sinon on ne pourrait même pas travailler. C'est quand même très gênant…

— Je suis désolée, murmurai-je.

Que dire? Après tout, je n'avais pas demandé aux paparazzi de se déplacer. Mais ça ne servait probablement à rien de me justifier et je me dirigeai rapidement vers l'ascenseur. Au lieu de presser le bouton du quatrième, j'appuyai sur celui du dernier étage. J'éprouvais le besoin irrépressible de parler à Jonathan.

Arrivée à l'étage de la direction, je fus reçue par Catherine Shepard: elle affichait un sourire aussi pincé et méprisant que celui de Caroline.

— Monsieur Huntington n'est pas là, m'annonça-t-elle, la mine satisfaite.

Je me figeai sur place. Je n'avais pas pensé une seconde que Jonathan pourrait ne pas être au bureau.

Mais bien sûr… Il doit être au chevet de Sarah.

— Savez-vous quand il arrivera?

— Il a dit qu'il ne viendrait pas aujourd'hui, répliqua-t-elle sans plus se donner la peine de cacher son hostilité. Il a également évoqué le fait que vous poursuivriez votre stage au service Investissements.

Ma gorge se noua et je me sentis brusquement stupide d'être montée au dernier étage. Après tout, c'était moi qui avais souhaité retourner travailler avec Annie et ses collègues. Seulement, je ne m'étais pas attendue à ce que Jonathan l'accepte aussi facilement. Tout ça avait l'air terriblement définitif, comme s'il en avait fini avec tout ça. Avec moi.

— C'est juste, répondis-je. Je voulais seulement... dire au revoir.

Une excuse pitoyable. La belle Catherine, pas dupe, haussa les sourcils de manière éloquente.

— Au revoir, Miss Lawson, fit-elle avec un sourire glacial.

Je retournai dans l'ascenseur sans ajouter un mot et descendis au quatrième étage, épaules tombantes.

Le sourire avec lequel Veronica Hetchfield m'accueillit lorsque j'entrai dans son bureau était nettement plus amical que celui de Catherine Shepard, mais j'y distinguai un soupçon de pitié. Elle ne parut pas surprise que je sois de nouveau appelée à travailler au service Investissements.

— Ah, ma chérie, ne vous en faites pas, déclara-t-elle en me tapotant affectueusement le bras.

Je réalisai avec effroi qu'elle croyait que Jonathan m'avait virée de son bureau et renvoyée ici.

— Je suis revenue de mon plein gré, lui assurai-je précipitamment.

Je vis à son regard qu'elle ne me croyait pas.

Ce n'était que le début, et ça ne fit qu'empirer. En apparence, tout le monde se montrait aimable et détendu, mais je sentais les regards, j'entendais les murmures. Grâce au professionnalisme de Clive Renshaw – qui avait manifestement l'intention d'ignorer toutes les rumeurs concernant son patron et moi-même –, je survécus plus ou moins à la réunion de la matinée. Il me fit participer aux échanges et se donna beaucoup de mal pour faire comme si tout était parfaitement normal. Malheureusement, là aussi je fus observée de toutes parts, et lorsque je me retrouvai finalement dans mon petit bureau au bout du couloir, mes nerfs étaient tellement à vif que mes mains tremblaient.

Sans Annie à mes côtés (elle m'aurait sûrement protégée un peu), je me sentais terriblement seule. Quelle idée stupide de refuser l'aide de Jonathan ! Il avait raison de bout en bout. Peu importait ce que je ferais, les gens parleraient, que je sois avec lui ou pas. Au fond, j'avais même aggravé ma situation : maintenant que notre liaison paraissait terminée, les employés malveillants se déchaînaient.

C'est le cas, de toute façon… Elle est terminée.

Tout ça parce que j'étais bornée et que je n'avais pas écouté Jonathan.

Je revoyais son visage furieux. J'entendais encore les mots que je lui avais lancés en sortant de la limousine. Est-ce qu'il voudrait toujours de moi dans les parages ? La question se posait. J'avais sûrement tout gâché.

Si je voulais vraiment rester, il me faudrait temporiser. Peut-être que les choses se tasseraient d'ici quelques jours, si je tenais le coup sans rien montrer de mon calvaire.

Peut-être, mais peut-être pas.

La porte s'ouvrit brusquement et je sursautai.

Une employée du service, à qui je n'avais pas beaucoup eu affaire – il me semblait qu'elle s'appelait Emma –, passa la tête dans l'embrasure.

— Pardon. Il faudrait que j'aie accès vite fait aux dossiers.

— Pas de problème, répondis-je en indiquant les armoires de la main.

Elle entra, ouvrit un tiroir et se mit à consulter fébrilement les classeurs suspendus, mais elle n'avait pas l'air tout à fait concentrée. Son regard n'arrêtait pas de se poser sur moi. Je m'en rendais bien compte : je faisais semblant de lire les papiers posés sur mon bureau. De toute évidence, elle avait cherché un prétexte pour me voir de plus près.

Désemparée, je fixai mon dossier en attendant qu'elle s'en aille. Ce qu'elle ne fit pas, bien entendu. Heureusement, mon portable sonna. J'espérai d'abord que c'était Hope, puis l'espace d'un instant désespéré, que c'était Jonathan : il m'annonçait qu'il venait me tirer de là.

Mais ce n'était ni Hope, ni Jonathan. C'était Sarah Huntington.

22

— Bonjour, Grace. J'espère que je ne te dérange pas.

— Euh… non, bredouillai-je, déconcertée.

Je fixai ma collègue Emma : elle avait arrêté de faire semblant de chercher un dossier et m'observait avec une curiosité à peine déguisée.

À l'autre bout de la ligne, Sarah alla droit au but.

— Dis, tu crois que tu aurais le temps de venir me voir à la clinique… tout de suite ?

— Tout de suite ? répétai-je, complètement perplexe. Oui, je… bien sûr. Avec plaisir. Mais…

Je venais de repenser aux photographes. Et s'ils me suivaient quand je quitterais le bâtiment ? J'allais peut-être les conduire directement à Sarah… À moins qu'ils ne sachent déjà ce qui lui était arrivé ?

— Je crois que ça ne va pas être possible. Tu vois…

Cette petite curieuse d'Emma allait partir, oui ou non ?

—… je vais avoir du mal à m'en aller d'ici.

— Je sais, les paparazzi… Tu verras, on s'y habitue, Grace. Mais pour l'instant tu dois trouver ça drôlement désagréable, non ?

Sa compassion sincère me fit tellement de bien que mes lèvres se mirent à trembler, mais Emma campait toujours dans la pièce et je me repris vite.

— Oui. Mais… ça veut dire que tu sais pourquoi c'est difficile en ce moment.

Sarah rit.

— On va arranger ça. Ton salut approche. Je me réjouis de te revoir!

Elle raccrocha sur un «À tout de suite» enjoué. Je ne fixais plus Emma, mais mon portable. *Ton salut approche*?

Quelqu'un se racla la gorge. Je levai les yeux et aperçus Alexander, appuyé contre l'embrasure de la porte.

— Grace, tu voudrais m'accompagner? On a besoin de toi ailleurs, déclara-t-il en me faisant un clin d'œil.

C'était donc lui le sauveur annoncé par Sarah… Je souris, envahie par le soulagement.

— Bien entendu.

J'attrapai mon sac à main, pris rapidement congé d'Emma qui nous regardait, stupéfaite, et le suivis jusqu'à l'ascenseur. À ma grande surprise, Alexander appuya sur le bouton tout en bas.

— Il vaut mieux ne pas sortir par l'entrée principale, m'expliqua-t-il avec douceur.

Les portes de la cabine s'ouvrirent sur le garage souterrain et il me conduisit jusqu'à une Jaguar grise. Dedans, il me conseilla de me faire la plus petite possible sur le siège passager, puis il démarra et quitta le parking.

La sortie se trouvait sur le côté du bâtiment et personne ne nous y attendait. Alexander prit la direction du mur de Londres. En passant devant l'entrée principale de Huntington Ventures, je risquai un coup d'œil dehors. Les photographes faisaient toujours le pied de grue devant la porte vitrée, mais heureusement, ils ne prêtèrent pas attention à la Jaguar. Soulagée, je me redressai lorsque le bâtiment fut hors de vue.

Alexander se tourna vers moi.

— Tout va bien?

Je hochai la tête, sans bien savoir si c'était vrai.

— Je sais que ça peut être plutôt effrayant de se retrouver aux prises avec la meute, poursuivit-il. Mais en général, ils se désintéressent vite de toi si tu ne fais pas partie de la famille royale. La semaine prochaine, ça aura sûrement changé, ils auront autre chose à se mettre sous la dent. On peut toujours compter sur le prince Harry.

— J'espère, répondis-je avec ferveur.

Je n'avais vraiment pas besoin de cette agitation tous les jours.

Pendant le trajet jusqu'à Marylebone, Alexander m'adressa très peu la parole: il devait voir que j'étais à bout de nerfs.

Il se gara dans une rue latérale et, au *King Edward VII's Hospital*, m'accompagna jusqu'à la nouvelle chambre de Sarah: elle avait quitté les soins intensifs. La pièce était claire et propre, aménagée et décorée avec un amour du détail qui vous donnait – comme partout dans cette clinique sélecte – le sentiment d'être dans un hôtel, pas dans un hôpital.

Couchée dans son lit, Sarah sourit en nous voyant entrer. Elle avait le teint plus rose et on voyait qu'elle allait nettement mieux, même si le plâtre qui enserrait sa jambe était toujours effrayant.

— Bonjour, fit-elle, radieuse.

Alexander s'approcha d'elle et l'embrassa sur la joue.

— Mission accomplie, annonça-t-il avec un large sourire.

— Merci beaucoup. C'était très gentil de ta part, lui répondit Sarah en lui caressant la main.

— C'est vrai, approuvai-je. Merci beaucoup.

J'étais tellement préoccupée par mon propre sort que j'en avais oublié de dire à Alexander à quel point j'étais heureuse qu'il m'ait permis de m'évader du bureau. Je me demandais combien de temps encore j'aurais pu supporter la situation chez Huntington Ventures. Sarah et lui m'avaient vraiment sauvée.

Alexander nous adressa un signe de tête à toutes les deux, puis s'éloigna vers la porte.

— J'ai encore quelques appels à passer et ce n'est possible que dehors, expliqua-t-il en agitant son portable.

J'avais plutôt l'impression qu'il préférait nous laisser entre femmes pour ne pas déranger. Ou alors, Sarah lui avait demandé de nous laisser seules.

Après son départ, elle tapota le bord de son lit.

— Assieds-toi près de moi.

Je m'exécutai en souriant, un sourire qu'elle me rendit. Nous avions presque le même âge et, d'une certaine façon, je me sentais liée à elle, comme s'il y avait entre nous un fil invisible qui nous permettait de communiquer sans problème. Si elle n'avait pas été la sœur de Jonathan et qu'on s'était rencontrées ailleurs, on se serait sûrement bien entendues.

— Comment vas-tu? s'enquit-elle au même moment que moi.

Elle éclata de rire et moi aussi. Après tout ce qui s'était passé la veille, ça me fit un bien fou.

— Parfaitement, finit-elle par répondre. Sauf que je déteste être bloquée ici à ne rien faire. Mais le plus important, c'est ta journée à toi. Comment ça s'est passé?

— Encore pire que ce que je pensais.

Elle m'adressa un regard compatissant.

— Je peux l'imaginer. En tant que fille du comte de Lockwood, j'ai déjà eu le plaisir d'avoir affaire à la presse. Et quand il s'agit de Jonathan, il leur en faut toujours plus.

Ma gorge se noua.

— Je sais. Il me l'a dit.

Son regard se fit sérieux.

— Pourquoi ne pas être restée avec lui comme il te l'avait proposé ?

J'écarquillai les yeux.

— Il t'a raconté ça ?

— Il était ici ce matin. Alors, pourquoi ?

— Parce que…

Je pouvais difficilement lui expliquer que j'avais eu le coup de foudre pour son frère mais que, comme il ne s'intéressait qu'au sexe, je n'avais pas l'impression de pouvoir m'en remettre à lui.

— Parce que je pensais m'en sortir seule. Je ne savais pas que tout se passerait vraiment comme il l'avait prédit. Je me disais que ça ne ferait qu'aggraver les choses de rester avec lui.

— Tu es avec lui, alors ? demanda-t-elle prudemment.

Je secouai la tête, malheureuse.

— Mais… il y a bien eu quelque chose entre vous ? Comme la presse l'affirme ?

Cette fois, je hochai la tête, puis précisai :

— Je ne sais pas si on peut vraiment dire ça comme ça, et je pense que c'est déjà fini, mais… oui.

Elle se tut un moment. Elle me regardait, pensive.

— C'est pour cette raison qu'il était aussi tendu, reprit-elle finalement. Tu sais que c'est une nouveauté absolue ? Mon frère n'avait encore *jamais* présenté une femme à la famille.

J'eus un faible sourire.

— Ça ne signifiait rien, Sarah… En tout cas, ça n'avait pas l'importance que lui a accordée votre père. Pas longtemps avant, Jonathan avait entendu parler de la photo du magazine et il voulait en discuter avec moi.

— Ou alors, il voulait te protéger de la presse et des regards curieux, ajouta-t-elle en haussant les épaules. Dis, Grace… Tu tiens à lui?

Que dire? Je me mis à réfléchir fébrilement, mais ça ne servait à rien de le nier.

— Oui. Beaucoup, même, avouai-je.

— Dans ce cas, il faut que je te mette en garde.

Je levai les yeux au ciel.

— Pas toi!

Elle rit et redevint aussitôt sérieuse.

— J'aime Jon, c'est le meilleur frère dont on puisse rêver: affectueux, attentif et toujours à se faire du souci pour moi… même s'il arrive que ça m'agace. En plus, il a les deux pieds sur terre, il a créé cette société extraordinaire et il a beaucoup de succès.

Je hochai la tête, rayonnante. Elle décrivait précisément le Jonathan dont j'étais immédiatement tombée amoureuse.

— Tout irait pour le mieux… s'il ne faisait pas barrage aux relations humaines, soupira-t-elle.

— Tu l'expliques comment?

— Je ne me l'explique pas bien non plus. En fait, il a toujours été un peu comme ça, mais les choses ont nettement empiré depuis son séjour au Japon, quand il avait la vingtaine, et sa rencontre avec ce Yuuto. Parfois, je me dis que ce Japonais a inoculé à Jonathan sa froideur, sa maîtrise de soi. Depuis, je n'arrive plus à l'approcher comme avant. Il ne veut pas entendre parler d'amour, encore moins de se marier et d'avoir des enfants, tu as dû le comprendre hier.

— Oui. On dirait qu'il déteste votre père.

Sarah poussa un nouveau soupir, plus profond.

— Jon lui reproche d'être responsable de la mort de notre mère. Pourtant, c'était un accident. Et puis, ces deux-là se disputent depuis une éternité à propos de cette histoire de mariage, et Dad a émis des doutes quand Jonathan a créé sa boîte. Résultat, leur relation n'est pas au beau fixe, pour employer un euphémisme.

Elle m'adressa un regard insistant.

— Il m'arrive d'avoir vraiment peur que Jon ne surmonte jamais cette distance émotionnelle qu'il impose à la plupart des gens. C'est pour ça que je ne peux pas te conseiller de te lancer dans une histoire avec lui. Il a déjà rendu pas mal de femmes très malheureuses. D'un autre côté, je ne l'avais jamais vu se comporter avec quelqu'un comme avec toi. Je crois que tu peux vraiment l'atteindre, Grace. Il se pourrait bien que tu sois sa dernière chance de ne pas louper le virage.

— Je ne crois pas qu'il voudra me revoir, après notre dispute d'hier, objectai-je avec tristesse.

Sarah eut un large sourire.

— Il était furieux contre toi, c'est sûr. Mais quand il était là, ce matin, j'ai remarqué qu'il se faisait beaucoup de souci. Il a engagé les hommes du service de sécurité exprès pour que la meute de photographes ne te déchiquette pas à ton arrivée.

— Il est où, maintenant?

— Comme il ne comptait pas aller chez Huntington Ventures aujourd'hui, j'imagine qu'il est à la maison.

— Il sait que je suis ici?

Elle secoua la tête.

— Je voulais d'abord te parler seule à seule.

À cet instant, une infirmière – différente de celle de la veille – entra dans la pièce en portant le plateau du repas. Le plat principal était recouvert d'une cloche en argent avec une poignée dorée, et le dessert était présenté comme dans un restaurant étoilé.

Waouh ! De mieux en mieux.

Je décidai aussitôt de demander à être envoyée dans cette clinique si je devais tomber malade.

— Quelque chose te tente? s'enquit Sarah.

Je secouai la tête. J'avais l'estomac noué, avec toute cette histoire.

Tout en mangeant, elle ne me parla plus de Jonathan, mais de son séjour à Rome. Elle évoqua avec enthousiasme les tableaux et les peintres qu'elle appréciait particulièrement : Michel-Ange, Raphaël et Sebastiano del Piombo.

— Jon déteste que je parle de leurs œuvres. C'est du chinois pour lui, m'expliqua-t-elle en riant.

— Oui, je sais, il me l'a dit aussi.

— Tu vois! s'exclama-t-elle, l'air triomphant. Il te raconte des choses que la plupart des gens ne savent pas.

— Au fait, sur quoi porte ta thèse? m'informai-je.

Je n'avais plus envie de parler de mes rapports avec Jonathan.

— Sur les couleurs de l'amour, sourit-elle.

Je lui adressai un coup d'œil déconcerté, et elle gloussa de plaisir.

— Mon prof m'a regardé de la même manière quand je lui ai soumis mon sujet. C'est très intéressant, je t'assure. J'analyse la façon dont la relation du peintre avec son modèle se reflète dans le choix des teintes du portrait. Les couleurs ont une signification et les artistes les emploient, parfois inconsciemment, pour exprimer des sentiments particuliers. Par exemple, je trouve extrêmement intéressant que…

À cet instant, on frappa à la porte et Alexander entra.

— J'ai fini, il faut que je rentre au bureau. Est-ce que tu viens avec moi, Grace?

Sarah et lui me regardaient et je lus dans leurs yeux qu'ils ne pensaient pas que ce soit une bonne idée. Je ne pouvais que leur donner raison.

— Non. Si… si c'est O.K.?

Je consultai Alexander du regard, pas très sûre de moi. Il eut l'air clairement soulagé.

— C'est O.K. Tu as officiellement l'autorisation d'occuper le reste de ta journée comme tu voudras.

Il embrassa Sarah sur le front, me dit au revoir et nous laissa seules.

— Et… ta relation avec Alexander, elle est de quelle couleur? repris-je en souriant.

— Rouge, répondit-elle immédiatement, avant de se mettre à rire. Un rouge plutôt pâle pour l'instant, malheureusement. Je sais qu'il m'aime bien, mais il garde toujours ses distances et ça m'énerve. Maintenant que je suis revenue à Londres, il faut que je travaille à un nouveau mélange de couleurs. J'espère que ça donnera bientôt une teinte beaucoup plus intense.

Son attitude me fit penser à la description que Jonathan avait fait d'elle. Elle avait vraiment l'air déterminée. J'appréciais ses manières directes et résolues.

Mais ça faisait déjà un moment que j'étais là, il était probablement temps que je la laisse se reposer. Après tout, on était dans un hôpital. Je me levai donc pour prendre congé.

— Qu'est-ce que tu as prévu de faire maintenant? s'enquit-elle.

— Je ne sais pas… hésitai-je en haussant les épaules.

Je ne pouvais vraiment pas retourner chez Huntington Ventures et je n'avais pas des tonnes d'alternatives.

— Je pense que je vais retourner à Islington.

Elle ouvrit le tiroir de sa table de chevet, en sortit son portefeuille et me tendit quelques billets de dix livres.

— Prends un taxi, alors. S'il te plaît, insista-t-elle en voyant que je ne voulais pas prendre l'argent, tu ne vas pas me ruiner, vraiment pas. En plus, c'est moi qui t'ai fait venir ici. Donc, il est normal que je veille à ce que tu arrives saine et sauve chez toi… ou ailleurs.

Ses yeux bleus, qui me rappelaient tellement ceux de Jonathan, me fixaient avec sérieux.

— Tu penseras à ce que je t'ai dit tout à l'heure?

Je hochai la tête. Ça ne serait pas difficile: ça faisait des jours que je ne pensais qu'à Jonathan.

— Bonne chance, me souhaita-t-elle lorsque je lui dis au revoir.

En route pour Islington dans le taxi que la réceptionniste de la clinique avait appelé pour moi, je fis défiler dans ma tête les événements de cette matinée très perturbante. Je devais prendre une décision. Ni Alexander ni Sarah ne me l'avaient dit concrètement, mais c'était implicite. Même si j'avais beaucoup de mal à l'admettre, je ne pouvais absolument pas poursuivre mon stage comme prévu. Il fallait soit que je l'interrompe et que je rentre à Chicago, soit que je retourne auprès de Jonathan… et advienne que pourra.

Si je prenais l'avion du retour, il me resterait peut-être l'ombre d'une chance que mon aventure avec lui soit considérée comme un dérapage. Une grosse bêtise qu'il fallait attribuer à ma jeunesse, quelque chose qui se tasserait avec le temps. Voilà ce que je devrais faire. C'était la seule solution raisonnable.

Mais l'idée de partir et de ne plus jamais revoir Jonathan était si douloureuse que je la supportais à peine. Sans compter que les mots de Sarah ne me sortaient pas de la tête. Est-ce qu'elle avait raison? Est-ce que je comptais plus pour lui qu'il ne voulait l'avouer?

Grâce à Sarah, j'avais constaté qu'il pouvait se montrer affectueux. Et il s'impliquait pour les gens avec qui il travaillait, tout ne lui était pas égal. Le projet immobilier à Hackney le prouvait de manière marquante. Donc… Pourquoi fuyait-il tout type de relation personnelle, ou presque? Pourquoi ne laissait-il approcher personne, à part sa sœur et Alexander? Il devait y avoir une raison mais il la cachait, même à ceux qu'il aimait.

Si je retournais auprès de Jonathan, je ne ferais qu'aggraver les choses pour moi, je le savais. Parce que j'ignorais totalement ce qu'il ferait, et s'il me laisserait rester longtemps chez lui. D'ailleurs, il pouvait très bien me renvoyer. Sa propre sœur n'osait pas me conseiller ouvertement d'aller le rejoindre. Tout le monde me mettait en garde… à commencer par lui.

Je poussai un soupir.

Il fallait vraiment que je reste à l'écart de Jonathan. Que je le raye de ma vie, comme il rayait apparemment de sa vie tous ceux qui s'approchaient trop de lui. Simplement, je ne savais pas comment faire.

Le taxi s'arrêta à un feu rouge.

— J'ai changé d'avis, indiquai-je au chauffeur qui m'adressa en retour un regard surpris. Je voudrais aller ailleurs, finalement.

— Où ça, petit cœur?

Je pris une profonde inspiration.

— À Knightsbridge.

23

Knightsbridge ne se trouvait pas très loin de Marylebone et on ne s'était pas encore trop éloignés du *King Edward VII's Hospital* : le taxi rejoignit rapidement la rue abritant la villa blanche de Jonathan. Je la reconnus de loin. Je remarquai aussi les photographes qui se tenaient sur le trottoir, près de la grille en fer forgé. Ils n'étaient pas aussi nombreux que devant le bâtiment de Huntington Ventures, quatre ou cinq, mais leur présence m'effraya quand même.

— Arrêtez-vous, s'il vous plaît !

Le chauffeur s'exécuta et me regarda, l'air interrogateur.

— Et maintenant, Missy ?

Les pensées se bousculaient dans ma tête. La décision que j'allais prendre serait définitive. Ma photo devant le bâtiment de Huntington Ventures n'était pas vraiment parlante. Ça ne confirmait pas mon aventure avec Jonathan, après tout, je travaillais là. Par contre, si j'étais photographiée devant chez lui, il n'y aurait pas de retour en arrière possible. Ma présence donnerait raison aux rumeurs – quelle que soit la réaction de Jonathan. Qu'est-ce que je ferais s'il ne me laissait pas entrer ?

Je fermai les yeux, désespérée.

Pourquoi t'infliges-tu ça, Grace? Pourquoi le laisses-tu avoir autant de pouvoir sur toi?

C'était comme ça. Je ne pouvais pas mettre de côté mes sentiments pour lui et m'en aller. Je ressentais trop de choses, il s'était passé trop de choses pour ça. Il fallait que je découvre quelle proximité un homme comme Jonathan m'autoriserait – et si je pouvais vivre avec. Pour ça, il fallait que je descende de ce taxi.

Je priai le chauffeur de rouler jusqu'à la maison de Jonathan. J'avais la sensation que mon cœur battait dans ma gorge.

Je réglai la course. Les paparazzi m'avaient repérée et mitraillaient déjà la voiture. Le chauffeur me fixait.

— Vous ne voulez pas vous en aller, vous êtes sûre? s'inquiéta-t-il.

Je secouai la tête.

C'est trop tard.

Je quittai le taxi. Cette fois, je ne fus pas assaillie de questions. Visiblement, le fait que je me dirige vers la villa de Jonathan leur suffisait. Ou peut-être que j'avais l'air si sinistre qu'ils n'osaient pas m'adresser la parole.

J'atteignis le portail en quelques pas. Les photographes ne me suivirent pas sur la propriété mais j'entendis le cliquetis de leurs appareils tandis que j'approchais de la porte d'entrée et que je sonnais.

S'il te plaît, sois là...

Je me sentais affreusement mal à l'aise d'être exposée à tous les regards. Je n'osais pas imaginer ce qu'il y aurait le lendemain dans les journaux si je devais repartir bredouille.

Heureusement, j'entendis des pas s'approcher. J'attendis avec impatience que la porte s'ouvre et sursautai en voyant apparaître une femme d'âge moyen. Elle portait une blouse et tenait un chiffon.

— Oui, que puis-je pour vous? demanda-t-elle, avant de lancer un regard méfiant en direction des photographes.

J'étais tellement perplexe que je restai d'abord muette.

Donc, il a bien des employés.

— Est-ce que Jonathan... je veux dire, est-ce que je peux parler à M. Huntington?

Le visage de la femme s'éclaira. Visiblement, elle avait compris à qui elle avait affaire.

— Je vous en prie, fit-elle en s'écartant d'un pas. Entrez.

La porte se ferma et le cliquetis des appareils photo se tut. Je me remis à respirer et suivis la gouvernante au premier étage, celui de la cuisine dont je gardais un souvenir marquant. Un seau était posé sur la table en pierre et un balai à franges était appuyé contre le plan de travail.

La femme m'entraîna un étage plus haut encore et me fit traverser les deux salles de séjour aux dimensions généreuses. Elle s'arrêta devant une porte et frappa.

— Oui? répondit Jonathan.

Au timbre de sa voix, un frisson me parcourut le dos.

— Vous avez de la visite, annonça la gouvernante en me détaillant de la tête aux pieds.

Une seconde plus tard, la porte s'ouvrit brusquement. À en croire son expression, Jonathan ne s'attendait pas à me voir.

— Grace.

Il avait sur moi un effet si puissant que je ne pouvais que le regarder et espérer que mes jambes ne flanchent pas. Pourtant, je n'avais été séparée de lui que le temps ridicule d'une journée.

Le col de sa chemise noire était ouvert, plus largement que d'habitude, et son jean décontracté soulignait ses longues jambes musclées. Ses cheveux étaient ébouriffés comme s'il avait passé plusieurs fois les mains dedans et une ombre couvrait le bas de son visage : il ne s'était pas encore rasé. Il avait même l'air fatigué.

— Je peux… je peux te parler ? demandai-je, hésitante.

Il se tut pendant un long moment où je n'osai respirer, puis il finit par hocher la tête.

— Vous pouvez partir, Miss Matthews, déclara-t-il. Je n'aurai plus besoin de vous aujourd'hui.

— Comme vous voudrez, monsieur Huntington, répondit-elle.

En s'éloignant, elle m'adressa un dernier regard curieux, puis disparut dans l'escalier. Nous étions seuls.

— Qui était-ce ? lançai-je pour rompre le silence.

Sa proximité me rendait terriblement nerveuse.

— Ma gouvernante.

— Je ne savais pas que tu en avais une.

— Il y a pas mal de choses que tu ne sais pas à mon propos, assura-t-il en haussant les sourcils.

Son visage était toujours sérieux, sans l'ombre d'un sourire, mais ses yeux étincelaient.

Le temps de retrouver un peu d'assurance, je regardai la pièce derrière lui. C'était un vaste bureau avec des étagères de livres accrochées aux murs, des tableaux modernes et un bureau grand et massif sur lequel s'entassaient des papiers. Manifestement, Jonathan travaillait aussi chez lui.

— Pourquoi es-tu ici, Grace ?

L'exigence de sa voix me fit frissonner.

— Il fallait… que je te voie.

— Tu penses que c'était une bonne idée ? Avec tous ces photographes dehors ? Si tu ne voulais pas être associée à moi, tu as obtenu exactement l'inverse. Je peux te garantir que ces clichés paraîtront quelque part demain et viendront renforcer les rumeurs sur notre « aventure ».

Je hochai la tête en soutenant son regard insistant.

— Je m'en doute, mais ça m'est égal, parce que… j'ai changé d'avis.

Je pris une profonde inspiration.

— Je veux cette aventure, Jonathan. Je veux rester avec toi.

Il continuait à me regarder sans réagir, mais un feu brûlait dans ses yeux.

— De mon côté, je ne sais pas si je le veux, Grace. Je n'avais jamais eu d'aventure avec une employée, répondit-il finalement, hésitant.

J'avais réussi à semer le doute dans son esprit. Bien.

— Et moi, je n'avais jamais eu de relation sexuelle avant de te rencontrer, repris-je en faisant un pas vers lui et en posant mes mains sur son torse ferme. Il y a une première fois à tout.

— Tu ne sais rien de moi, objecta-t-il une fois encore.

On aurait dit une dernière mise en garde, une dernière tentative pour empêcher ce que, visiblement, nous ne pouvions pas empêcher.

— Alors, donne-moi une chance de le découvrir, répliquai-je en caressant son torse.

L'instant d'après, ses lèvres se posaient sur les miennes. Un baiser dur, presque brutal, comme s'il voulait me punir. Pourtant, mon cœur se fit aussitôt plus léger et je m'en remis à lui, je laissai sa langue s'introduire dans ma bouche et partir à sa conquête en me donnant à peine une chance de respirer. Ses mains se posèrent sur moi, pétrirent furieusement mes seins. Puis il enfouit ses doigts dans mes cheveux et tira ma tête en arrière. Haletante, je plongeai dans ses yeux bleus magnifiques, pailletés de brun.

— Ça restera un jeu, Grace, n'oublie pas, fit-il d'une voix rauque, en embrassant mon cou. Tu connais les règles.

— Non, le contredis-je. Mais je veux les apprendre. Montre-moi.

Sa proximité m'enivrait. Une sensation de bonheur m'envahit. J'avais au moins remporté cette petite victoire : il ne me renvoyait pas. J'avais le droit de rester.

Brusquement, le laisser m'embrasser et me caresser ne me suffit plus. Je voulais participer activement, sentir son corps excitant contre le mien. J'ôtai sa chemise de son pantalon et la déboutonnai pour explorer sa peau de mes lèvres, le goûter.

Mais il me poussa contre l'embrasure de la porte, se remit à m'embrasser sur la bouche et remonta ma robe.

— Il faut surtout que tu apprennes que je ne t'appartiens pas, Grace. Je peux te montrer ce qu'est une bonne baise. Mais la règle, c'est : pas de sentiments, juste du plaisir.

— Tu as envie de moi, Jonathan ?

Pour le moment, c'était la seule chose qui comptait. Je ne voulais penser à rien d'autre.

— Oh oui, murmura-t-il.

Ses doigts écartèrent ma culotte, déchirèrent la mince étoffe et m'en libérèrent, puis la jetèrent par terre. Il s'agenouilla ensuite devant moi et entoura mes hanches de ses mains.

— Lève la jambe et pose-la sur mon épaule.

Tremblante, je relevai ma robe pour être plus libre de mes mouvements, puis j'obéis, avec le sentiment de me livrer à un acte terriblement vicieux. Je portais encore mes bottes, c'était une sensation inouïe d'être encore habillée, comme lui, mais nue sous son regard. Sa bouche s'approcha de mon mont-de-Vénus et lorsque je sentis son souffle sur mes lèvres, j'appuyai la tête contre l'embrasure de la porte. Mes jambes menaçaient de flancher.

— Et si ta gouvernante était encore là ? demandai-je, au comble de l'excitation.

Nous étions totalement exposés. Si elle montait l'escalier, elle nous verrait tout de suite. Et si elle n'était pas encore partie, elle nous entendrait à coup sûr.

Au lieu de réagir, Jonathan glissa sa langue dans ma fente chaude, effleurant mon clitoris. Plus moyen de réfléchir.

— Ooohhh… soufflai-je.

Je posai mes mains sur sa tête, incapable de contrôler le désir qui montait dans mon bas-ventre et me fit mouiller. Il était si habile avec sa langue et ses doigts, et ça m'excitait tellement d'être là, debout devant son bureau, que je me retrouvai bientôt au bord de l'orgasme.

Mais cette fois, je voulais venir en le sentant en moi. Je me dégageai et le fis remonter vers moi, j'embrassai ses lèvres luisantes de m'avoir léché et découvris mon propre goût, troublée. Sans m'écarter, j'ouvris sa ceinture puis sa braguette, je descendis son pantalon et libérai son sexe qui se pressa contre mon ventre.

— Je te veux, haletai-je contre ses lèvres. Prends-moi. Ici.

Je me sentais complètement impudique. Libérée. Sans tabou.

Il me regarda, les yeux mi-clos.

— J'ai peur que ça ne soit pas possible, soupira-t-il. Les préservatifs sont en haut.

Il s'apprêtait à refermer son pantalon pour m'entraîner à l'étage supérieur, mais je le retins et le plaquai contre l'embrasure de la porte, à mon tour. Mes mains caressèrent son torse et j'embrassai sa peau chaude, tout en m'accroupissant lentement.

— Grace, fit-il avec étonnement lorsque je pris son sexe en main et que je déposai un baiser sur son gland tendu.

— Je te dois quelque chose.

Je levai les yeux vers lui et lus le désir sur son visage, un désir partagé. Cette fois, je voulais être celle qui lui donnerait du plaisir et le rendrait presque fou.

J'ouvris mes lèvres et les fis glisser lentement sur son gland, je l'aspirai en moi et goûtai une goutte de son liquide salé. J'en fis prudemment le tour avec ma langue, le temps de m'habituer à la sensation. Puis j'entourai l'extrémité de son membre et je commençai à aller et venir avec ma bouche, à un rythme lent.

— Nom de Dieu, gémit-il, en plaçant ses mains à l'arrière de mon crâne. C'est bon, Grace.

M'enhardissant, je le pris encore plus en bouche et j'accélérai l'allure. En relevant la tête, je vis ses yeux bleus posés sur moi : un mélange excitant de fascination, de ravissement et d'avidité. Mais brusquement, il détourna le regard.

— Enlève ta robe, ordonna-t-il. Je veux te voir en entier.

Je me hâtai de l'ôter et me retrouvai à ses genoux, nue à l'exception de mon soutien-gorge à dentelle et de mes bottes.

Ça lui faisait énormément d'effet, je le voyais bien. Je savourai le pouvoir que j'avais sur lui, puis le repris entre mes lèvres et augmentai encore le rythme.

Il s'était mis à aller et venir dans ma bouche à petits coups.

— Grace, je ne vais plus pouvoir tenir très longtemps.

C'était un avertissement, mais je pressai une main contre ses fesses et continuai à le sucer en le prenant encore plus profondément. Ça m'excitait de le voir sur le point de perdre le contrôle, je voulais savoir ce que ça faisait de le satisfaire avec ma bouche.

Sa respiration était de plus en plus haletante. Il donnait de grands coups dans ma bouche, mais cette fois, j'arrivai à le supporter. Puis il poussa un gémissement bruyant et son sexe fut agité de tremblements convulsifs, son sperme salé envahit ma bouche. J'avalai comme je pouvais, je n'avais pas le choix de toute façon, parce qu'il maintenait fermement ma tête, m'empêchant de me dérober. La quantité de semence me surprit, on aurait dit que ça n'en finissait pas, mais c'était moins désagréable que je ne l'aurais pensé. Sans compter que j'étais dans tous mes états de lire la jouissance sur son visage, cette expression étonnée qui me récompensait de tout. Ses allées et venues diminuèrent, et après un dernier spasme, il relâcha son étreinte de fer et je le laissai glisser de ma bouche.

Son torse était couvert de sueur et il avait le souffle lourd, mais il m'attira aussitôt vers le haut et m'adossa contre l'embrasure de la porte, remonta ma jambe et se mit à faire aller et venir ses doigts dans ma fente chaude.

— Tu n'aurais pas dû faire ça, gronda-t-il d'une voix rauque.

— J'en avais envie, haletai-je en sentant son pouce sur mon clitoris.

J'étais tellement excitée que mon sexe se contracta autour de ses doigts, annonçant un violent orgasme.

— Tu es foutument hot, Grace, chuchota-t-il à mon oreille en augmentant le rythme de ses coups, et c'est foutument difficile de te résister.

— Pas la peine, soufflai-je.

Je l'embrassai pour qu'il se goûte.

— Je te veux. Je veux tout ce que tu pourras me donner.

Je vis dans ses yeux l'ombre d'un doute, mais la violence avec laquelle il répondit à mon baiser, tandis que ses doigts m'entraînaient sans pitié vers la jouissance, signait ma victoire. Il me voulait trop pour renoncer à moi. Pour le moment en tout cas, mais ça suffisait à me rendre heureuse parce que j'étais accro à lui. Même s'il ne m'appartenait pas et qu'il ne m'appartiendrait peut-être jamais, je lui appartenais corps et âme depuis longtemps.

Je me détachai de ses lèvres dans un sanglot et rejetai la tête en arrière. Je gémis, puis tremblai en jouissant, emportée par des vagues plus puissantes que moi.

— Tu es sérieuse? me lança-t-il lorsque ma respiration s'apaisa.

Il avait retiré ses doigts mais me retenait toujours. Heureusement, parce que mes jambes ne me portaient plus vraiment. Je lui adressai un regard interrogateur.

— Hein… comment? bafouillai-je.

Il me regardait, sceptique.

— Tu veux tout? Vraiment?

Je hochai la tête avec impatience. Je sentais son cœur battre sous ma main.

— Et tu feras tout aussi?

Ma gorge se serra mais je hochai encore la tête. Ça pouvait être n'importe quoi, j'étais prête à le tenter. C'était mon unique chance d'apprendre à le connaître vraiment. Mon unique chance de découvrir si j'avais un quelconque avenir avec Jonathan Huntington.

— On aura l'occasion d'en parler, conclut-il.

Il se rhabilla et rajusta ma robe, puis m'attrapa la main et m'entraîna en haut, dans la chambre.

24

Je vécus les jours suivants dans une espèce de bulle. Je ne me posais pas la question de mon avenir et de ce qui se passerait quand mon séjour en Angleterre se terminerait, et Jonathan ne s'exprimait pas à ce sujet. J'étais simplement heureuse d'être avec lui, même si, au fond, rien n'avait changé. À part que notre aventure était maintenant connue.

La presse, elle, s'était désintéressée de nous à une vitesse éclair. L'annonce du mariage d'un membre de la haute noblesse européenne avait pris le pas sur la photo qui me montrait devant la maison de Jonathan. Le cliché avait bien été publié, mais pas en première page, loin de là. Mon histoire avait déjà été remplacée par d'autres. Alexander avait raison : tant qu'on ne faisait pas partie de la famille royale, les journalistes et les paparazzi étaient plutôt inconstants. Une bonne chose, parce que ça nous mettait moins la pression, à Jonathan et à moi. On aurait presque dit que le quotidien était revenu. Sauf qu'il était différent d'avant.

On travaillait ensemble, je l'accompagnais à ses rendez-vous… mais on le faisait aussi sans arrêt. Je passais le plus clair de mon temps à ses côtés, au bureau pendant la journée, à Knightsbridge le soir venu. Malgré tout, je n'avais pas encore abandonné ma chambre dans la colocation, et Annie m'avait garanti que ce n'était pas nécessaire. C'était mon filet de sécurité, parce que je ne savais toujours pas où tout ça allait me mener.

Dans la boîte, les gens continuaient à jaser, bien sûr, mais j'avais décidé de les ignorer. Annie était la seule avec qui je parlais vraiment – exception faite d'Alexander et de Sarah, à qui on allait régulièrement rendre visite à la clinique –, sinon, j'évitais les autres discussions. De toute façon, Jonathan occupait toutes mes pensées.

Pour autant, son attitude n'avait pas changé. Il ne me témoignait aucune tendresse et il ne me laissait pas l'approcher vraiment. Il ne me serrait toujours pas dans ses bras après le sexe, il ne m'embrassait pas juste comme ça et ne me prenait pas la main.

Il ne m'avait pas encore expliqué ce qu'il voulait dire en me demandant si je ferais tout, et le sujet ne me sortait pas de la tête.

Cet après-midi-là, on était allongés sur le lit, la respiration lourde, dans la chambre attenante à son bureau. On se remettait lentement de l'orgasme qu'on venait de vivre ensemble. Ça nous arrivait souvent. Dès qu'il y avait un peu de temps entre deux rendez-vous, il me lançait un regard et ça suffisait : oubliés, les comptes rendus sur lesquels on était en train de travailler ! Je me retrouvais dans la chambre d'à côté, ou dans n'importe quel autre lieu où on pouvait le faire. Jonathan se montrait très créatif. Même sur le chemin du retour, dans la limousine, on était incapables d'attendre d'être chez lui.

— Au fait, Jonathan ? lui demandai-je.

— Hm ? marmonna-t-il en disparaissant dans la salle de bains.

— Quand est-ce que tu m'emmènes au club ?

J'attendis sa réponse en retenant mon souffle.

Il revint et s'assit sur le lit. Il y avait dans ses yeux une expression étrange que je ne pus interpréter. En même temps, il n'avait pas l'air vraiment surpris par ma question. Visiblement, il s'y attendait.

— Tu sais quel genre de club c'est, Grace?

— Un club… érotique? avançai-je prudemment.

Brusquement, j'avais peur de me tromper.

— Oui, mais pas un de ces clubs échangistes glauques. On y rencontre des hommes et des femmes qui veulent vivre des relations sexuelles sans émotion, dans l'anonymat et la discrétion. Sans aucune obligation.

Il avait planté son regard dans le mien et j'y lus une question muette. LA question. Mon ventre se noua. D'un autre côté, si je voulais vraiment le comprendre, il fallait que je tente l'expérience.

— O.K., dis-je finalement. Quand est-ce qu'on y va?

Il sourit et se leva, remit sa chemise, boutonna ses manchettes.

— Ce n'est pas aussi simple. Tout le monde ne peut pas y entrer.

— Qu'est-ce que ça veut dire? C'est juste pour les nobles?

Il eut un large sourire devant mon irritation.

— D'une certaine façon. C'est très sélect, en tout cas. Pour être accepté, il faut montrer patte blanche. Et… le ticket d'entrée est très onéreux.

— Ah!

Ces informations inattendues me perturbèrent.

— Donc, ça veut dire que je ne peux pas entrer?

— Si. J'ai déjà chargé quelqu'un de ton admission, et comme je me porte garant pour toi, ça devrait aller.

Je lui jetai un coup d'œil stupéfait. Il voulait depuis le début que je l'accompagne?

— Tu aurais pu me poser la question!

Il sourit de nouveau largement, et mon cœur manqua un battement – comme toujours.

— Je l'aurais fait. On y va ce soir, si tu veux.

Je hochai la tête et sentis une étrange impression m'envahir, un mélange d'excitation et de peur devant ce qui m'attendait. Enfin… c'était un état que je connaissais bien depuis que j'avais rencontré Jonathan. J'ignorais si je pouvais lui faire confiance, et j'ignorais jusqu'où j'étais prête à aller. J'allais le découvrir.

Un peu plus tard, en revenant habillée dans le bureau, je n'y trouvai pas Jonathan. Comme je savais qu'il avait encore un rendez-vous imminent avec ce Japonais, Yuuto Nagako, je supposai qu'il serait de retour quelques minutes plus tard. Il devait être en train de parler avec Alexander.

Je m'approchai de la grande baie vitrée, derrière le bureau, et contemplai la ville. Le ciel était gris, couvert, et il pleuvait depuis le matin. Visiblement, après le magnifique soleil des dernières semaines, Londres avait décidé de me montrer la dure réalité du climat britannique.

— Miss Lawson?

La voix grave qui venait de résonner derrière moi me fit sursauter. Je me retournai vivement.

Yuuto Nagako se tenait au beau milieu de la pièce, juste devant le bureau. Catherine Shepard avait dû le laisser entrer pour qu'il attende Jonathan mais, perdue dans mes pensées, je ne l'avais pas entendu approcher.

Il portait un très élégant costume gris et ses cheveux noirs aux tempes grisonnantes étaient peignés en arrière, fixés avec du gel. Au fond, il avait l'air tout à fait normal, l'air d'un homme d'affaires soigné. C'était son regard bizarrement fixe qui me faisait froid dans le dos. Le sentiment de malaise qui me saisissait toujours en sa présence revint aussitôt.

Je lui rendis précipitamment son salut.

— Bonjour, monsieur Nagako. Jonathan ne va pas tarder à revenir.

Je me plaçai derrière le bureau et indiquai le fauteuil de l'autre côté.

— Asseyez-vous, je vous en prie.

— Je préfère rester debout, répliqua-t-il.

J'y vis une façon déguisée de m'ordonner de rester debout, moi aussi.

Le silence s'installa. C'était la première fois, depuis mon arrivée à l'aéroport, qu'on se tenait aussi près l'un de l'autre. Jusqu'à présent, quand il était là, soit Jonathan m'envoyait ailleurs, soit je ne faisais que l'apercevoir. Comme le jour où il avait eu cette dispute avec Jonathan, une dispute à laquelle Alexander avait aussi assisté.

— Êtes-vous à Londres depuis longtemps? lui demandai-je.

Je voulais à tout prix rompre ce silence désagréable.

— Quelques jours.

Je le sentais en colère, mais j'avais du mal à en juger: son visage ne reflétait aucune émotion.

— Jonathan m'a raconté avec enthousiasme son séjour au Japon, poursuivis-je.

Je regrettai aussitôt mon intervention. C'était vrai, mais c'était quand même une remarque stupide. Il avait l'air de penser la même chose, parce qu'il continua à me fixer sans réagir.

Comme plus rien ne me venait à l'esprit, je tirai nerveusement sur mon chemisier beige. Je le portais avec la jupe noire dans laquelle il m'avait vue à l'aéroport.

— À ce que j'ai entendu dire, vous êtes un peu plus que l'assistante de Jonathan, maintenant.

Il parlait avec un accent mais dans un anglais des plus corrects.

Ne sachant quoi répondre, je préférai me taire. Ça ne regardait vraiment pas ce Japonais.

— Il vous a déjà demandé? reprit-il abruptement.

Je le regardai, perplexe.

— Euh, je ne comprends pas… Qui m'a demandé quoi?

— Jonathan vous a-t-il déjà demandé si vous viendriez au club?

Je repensai aux paroles d'Annie et ma gorge se serra. À l'époque, elle m'avait raconté que Yuuto Nagako se rendait aussi là-bas quand il était à Londres. Alors seulement, je réalisai vraiment dans quoi je m'étais embarquée. Ce qui m'était apparu si excitant, ce que j'avais considéré comme une aventure, venait de prendre un arrière-goût pas très engageant.

Sans savoir pourquoi, j'étais toujours partie du principe que j'irais dans ce club avec Jonathan et qu'il s'y passerait quelque chose qui ne regardait que nous deux. J'avais occulté le fait qu'on le ferait peut-être vraiment avec d'autres… et qu'il le faisait avec d'autres.

Comme le Japonais attendait toujours une réponse, je hochai la tête, oppressée.

— Oui, il l'a fait.

— Il était temps! Alors? Vous allez l'accompagner?

Sa voix avait un ton si exigeant qu'on aurait presque dit un ordre, mais je restai muette. Les pensées se bousculaient dans mon crâne. *Il était temps*? Depuis combien de temps attendait-il que Jonathan me pose cette question? Et quand en avaient-ils discuté? La dernière fois que Jonathan avait vu le Japonais, c'était quand ils s'étaient disputés. À l'époque, je ne lui étais pas encore «liée» officiellement.

À moins que…

Je sentis le sang quitter mon visage en repensant à mon arrivée à Londres, au trajet entre l'aéroport et le bâtiment de Huntington Ventures. Aux étranges regards que le Japonais m'avait lancés, aux questions de Jonathan – à sa remarque: Yuuto Nagako n'avait rien contre le fait que je vienne avec eux.

Est-ce que les deux hommes trouvaient déjà, à ce moment-là, qu'il serait fort sympathique que je les accompagne au club? Était-ce la seule raison pour laquelle Jonathan m'avait demandé si je voulais travailler avec lui? Parce qu'il voulait se rendre compte si j'étais mûre pour une aventure sexuelle?

J'allais ouvrir la bouche et poser ces questions au Japonais lorsque la porte s'ouvrit. Jonathan entra et traversa la pièce à grands pas.

— Excusez-moi, j'ai été retenu. Alex avait un problème avec...

Il s'interrompit en pleine phrase. Il s'était dirigé vers moi, sans doute pour s'asseoir et proposer un siège à Yuuto Nagako, mais avait dû remarquer l'atmosphère tendue, parce qu'il s'arrêta au niveau de son bureau et nous regarda tour à tour, interrogateur.

— Qu'est-ce qui se passe ici?

Le Japonais se taisait mais je ne tenais pas en place, il fallait que je sache.

— Depuis quand sais-tu que tu aimerais m'emmener au club?

Je n'avais pas pu empêcher ma voix de prendre un ton coupant, mais je préférais encore ça à un filet tremblotant.

— Ou alors, c'était ton ami qui le voulait?

Jonathan adressa un regard furieux à Yuuto Nagako. Manifestement, il y avait encore des désaccords entre eux, et je me sentis mal à l'idée que j'en étais peut-être la cause depuis le début. Il lui dit quelque chose en japonais, juste quelques mots qui paraissaient très durs.

Yuuto Nagako hocha brusquement la tête et s'inclina brièvement dans ma direction avec un sourire condescendant, puis tourna les talons et quitta la pièce. Sans plus lui prêter attention, je fixai Jonathan.

— Dis-moi la vérité : c'est pour cette raison que tu m'as fait la proposition de travailler avec toi ? Parce que tu voulais me tester, savoir ce que je serais prête à faire ?

Ses mâchoires se raidirent et son regard se durcit.

— Comme tu avais éveillé l'intérêt de Yuuto à l'aéroport, j'ai cherché une opportunité d'apprendre à te connaître, oui.

En l'entendant confirmer mes soupçons, j'agrippai le dossier de son fauteuil de bureau.

— Tu es très sexy, Grace, même si tu n'as pas vraiment l'air de t'en rendre compte. Tu m'as plu tout de suite, en tout cas. Beaucoup, même. Mais j'ai vite acquis la certitude que tu étais trop jeune et inexpérimentée.

Une colère teintée de désespoir monta en moi et je serrai les poings, tentée de le frapper.

— Donc, tu as veillé à ce que je rattrape mon retard ? C'était une sorte d'entraînement pour ce club où vous voulez que j'aille ?

— Non, me contredit-il aussitôt. C'était ce que c'est, Grace : de la bonne baise. Que tu as beaucoup appréciée toi aussi, si j'ai bonne mémoire. Que tu voulais, exactement comme moi.

Il m'adressa un regard pénétrant.

— Il ne s'agissait pas de te forcer à faire quoi que ce soit. C'était seulement une possibilité, une question… à laquelle j'avais déjà répondu par non, en fait. Il me semblait que tout ça n'était pas pour toi. J'étais persuadé que le simple fait de penser au club te ferait horreur. Mais tu étais tellement déterminée, Grace ! Tu n'as pas arrêté de répéter que tu pouvais jouer selon mes règles.

— Et ces règles impliquent que je dois aussi coucher avec tes amis ?

Il secoua la tête.

— Tu ne *dois* rien faire du tout. Mais je pensais que tu étais consciente de ce qui se passait au club. Tu m'as demandé toi-même si tu pouvais m'accompagner.

Il repoussa ses cheveux retombés sur son front et me regarda avec ces yeux bleus auxquels j'avais tant de mal à échapper.

Il a raison. Depuis le début, il ne m'a pas caché la façon dont il fonctionnait. Il m'a même mise en garde. Plusieurs fois. Il m'a donné la chance de m'en aller. C'est moi qui voulais absolument qu'il fasse une exception. Moi qui voulais absolument rester – à ses conditions.

— Et si je ne vais pas au club? repris-je à voix basse. Si j'ai changé d'avis?

Il haussa les épaules et je vis une lueur traverser ses yeux. Trop vite pour que je puisse l'interpréter.

— Dans ce cas, ça ne servira pas à grand-chose qu'on reste ensemble.

Un constat qui n'avait pas l'air de le satisfaire, mais sa voix paraissait résolue.

Dans ce cas... il se séparerait de moi. Ma gorge se noua douloureusement lorsque je réalisai que la décision reposait sur moi, et qu'il était sérieux. Nous n'avions pas de relation exclusive. Il me l'avait dit dès le début, et je devais vivre avec cette idée – ou partir. Un tiraillement intérieur impossible à résoudre. La seule pensée de ne plus être à ses côtés était intolérable, mais comment supporter le fait qu'il ne m'appartiendrait peut-être jamais totalement?

— Grace, fit-il, comme je continuais à me taire.

Il se dirigea vers moi et s'arrêta, si près qu'il aurait pu me toucher en tendant le bras. Il eut un sourire implorant et j'entrevis ce minuscule bout de dent manquant que je trouvais terriblement charmant.

— Tu as dit que tu voulais tout et que tu ferais tout, me rappela-t-il. Viens avec moi. Essaie.

Son regard s'était radouci et je crus même y lire fugitivement de l'angoisse. Il voulait que je l'accompagne. Il ne voulait pas que je fasse l'autre choix et que je m'en aille.

Les mots de Sarah me revinrent à l'esprit : Jonathan avait déjà rendu pas mal de femmes très malheureuses… mais j'avais peut-être, peut-être, une chance de l'atteindre. Selon elle, je comptais plus pour lui qu'il ne voulait se l'avouer.

Je savais qu'il avait des côtés qui m'étaient étrangers. Que c'était un défi de m'en remettre à lui et qu'il risquait de me briser le cœur. Mais c'était justement mon cœur qui voulait prendre ce risque, qui voulait continuer à croire qu'il y avait plus que ça entre nous. Mon cœur n'était pas encore prêt à abandonner, voilà.

Je lui rendis son sourire, hésitante, un nœud dans l'estomac.

— Très bien. On va au club ce soir.

25

La limousine s'arrêta devant la villa blanche de Primrose Hill un peu avant vingt heures. Jonathan sortit le premier et déplia un parapluie, puis il m'aida à descendre. Il tombait une bruine et il faisait frais. Je frissonnais dans ma robe d'été, sous mon manteau pas très épais. Mais c'était peut-être dû à l'excitation, et pas au temps.

Jonathan me regarda.

— Prête?

Je hochai la tête et le détaillai. Il avait de nouveau une chemise et un pantalon noirs. Dessus, il portait un trench, noir lui aussi. Je l'accompagnai jusqu'à la grille en fer forgé qui s'ouvrit et se referma derrière nous, puis sur le chemin pavé qui menait à l'entrée latérale.

Toute l'après-midi, je l'avais interrogé sur le club et j'avais appris certaines choses. Que le nombre de membres était limité, les critères de sélection stricts. On veillait à ce que l'intimité des personnes qui s'y retrouvaient soit protégée à tout moment. Rien ne filtrait à l'extérieur et on n'acceptait pas les simples curieux. Le ticket d'entrée incroyablement élevé contribuait d'ailleurs à ce caractère exclusif. C'était ce qui importait, d'après Jonathan – discrétion et anonymat.

Le voyant rouge d'une caméra fixée au-dessus de la porte laquée de noir clignotait, indiquant qu'on était filmés. Jonathan actionna le heurtoir démodé en laiton. Quelques secondes plus tard seulement, une femme blonde qui portait un tailleur gris foncé très bien coupé vint nous ouvrir. Ses cheveux étaient noués en un chignon strict et elle avait l'air distant.

— Bonsoir, nous salua-t-elle.

La porte se referma doucement derrière nous.

Je ne m'attendais pas à cette élégance un peu froide. Une lumière indirecte éclairait le hall d'accueil. Le contraste entre le blanc brillant du comptoir, le beige mat des murs, ponctué par le brun des éléments en bois montant jusqu'au plafond, et le marron foncé de l'épaisse moquette donnait à la pièce une sobriété très accueillante. Deux fauteuils de designer recouverts d'un tissu clair donnaient l'impression qu'on venait de les livrer.

La femme alla se placer derrière le comptoir. Si elle paraissait connaître Jonathan, elle me considéra d'un air un peu sceptique, sans se montrer désagréable pour autant. Elle prit la petite carte en plastique que lui tendait Jonathan et la passa dans un lecteur, puis me donna quelques feuilles imprimées en petits caractères.

— Un contrat de confidentialité, déclara Jonathan avec un large sourire. Ça t'est déjà familier.

Sans prendre la peine de tout lire dans le détail, je survolai les paragraphes, bouche bée. Des choses très désagréables me pendaient au nez si j'osais dévoiler publiquement, sous n'importe quelle forme, ce que j'allais voir ou faire ici. Mais comme je n'en avais pas l'intention, je signai les papiers et les rendis à la blonde, qui eut un hochement de tête satisfait.

— Vous pouvez entrer.

Elle remit à Jonathan deux clés portant les numéros 11 et 12 gravés dans d'élégantes étiquettes en bois, et deux masques noirs étroits, coupés dans une étoffe souple et brillante.

J'avais envie de demander à quoi servaient les clés et les masques, mais la règle semblait être de parler le moins possible. De toute façon, j'étais bien trop énervée pour suivre le cours d'une pensée.

— Je vous en prie, fit la blonde en indiquant, de l'autre côté, une porte qui devait mener à l'intérieur de la maison.

N'ayant aucune idée de ce qu'il pouvait y avoir derrière, je retins mon souffle tandis que Jonathan m'y entraînait. Il sentit ma tension et sourit d'un air encourageant en ouvrant la porte. Un instant plus tard, on se retrouvait dans un autre hall, d'où partait un escalier qui permettait d'accéder à l'étage supérieur.

L'aménagement de la pièce était beaucoup plus affirmé que celui de l'entrée. Les montants des portes, les revêtements muraux et les marches d'escalier, dans un bois très sombre, renforçaient l'effet du sol et du plafond qui alternaient le noir et le blanc. Par terre, le marbre bicolore dessinait un motif plutôt délicat, tandis que de larges poutres couraient au-dessus de nos têtes. Le grand plafonnier et la rampe d'escalier en laiton apportaient à l'ensemble des touches dorées.

Juste après notre arrivée, un homme en livrée vint prendre nos manteaux et mon sac. Jonathan lui donna les deux clés que la blonde lui avait remises. Un autre homme vêtu d'un uniforme semblable apparut en haut de l'escalier, puis s'éclipsa.

— Qui est-ce? demandai-je à Jonathan lorsque je me retrouvai seule avec lui.

— Ils font en sorte que notre passage ici soit le plus agréable possible, ils nous apportent à boire ou à manger, au besoin. Et s'il te prend l'envie de te déshabiller, ils veillent à ce que tu retrouves plus tard tes vêtements dans la cabine 12 du vestiaire, là-bas, expliqua-t-il en désignant une porte sous l'escalier. En fait, tu ne dois t'occuper de rien.

— Et si je préfère ne pas être nue et qu'ils ont déjà rangé mes affaires?

— Alors, tu prends un des peignoirs qu'ils te proposent.

— Plutôt cool, comme service, commentai-je en haussant les sourcils. Mais je suppose qu'ils sont bien payés pour ça.

Jonathan éclata de rire. J'avais préféré ne pas lui demander le prix exact de ma présence ici, un montant qui m'effraierait sans doute. Au moins, je savais pourquoi Claire, l'ancienne colocataire d'Annie, n'avait aucune chance de franchir la porte laquée de noir. Elle n'avait même pas dû passer le portail.

Je pris une profonde inspiration.

— Et maintenant?

— Viens.

Jonathan me guida vers la deuxième porte à droite de l'escalier. Avant de l'ouvrir, il hésita.

— Tu veux le mettre? s'enquit-il en me tendant un des deux masques.

— Et toi?

— J'en porte toujours un. Ce n'est pas obligatoire mais beaucoup le font. Tous, en fait. Ça augmente le côté excitant.

Après tout, ça ne peut pas me faire de mal de me cacher un peu derrière.

J'enfilai le masque. Le tissu, agréablement souple et confortable, ne me serrait pas. Lorsque Jonathan mit le sien, je compris ce qu'il avait voulu dire. Pour la première fois depuis que nous étions entrés, un agréable frisson me parcourut le dos. Il avait l'air terriblement mystérieux avec ses yeux bleus qui brillaient derrière le masque sombre. Brusquement, je trouvai très stimulante l'idée de ne pas être reconnue et de pouvoir faire tout ce que je voudrais dans l'anonymat.

Jonathan ouvrit la porte et je le suivis. Je me retrouvai dans un couloir qui s'étirait en longueur, à la lumière plus tamisée que dans le hall. Le sol était également en marbre, les murs couverts de boiseries sombres. Le couloir desservait plusieurs portes, toutes fermées. Il n'y avait personne, à part un domestique en livrée. Jonathan semblait savoir où il allait : il m'entraîna jusqu'à la porte au bout du couloir et l'ouvrit.

Je m'attendais à débarquer dans un endroit… décalé. À ma grande surprise, je me retrouvai dans une pièce normale – une bibliothèque. Bon, d'accord, pas vraiment normale : la classe absolue. Elle était incroyablement vaste et les hauts murs étaient couverts, presque jusqu'au plafond, d'étagères en bois travaillé, plus clair que le reste. Mais l'élément le plus frappant était une immense plaque en marbre noir veiné de blanc, fixée au milieu du mur à notre gauche. Une toile moderne représentant un couple enlacé, accrochée au-dessus d'une cheminée, donnait une touche de couleur à l'ensemble. À gauche et à droite de la plaque en marbre, les étagères ne descendaient pas jusqu'au sol : l'espace libre était occupé par deux niches accueillant des banquettes d'angle. Sur notre droite, une galerie courait à mi-hauteur. Un escalier en spirale pourvu d'une rampe en laiton semblable à celle du hall d'entrée permettait d'y accéder. Les deux hautes fenêtres à croisillons laissaient entrer la lumière mais les vitres étaient d'un verre laiteux, opaque. Entre elles, un canapé en cuir marron foncé très élégant.

Au milieu de la pièce se dressait une énorme table en pierre, bien plus massive que celle qu'il y avait chez Jonathan. D'une forme très insolite, elle possédait des pieds figurant des formes géométriques. Il n'y avait que quatre chaises, alors que beaucoup plus de personnes auraient pu s'asseoir autour.

Nous n'étions plus seuls. Un couple appuyé contre la table en pierre s'embrassait avec passion. L'homme ne portait plus qu'un pantalon. Blond avec une peau pâle, presque blanche, il n'avait pas des muscles aussi bien dessinés que ceux de Jonathan mais il se laissait regarder. La femme, qui devait également avoir pas loin de trente ans, portait de la lingerie rouge sexy.

Elle avait de longs cheveux bruns et était nettement plus bronzée que lui. Malgré sa silhouette très sportive, elle avait des rondeurs et une poitrine généreuse. Ils portaient tous les deux un masque.

La femme ouvrit les yeux et nous remarqua, mais elle continua à embrasser son partenaire, comme si notre présence ne la dérangeait pas.

J'étais tellement absorbée dans la contemplation de ce couple que je ne remarquai pas que ma main agrippait la chemise de Jonathan. C'est lui qui en détacha mes doigts et me conduisit jusqu'à la niche la plus proche. La large banquette garnie de coussins était rembourrée mais très basse. J'enlevai donc mes escarpins – mes plus hauts talons, je les avais mis exprès pour me donner le courage de cette expérience – et repliai les jambes. D'ici, on voyait bien le couple appuyé à la table en pierre.

— Ces deux-là veulent qu'on les regarde? demandai-je à voix basse à Jonathan.

— C'est pour ça qu'ils sont là… c'est ce qui est excitant.

Il indiqua, dans un coin, un fauteuil que je n'avais pas encore remarqué. Une femme blonde en kimono y était assise. Elle était seule et portait aussi un masque, mais n'observait pas le couple près de la table. Non, elle nous observait, Jonathan et moi, ce qui me surprit. À cet instant, la brune gémit et mon regard fut à nouveau attiré par le couple.

Ils avaient quitté la table pour rejoindre le canapé. La femme s'y était allongée sur le dos. Appuyée sur ses coudes, elle regardait son partenaire, à genoux au-dessus d'elle, libérer ses seins de son soutien-gorge. Lorsqu'il prit un de ses mamelons dans sa bouche, elle renversa sa tête en arrière, savourant visiblement la caresse.

Waouh, c'est drôlement plus excitant que ce que je pensais.

Le spectacle était si… stimulant que je sentis que je mouillais. Ma main s'aventura encore sur le torse de Jonathan. J'avais envie de le sentir, envie qu'il me fasse ce que l'homme faisait à la femme, là-bas. Je déboutonnai sa chemise et la lui enlevai.

— Ça te plaît de les regarder? murmura-t-il.

Il s'était penché en avant et embrassait mon cou. La pointe de sa langue glissa sur ma peau, jusqu'à l'arrière de mon oreille, ce qui m'obligea aussitôt à détacher mon regard du couple et à basculer moi-même la tête en arrière. Une sensation si exquise que je poussai un halètement.

— Ils nous regardent aussi. Ça t'excite, Grace?

Ses mains effleuraient ma poitrine à travers le mince tissu de ma robe. Mes tétons durcirent et se dressèrent. Je le regardai et mon cœur s'arrêta de battre un instant. Il était d'une beauté incroyable, il avait l'air si mystérieux derrière son masque… Je le désirais tellement. Je le voulais, ici et maintenant.

— Déshabille-moi, chuchotai-je.

Il retroussa le bas de ma robe en souriant, puis la fit passer par-dessus ma tête et me l'enleva. Je portais un soutien-gorge noir à dentelle et la culotte coordonnée, la plus belle parure que j'avais pu trouver. Les regards de Jonathan, ses mains sur mon corps me confirmèrent qu'elle était à son goût et je pris confiance. J'en voulais plus et montai à cheval sur lui, sans arrêter d'observer le couple sur le canapé.

La femme était toujours couchée sur le dos. Elle avait remonté ses jambes et l'homme s'y tenait, la tête entre ses cuisses. Elle avait la respiration précipitée: à l'expression de son visage, elle était au bord de l'orgasme.

Lorsqu'elle gémit bruyamment et qu'elle se tordit sur le canapé, les jambes tremblantes, un frisson de désir me parcourut. Je me tournai vers Jonathan et l'embrassai avec passion. Il répondit à mon baiser profond avec brutalité et avidité.

L'espace d'un moment, centrée sur mes sensations, j'oubliai où on était.

Puis il s'écarta, se leva, ôta son pantalon et se mit à genoux pour m'enlever ma culotte. Par hasard, mon regard croisa celui de la femme blonde, de l'autre côté. Toujours assise dans son fauteuil, elle nous fixait, impassible. Je réalisai que c'était peut-être nous qu'elle observait depuis le début, pas l'autre couple. Une pensée à la fois inquiétante et excitante. J'attirai Jonathan contre moi et quittai la femme des yeux pour regarder vers le canapé.

Le blond avait fait mettre la brune à quatre pattes. Debout à côté d'elle, il était en train de déballer un préservatif qu'il enfila.

— Il a eu ça où? m'étonnai-je.

Jonathan tendit le bras et ouvrit un petit tiroir sur le côté de la niche. Il y avait plein de préservatifs dedans.

— Il y en a partout. C'est obligatoire. Et, puisqu'on en parle… sourit-il en me tendant un emballage.

Comme il m'avait montré comment procéder et que j'avais déjà un peu d'entraînement, je réussis à dérouler la membrane en plastique sur son membre fièrement dressé. J'avais atrocement envie de lui.

— Oohh, gémit la brune.

Le blond était en train de la pénétrer par-derrière. Il se mit à la prendre si violemment que ses seins tressautaient à chacun de ses coups. Les mains posées sur ses hanches, il la tirait contre son bassin, encore et encore, avec une brutalité qui avait l'air de beaucoup plaire à la femme.

Ce spectacle avait beau être excitant, la vue de Jonathan l'était encore plus. J'enjambai ses cuisses et m'emparai de son sexe que je guidai jusqu'à ma fente. Je m'empalai lentement dessus, le sentis glisser profondément en moi, me dilater. C'était une sensation grandiose, comme chaque fois, et je poussai un halètement de bonheur. Il m'embrassa et libéra mes seins sans m'enlever mon soutien-gorge. Puis il pencha la tête et ses lèvres se refermèrent autour d'un de mes mamelons durcis, le sucèrent. Des picotements envahirent mon bas-ventre et je nouai les bras autour de son cou. Je me mis à remuer lentement les hanches. Il lâcha alors ma poitrine et me regarda, les yeux lourds de désir, puis vint à ma rencontre en donnant de petits coups.

Les gémissements de l'autre couple étaient devenus plus forts mais, focalisée sur ma propre excitation, je n'en pris pas vraiment conscience. Les yeux brillants de Jonathan étaient braqués sur moi et je me mis à le chevaucher de plus en plus violemment. Je sentais mon sexe se contracter autour du sien et je voyais à son expression qu'il avait envie de moi. Peut-être que je ne recevrais jamais plus que ça, peut-être qu'il n'était pas en mesure de me donner plus. Au moins, je voulais savourer ces instants.

Sa main saisit ma nuque et attira mon visage contre le sien. Il m'embrassa brutalement tout en continuant à aller et venir en moi. Je n'avais plus aucun mal à m'adapter à son rythme.

— C'est fou ce que tu es hot, Grace, fit-il avant de mordre ma lèvre inférieure.

Il accéléra encore l'allure, puis s'arrêta brusquement. J'étais comme en transe et il me fallut un moment pour réintégrer la réalité. Jonathan se retira, me fit descendre de ses cuisses, m'aida à me relever et plaqua mon dos contre la paroi en marbre située juste à côté de notre niche. Le contact de la pierre froide contre ma peau chaude m'arracha un halètement mais Jonathan se montra sans pitié. Il mit ses mains sous mes fesses et me souleva jambes écartées, fit glisser son membre dur en moi. Les bras passés autour de son cou, les jambes enroulées autour de ses hanches, je me mis à gémir. Je vivais trop de sensations à la fois : le marbre froid derrière moi, son corps brûlant devant moi, le couple qui s'aimait bruyamment sur le canapé et le regard de la femme blonde posé sur nous.

Toujours assise dans son fauteuil, elle jouait les spectatrices. Jonathan lui tournait le dos mais moi, je la voyais. Pleinement consciente qu'on était observés en train de le faire, je sentis d'agréables picotements parcourir ma peau.

Le couple sur le canapé était au bord de l'orgasme. L'homme avait attrapé les cheveux de la femme et tirait sa tête en arrière tout en continuant à la posséder par-derrière, plus frénétiquement. Ils poussèrent tous les deux un long cri en jouissant et l'homme renversa la tête.

Jonathan me fit remonter un peu contre la plaque en marbre et m'abaisser à nouveau sur son sexe. Il s'enfonça en moi si profondément qu'il retrouva aussitôt toute mon attention.

— À nous deux, maintenant, murmura-t-il avant de m'embrasser.

Il recommença à aller et venir en moi, d'abord lentement, puis de plus en plus vite, et de plus en plus violemment. Il libéra mes lèvres et je vis une expression sauvage sur son visage. Comme enivré, il ne se contrôlait plus, me pilonnait et gémissait à chacun de ses coups de boutoir. Ça me faisait mal, mais c'était une douleur voluptueuse. Je savourais le fait qu'il avait perdu toute maîtrise de lui-même, j'accompagnais tous ses mouvements.

— Baise-moi, chuchotai-je à son oreille.

Je fus récompensée par un grognement rauque.

Ça devait être un spectacle dingue de voir Jonathan me prendre contre la paroi en marbre, mais je ne regardais plus la femme blonde dans son fauteuil, je me concentrais sur les tremblements qui s'étaient éveillés en moi, toujours plus impérieux, impossibles à réprimer.

Brusquement, Jonathan donna encore un coup brusque et poussa un cri de jouissance. Je sentis qu'il frissonnait et que son membre palpitait en moi, une sensation qui précipita mon propre orgasme, si puissant que je crus m'évanouir. Mon sexe se contractait autour de lui comme s'il voulait ne jamais le laisser partir, tandis qu'il continuait à aller et venir brutalement et à se répandre en moi.

— Grace, haleta-t-il.

Il frissonnait toujours et de nouvelles vagues de plaisir me submergeaient.

Il nous fallut de longues minutes pour nous apaiser. Finalement, Jonathan releva la tête et me regarda avec un regard voilé. Visiblement, lui aussi avait du mal à reprendre pied.

— Ça, déclara-t-il, le souffle court, c'était plus que génial.

Il m'embrassa et je sentis des papillons dans mon ventre : c'était une chose qu'il faisait très rarement après le sexe. Ensuite, il se retira lentement et me reposa par terre.

J'avais la sensation que mes jambes étaient en caoutchouc. Je m'affaissai sur la banquette d'angle, m'adossai aux coussins et fermai les yeux, satisfaite. Je les rouvris en sentant quelque chose de chaud me toucher.

Assis à côté de moi, Jonathan me lavait avec une serviette fumante. Je me demandai d'où il sortait ça, puis j'aperçus un domestique en livrée qui quittait la pièce avec des vêtements. L'efficacité et la discrétion du service m'émerveillaient. Je rajustai mon soutien-gorge. J'étais contente de porter un masque : ça me rendait les choses plus faciles.

— Ça te plaît ? chuchota Jonathan.

Ne sachant pas s'il voulait parler de ce qu'il me faisait ou du club en général, je hochai la tête en souriant et lui pris la serviette des mains, puis me levai.

— À mon tour.

Je promenai avec délices la serviette chaude sur sa nuque, son torse et son ventre. Cette fois, il me laissa faire sans résister. Ses yeux étaient posés sur moi et j'étais tellement concentrée que je ne remarquai la femme blonde en kimono que lorsqu'elle se retrouva devant notre niche. L'autre couple avait disparu, on était seuls avec elle.

— Puis-je m'asseoir près de vous?

Elle avait posé sa question avec douceur, d'une voix très agréable. Sans attendre de réponse, elle s'installa au bord de la banquette. En souriant, elle posa ses mains sur le torse de Jonathan et se mit à l'effleurer, l'air admiratif.

De toute évidence, elle s'intéressait uniquement à lui, pas à moi : elle dévorait son corps des yeux. D'une main, elle dénoua la ceinture de son kimono. Elle était nue dessous. Jonathan la contemplait sans répondre à ses caresses. Pour combien de temps?

— Nous préférons rester seuls.

J'avais prononcé ces mots sans réfléchir. La femme m'adressa un regard surpris. Jonathan, lui, affichait une expression indéfinissable. Je m'approchai de lui et passai mes bras autour de ses épaules.

Un moment plus tôt, alors qu'elle était encore assise de l'autre côté de la pièce, j'avais trouvé la présence de cette femme vraiment excitante, mais là, elle était trop près de moi. Ça me dérangeait aussi qu'elle touche Jonathan. Beaucoup, même. Inutile de lui demander ce qu'elle voulait. Elle voulait qu'il fasse avec elle ce qu'il venait de faire avec moi, je le lisais dans ses yeux, et j'avais énormément de mal à supporter l'idée qu'il s'exécute et que je doive les regarder.

La femme écarquilla les yeux. Visiblement, elle ne s'attendait pas à se faire remettre à sa place. Mais elle ne dit rien et lança un regard interrogateur à Jonathan. L'espace d'un instant, j'eus peur qu'il me contredise, mais il se contenta de hausser les épaules sans rien dire. Clairement déçue, la blonde respecta mon souhait, se leva et s'en alla.

Jonathan me considéra, sourcils froncés. Il se pencha en avant et ramassa son pantalon, puis me tendit ma culotte.

— Elle ne te plaisait pas?

Je secouai la tête en priant pour qu'il ne creuse pas la question, et j'enfilai rapidement ma culotte, pendant qu'il remettait lentement son pantalon.

J'aurais aimé que la femme ne vienne pas. Nous étions particulièrement proches l'un de l'autre lorsqu'elle nous avait dérangés, et ce moment d'intimité était passé. Jonathan s'était une fois encore retranché derrière ce mur que je n'arrivais pas à franchir.

Un mur que tu n'arriveras peut-être jamais à franchir.

Ce triste aveu m'ouvrit les yeux: j'avais un problème.

La blonde ne m'était pas égale, en fait. Elle avait l'air gentille, soignée, elle n'était pas repoussante. Là n'était pas la question. J'aurais renvoyé n'importe quelle femme parce qu'au fond de mon cœur, je ne voulais partager Jonathan avec personne.

Il se leva et je le regardai fermer son pantalon. Où était le hic? Pourquoi insistait-il pour ne pas mêler les sentiments au sexe? Ressentirait-il réellement la même chose, qu'il couche avec moi ou avec cette blonde? Est-ce que ça ne faisait aucune différence pour lui?

Si seulement je n'étais pas aussi amoureuse de lui…

Il m'aida à me relever. Le domestique avait emporté ma robe et je ne portais plus que mes sous-vêtements.

— Tu veux un kimono? me demanda Jonathan.

Je hochai la tête et il tira sur un ruban que je n'avais pas encore remarqué, à côté d'une étagère. La porte de la bibliothèque s'ouvrit presque aussitôt. Comme s'il avait su précisément ce dont on avait besoin, le domestique qui entra portait sur le bras un peignoir en soie identique à celui de la blonde.

Jonathan le prit et m'aida à l'enfiler.

— Viens.

Je poussai un soupir intérieur. J'aurais préféré rester seule avec lui, mais je le suivis.

26

Je considérai avec curiosité les portes desservies par le couloir toujours vide.

— Est-ce que toutes les pièces sont comme la bibliothèque?

Jonathan me regarda, déconcerté.

— Est-ce qu'elles sont aménagées comme dans une maison normale? Je… je ne m'y attendais pas, avouai-je.

Il sourit.

— Il y a de tout ici, si c'est ce que tu veux dire. Tu peux te livrer à n'importe quelle préférence sexuelle. Tout ça se trouve en haut, à l'étage. Tu voudrais essayer quelque chose?

— Je ne sais pas.

Je le fixai, indécise. C'était lui qui m'avait appris ce que je savais sur le sexe, mais je ne trouvais pas spécialement érotique de penser à des combinaisons en cuir et à des fouets, et j'en savais encore moins sur les autres types de jeux sexuels.

— Une autre fois peut-être? tentai-je.

À mon grand soulagement, il hocha la tête et s'arrêta devant une porte qu'il ouvrit. Elle donnait sur un élégant salon entièrement gris. Le carrelage gris foncé était ponctué d'épais tapis d'un ton plus clair. De lourds rideaux masquaient les fenêtres mais plusieurs lampes aux abat-jour blancs et aux pieds en argent, posées sur de petites tables basses et de coquettes commodes, dispensaient une lumière agréablement tamisée. Trois larges canapés en cuir gris étaient regroupés autour d'une cheminée du même marbre noir que celle de la bibliothèque. Au milieu, il y avait une sorte de tabouret rectangulaire recouvert de cuir, aussi grand qu'une table. Des plaids et des coussins assortis réchauffaient la pièce et les tableaux abstraits accrochés au mur lui donnaient une atmosphère pleine de style.

Mon regard fut ensuite attiré par les occupants de cette pièce. Ils étaient plus nombreux que dans la bibliothèque, huit au moins, debout devant la cheminée ou assis dans les canapés. Certains portaient un kimono comme moi, d'autres étaient à moitié habillés comme Jonathan, d'autres encore ne paraissaient pas avoir de complexes à afficher leur nudité. Par contre, ils avaient un masque, sans exception, et tous ces regards curieux qui nous détaillaient derrière une bande de tissu noir me firent brusquement froid dans le dos.

Je pris une profonde inspiration. Heureusement, les autres s'habituèrent vite à notre présence et reprirent leurs occupations.

Le couple qui se trouvait en même temps que nous dans la bibliothèque était assis dans un canapé, avec un autre homme que la brune embrassait passionnément pendant qu'il pétrissait ses seins. Un spectacle qui avait l'air d'exciter le blond avec qui elle venait de faire l'amour: il avait ouvert son pantalon et son poing allait et venait autour de son sexe. Une femme aux cheveux courts et foncés se tenait debout près de la cheminée, entre deux hommes. Son kimono était ouvert et elle gémissait tandis qu'ils caressaient son corps nu. La femme blonde qui s'était approchée de nous était assise avec un homme à la peau sombre et aux cheveux ras. Il avait posé sa tête contre sa poitrine pour lécher ses mamelons et sa main bougeait entre ses cuisses.

— Tu veux qu'on les rejoigne? demanda Jonathan.

C'était une vision très excitante, très esthétique. Rien de repoussant, mais je secouai quand même la tête et restai figée.

Je n'étais capable de penser qu'à une chose : ces gens allaient peut-être vouloir le faire aussi avec moi. Avec moi, et avec Jonathan. La blonde nous regardait de nouveau avec convoitise : ce n'était qu'une question de temps avant qu'elle ne tente à nouveau d'entrer en contact avec Jonathan. On était si nombreux qu'il ne tiendrait sûrement plus compte de mon état d'esprit. J'éprouvai une jalousie qui me déchirait presque en deux et j'essayai de la réprimer. C'était un sentiment qui n'avait pas sa place ici, je le savais bien, mais je n'arrivais pas à m'en défaire.

— Grace, qu'est-ce qui se passe?

Il devait avoir senti que je me raidissais.

— Rien, lui assurai-je.

Je ne fis cependant pas un pas en direction des autres couples. Impossible.

À cet instant, la porte se rouvrit et trois autres personnes entrèrent dans la pièce – deux femmes et un homme.

Les femmes, une blonde et une brune à la longue chevelure, portaient de la lingerie sexy bleue et lilas, alors que l'homme était encore presque entièrement habillé. Il était grand et ses cheveux noirs grisonnaient aux tempes. Malgré son masque, je l'identifiai tout de suite.

Yuuto Nagako.

Mon regard croisa le sien et je sentis une main de fer se refermer autour de mon cœur qui cessa de battre. Je savais qu'il était possible que je le rencontre ici, mais jusqu'alors, j'avais refoulé cette éventualité.

Lui aussi sut immédiatement qui j'étais – les masques ne constituaient pas une protection suffisante quand on se connaissait – et un sourire vint étirer ses lèvres. Un sourire victorieux et répugnant qui ne laissait planer aucun doute : il me voulait et pensait qu'il pouvait m'avoir.

Je me tournai vers Jonathan, la gorge serrée. Je regardai ses yeux bleus que j'aimais tant en me demandant, désespérée, si c'était un pur hasard ou s'il avait fait venir Yuuto Nagako. En était-il capable ?

Il parut remarquer la panique sur mon visage et se pencha vers moi.

— Rien ne t'oblige à faire ce que tu n'as pas envie de faire, murmura-t-il à mon oreille.

Ses mots ne m'apaisèrent pourtant pas. Au contraire, les larmes me montèrent soudain aux yeux.

Je n'y étais peut-être pas obligée, mais je pouvais le faire si je voulais. Ça ne lui ferait rien. Il aimerait peut-être même nous regarder en pleine action ?

Ma douleur à la poitrine était si intense que j'avais du mal à respirer. Brusquement, tout ce que j'avais trouvé si excitant me dégoûta. Cette interchangeabilité, ce manque de confiance en l'autre, cette froideur de sentiment. La froideur de sentiment de Jonathan.

Je n'étais pas comme ça, et je ne pouvais pas être comme ça. Peut-être avait-il fallu que je vienne là pour m'assurer que je n'avais pas envie de coucher avec n'importe qui. Je voulais le faire avec Jonathan, je voulais tester mes limites avec lui, découvrir de nouvelles choses. Voilà ce que je voulais. Mais seulement avec lui. Pas avec un autre homme de ce club. Pas avec Yuuto Nagako. C'était bien le problème.

Si je restais avec Jonathan, je serais toujours confrontée à d'autres Yuutos, des hommes persuadés d'avoir le droit de disposer de moi parce que Jonathan ne pensait pas que je lui appartenais. Et puis, il y aurait toujours d'autres femmes pour convoiter Jonathan, avec qui je devrais le partager.

Je pris une inspiration tremblante en réalisant une bonne fois pour toutes que ça ne me suffisait pas. Je voulais l'impossible – je voulais qu'il m'appartienne. Pas à moitié, pas un peu : totalement. C'était manifestement hors de question, et ça me fendait le cœur.

— Je ne peux pas, lâchai-je.

J'avais le plus grand mal à détacher mon regard de ses yeux bleus qui m'imploraient. Mais il fallait que je sorte d'ici, maintenant ! Alors, je le quittai, je passai à côté du Japonais et des deux femmes, et retournai dans le couloir.

Un sanglot m'échappa, et je plaquai ma main contre ma bouche. Je me mis à courir vers le hall d'entrée, incapable de retenir mes larmes. Un domestique en livrée m'adressa un sourire soucieux, puis son visage redevint impassible.

— Le vestiaire se trouve par là, m'informa-t-il en désignant la porte sous l'escalier que Jonathan m'avait déjà indiquée.

Il y avait là toute une série de cabines. À la numéro 12, la clé était glissée dans la serrure et je retrouvai ma robe, mon manteau, mes escarpins et mon sac à main. Je me rhabillai précipitamment. Un coup d'œil dans le grand miroir fixé au dos de la porte me confirma ce que je craignais : mes yeux étaient rougis et mon mascara avait bavé. J'attrapai un des cotons à démaquiller mis à disposition et j'essayai de l'essuyer, mais de nouvelles larmes se mirent à couler sur mes joues et j'abandonnai.

De retour dans le hall, je me figeai sur place. Jonathan m'attendait devant la porte du vestiaire.

Les poings serrés, il avait l'air de ne pas arriver à décider s'il était surpris ou en colère.

— Tu veux vraiment t'en aller ?

J'essuyai mes larmes et hochai la tête.

— Je suis désolée, fis-je à voix basse.

Une fois de plus, je gravai dans ma tête le moindre détail. Ses cheveux noirs, ses magnifiques yeux bleus, ses lèvres pleines capables de si bien embrasser, ses bras puissants dans lesquels j'aimais tellement être couchée. Il était si beau, si attirant. Si inaccessible. Et si sombre.

Les couleurs de l'amour…

Si elles existent, alors l'amour de Jonathan est noir d'encre. Trop sombre pour moi.

Parce que c'était peut-être ma dernière chance, parce que je ne pouvais pas faire autrement, je m'approchai et déposai un baiser sur sa joue. Un baiser d'adieu.

Puis, je me détournai et pris la direction de la sortie. Plus je m'éloignais, plus j'accélérai le pas. Le danger que je fasse demi-tour et me précipite vers lui était trop grand.

Mon cœur battait la chamade. L'espace d'un instant, j'espérai qu'il me retienne, mais la porte se referma derrière moi avec un claquement. Un claquement si définitif que je sursautai.

— Vous nous quittez déjà? s'étonna la blonde derrière son comptoir.

Sa voix m'arracha à mes pensées. Elle avait dû remarquer à quel point j'étais chamboulée mais ne fit aucun commentaire.

— Quelqu'un passe vous prendre?

Je n'y avais pas encore réfléchi. Je hochai quand même la tête. Jonathan avait dit que Steven nous attendrait, mais si ce n'était pas le cas, ou s'il n'était pas disposé à me prendre, j'appellerais un taxi. J'en trouverais bien un.

La blonde me tint la porte d'entrée et me laissa sans un mot d'adieu. Dehors, je remontai le chemin pavé jusqu'au portail en fer ouvragé qui s'ouvrit pour moi. Une pluie froide tombait sur mon visage, effaçant les traces de larmes sur mes joues. À l'intérieur, je me sentais complètement vide.

C'était fini.

Il fallait que je retourne en Amérique et que j'oublie ce qui s'était passé en Angleterre. Il fallait que j'oublie Jonathan. Parce que je n'étais pour lui qu'une parmi tant d'autres, échangeable, remplaçable. Parce qu'il ne s'intéressait pas plus sérieusement que ça à moi, même si j'avais voulu le croire. Même si une partie de moi continuait à le croire. Mais je n'avais pas d'avenir avec lui.

La limousine noire attendait bien le long de la rue et je me dirigeai vers elle d'un pas traînant.

Je l'avais presque rejointe, lorsque…

— Grace.

La voix de Jonathan venait de s'élever derrière moi et je me retournai.

Il s'avançait vers moi. Pieds nus. Son pantalon trempé collait à ses jambes et de l'eau dégoulinait sur son torse nu lui aussi. Il s'arrêta tout près de moi.

La pluie s'était intensifiée et je clignais des paupières pour chasser les gouttes. Je fixais ces yeux bleus à la profondeur insondable.

Il aurait fallu que je tourne les talons et que je m'en aille.

Parce qu'il n'était pas bon pour moi.

Parce que je pouvais me perdre dans l'obscurité qui l'entourait.

Mais je pouvais seulement continuer à respirer, tremblante.

Et attendre.

Imprimé en France par CPI Brodard et Taupin en août 2013
ISBN : 978-2-501-08681-3
4131058/01
Dépôt légal : septembre 2013
N° d'impression : 3001760

PAPIER À BASE DE
FIBRES RECYCLÉES

MARABOUT
s'engage pour l'environnement
en réduisant l'empreinte carbone
de ses livres.
Celle de cet exemplaire est de :
600 g éq. CO_2
Rendez-vous sur
www.marabout-durable.fr